エミリ・ディキンスンの南北戦争

Emily Dickinson's Civil War

金澤 淳子

音羽書房鶴見書店

目　次

はじめに

"Who was the best war poet,
Rupert Brooke or Emily Dickinson?"
—*The Catcher in the Rye*

　戦争とエミリ・ディキンスン——この組み合わせは、撞着語法的な印象を与えてきた。例えば、1951 年出版 J・D・サリンジャーの *The Catcher in the Rye* では、主人公ホールデン・コールフィールドの兄 D. B. が弟アリーに尋ねる、戦争詩人として相応しいのはどちらか。実際に第一次世界大戦に出征し、戦争詩を書いたルパート・ブルックか、それとも 19 世紀の「隠遁詩人」ディキンスンか。そもそもこの小説の出版当時、ディキンスンを「戦争詩人」として本気で考えていた読者はいたのだろうか。ハーバード大学出版局からトマス・H・ジョンソン編ディキンスン詩集が出たのが 1955 年。それ以前の読者にとって、「戦争詩人」の選択肢にディキンスンの名前が入ること自体、意表を突くものであったにちがいない。第二次世界大戦に従軍し、D-Day（1944 年 6 月 6 日）にも参加した D. B.（そしてサリンジャー自身）の問いは重い余韻を残す。従軍したブルックと、アマストの父の屋敷で過ごしたディキンスン、どちらが戦争の本質を詩に表現できたのか。

　サリンジャーがこの場面でどこまで意図したかは定かでない。少なくとも *The Catcher in the Rye* 出版当時の 1950 年代、詩人ディキンスン像としては、時代に背を向けた内向的な姿が主流であった。20 世紀に出版された代表的なディキンスン評伝は彼女の「隠遁」ぶりを強調する。そこで描かれる詩人像は、同時代の社会を意識した「戦争詩人」には程遠い。リチャード・B・シューアル著 *The Life of Emily Dickinson* (1974) も外の世界に無関心な、孤高の詩人像を伝える。1862 年 3 月、アマスト大学学長の息子の戦死に触れる手紙 (L 256) について、シューアルは次のように記す、「彼女が戦争自体について述べたのは、これが精一杯のところである。フレイザー・スターンズの戦死についてボウルズに送った手紙は、政治的論

争とも大義とも何ら関係がなかったことが今後記憶されるだろう」[536]。

　だが、この南北戦争の期間、ディキンスンの詩作は充実し、その詩的創造はひとつの頂点に達する。ラルフ・W・フランクリンによれば、1862 年に227 篇、1863 年に 295 篇、1864 年には恐らく目の調子が悪化したために減少して 98 篇、1865 年には再び増えて 229 篇と、驚異的な勢いで詩を書き、この期間だけでも人生の半数以上の詩を清書したことになる (Franklin, *Poems* 1533)。動乱の時代からどれほどの影響を受けたのか、そして内なる思索へと踏み込んで行ったのか——充実した詩の創造、詩人としての成熟を考えるうえで南北戦争を避けて通ることはできない。

　ディキンスンの詩を、私自身、これまで時間をかけ、立ち止まりながら読んできた。煌めくような硬質な言葉、その言葉のつながりを分断するようでいて、独特な間（或いは余白）を作り出すダッシュ、倒置、省略など破格な詩行にどう向き合うか、自問自答の繰り返しに付き纏われる。そこに響く声は誰のものなのか、なぜ詩の形でなくてはならないのか、この詩の形と声とはどのように関わりあうのだろうか、と。

　こうした問いに向かう上で手助けしてくれそうな日誌は遺されていない。その代わりに、彼女が生きた時代と照らし合わせることで、詩を少しでも理解するための手掛かりを探りながら読み進めてきた。その試みが本書の根幹となる。ニュー・ヒストリシズムの隆盛にしたがって伝記的事実を巡る、アメリカの研究者たちの膨大かつ綿密な資料収集とその先行研究に、本書が負うところは非常に大きい。そもそも「隠遁詩人」ディキンスンがしっかりと同時代の社会に根差して生きていた事実に、私自身とてつもなく大きな衝撃を受けたことが本書の発端となる。ディキンスンの言葉の躍動感とその力強さは、文学史の授業で定型のように伝えられてきたあまりにも閉鎖的な詩人像にはおさまりきれない。生身の詩人像を求めて、ディキンスンの詩が掲載された同時代の新聞『ドラム・ビート』、『ラウンドテーブル』、『ワシントンポスト』を、大学図書館を通じて取り寄せ、その紙面を見たときの感動は忘れられない。ディキンスンは紛れもなく 19世紀アメリカに生きていた！新聞紙面でその詩を確認した瞬間、ひとりの詩人が生きた証を得た強い手応えは今も続く。

　けれども、北軍系新聞に載ったディキンスンの詩を最初に目にしたとき、違和感もまた覚えたのも事実である。新聞紙面のディキンスンの詩は「戦争詩」には程遠く、周囲の記事や他の詩から浮いて見えたからだ。紙面にあるのは紛れもなくディキンスンの詩であるのだけれど、なぜわざわざこの詩なのか。別の詩でも良かったのではないか。やはり「隠遁詩人」ゆえに時代から超越しているのか——この違和感もまた本書の発端となる。そしてこの違和感は、そのままディキンスンの詩の本質を探るうえで重要な糸口ともなっていく。ディキンスンとはそういうひとなのではないか。紛れもなく 19 世紀アメリカ、ニュー・イングランドの土壌だからこそ、彼女のような詩人が生まれた。が、時代と土地を超えていく詩人でもある。同時代に懸命に繋がろうとしつつも、自らの生き方を守るうえで距離をとり、時代の枠を越えていく、それがディキンスンという詩人の本質ではないかと。

　ロバート・ペン・ウォーレンは *Selected Poems of Herman Melville* の序章で「非常に奥深い方法で南北戦争がメルヴィルを詩人にしたと言える」[11] と述べる。メルヴィルは、戦争終結翌年（1866 年）に戦争詩歌集 *Battle-Pieces and Aspects of the War: Civil War Poems* を出版以降、詩作に向かい続けた。この言葉はディキンスンにも当てはまるだろう。ディキンスンが次々と詩を書いた時期がたまたま南北戦争であったのではなく、南北戦争の時代がディキンスンを詩人に仕立てたのではないか、と。仮に南北戦争が起きなければ、彼女の詩はかなり違ったものになっていたに違いない。そのうえで、本書で考察したいのは「詩人ディキンスン」である。ここで「詩人」以外の面を発掘し、強調する意図はない。詩人を自覚した 20 代後半が戦争へと向かう時代であり、南北戦争との巡り合わせで「詩人ディキンスン」が成熟していく——この見地に立ち、戦争前の 1858 年頃から戦争の期間にかけてディキンスンが清書した詩を中心に読む。本書における基本姿勢は、ディキンスンの「詩」の言葉を、その時代に置いて読むことである。ときとして、ディキンスンはそうした「枠」から自ずと抜け出していってしまうのだけれども。

　初めてのディキンスン詩集は 1890 年に T・W・ヒギンスンとメイベル・

ルーミス・トッドの編集によって出版された。ディキンスン死後４年を経ており、その意向をどれほど反映したものかはわからない。「戦争詩集」を自ら出版した同時代人ホイットマンやメルヴィルとは異なり、ディキンスン自身が、どのような読者に向けて、「戦争詩」を書いたのかも定かではない。そもそも「戦争詩」として意識したかさえもわからない。したがって本書では「戦争詩」の代わりに「戦いの詩」としたうえで、以下の３つの観点からディキンスンの詩をとりあげる。(1)戦いに関連した語やイメージが用いられた詩。(2) 南北戦争と関係づけて解釈することが可能な詩。(3) ディキンスンが南北戦争に具体的に触れた詩もしくは実際に戦争に触発されて書いた詩。このように「戦いの詩」の射程を定めたうえで、以下の手順で論を進めていく。

　第１章「『大佐』ヒギンスンへ──南北戦争中の文通を読む」では、文芸批評家・黒人連隊大佐Ｔ・Ｗ・ヒギンスンとの文通にディキンスンの戦争への眼差しを読む。1862年４月前後の周囲の状況に突き動かされるようにしてディキンスンは未知のヒギンスンへ手紙を送った。その手紙のひとつに「戦争はわたくしには斜めの場所に思えます」と書いている。「斜め」の意味するところを解きながら、詩人ディキンスンの戦争との対峙の仕方を考察する。

　第２章「定期刊行物の戦争詩」では、北軍系の新聞に掲載されたディキンスンの詩を読む。北軍衛生委員会の日刊紙『ドラム・ビート』にディキンスンの詩が載ったことで、間接的ながら社会と繋がっていたことになる。ただしその詩は、戦争とは無関係の印象も与える。ディキンスンの詩を紙面に置いて読み直しながら、その「無関係」な開きを分析していく。

　クリスタン・ミラーは新たなディキンスン詩集 *Emily Dickinson's Poems: As She Preserved Them* を 2016 年に出版した。「詩作するディキンスン」[*EDIS Bulletin* 14] を念頭に編集・構成し、詩の回覧の情報も掲載している。ディキンスンの詩の回覧事実の重要性を認めた意義は非常に大きい。ミラーの版の情報に基づき、第３章と第４章では「戦争」の主題を巡って詩の回覧の問題を取り上げる。

　第3章「『読者』に『送られた』詩」では戦争中における詩の役割を概観したうえで、ディキンスンの詩と「読者」との関わりを考える。マーティン・オーゼックとロバート・ワイスバックは、ディキンスンを "private" な詩人として、特定の交友関係のなかで捉えている (*Dickinson and Audience*)。本章ではディキンスンが友人たちに送り、北軍系新聞に掲載された詩の読者をも念頭に入れる。掲載された詩のほとんどは戦争前に書かれたものである。戦争とは無関係に書かれながら、北軍系新聞に何度も掲載された詩を、戦争の時代を背景に読み直す。

　続けて第4章「『送られなかった』詩」では戦争に直接関係して書かれた詩、または戦争に関わると解釈できる詩を取り上げる。これらの詩のほとんどが誰にも送られていない。この詩群を、同じ時期に書かれた手紙と照らし合わせてみる。類似した表現を含みながらも、手紙は送られ、詩は手許に残された。冒頭で、新聞掲載されたディキンスンの詩の存在に触発されたと述べた。だが、ここまで辿ると、北軍系新聞という公の場に登場した詩よりもむしろ、彼女が手元に積み重ねていった、「戦いの詩」の重さに圧倒される。この詩群こそが、ディキンスンを詩人たらしめ、詩人として成熟する糧になったものと考えられる。

　第5章と第6章では戦争の時期から少し遡り、戦争直前の時代を射程に入れる。第5章「戦争前の『戦いの詩』」ではディキンスンが戦争前に戦いの語彙を用いた詩を取り上げる。ディキンスンは戦争を契機に戦いの語彙を用い始めたわけではない。戦争前の1858年から1860年の時期に、すでに戦いの用語を使って詩を書いている。ピューリタニズムの伝統において戦闘の用語が使われてきたとのバートン・リーヴァイ・セント＝アーマンドの指摘を踏まえ、同じアマスト出身で幼馴染の詩人・小説家ヘレン・ハント・ジャクスンの類似した「戦い」の詩と照合して、ふたりが育ったアマストの文化的土壌を考える。

　第6章「声なき者たちの声──ディキンスンと『殉教者たち』」ではジョン・ブラウンの処刑を巡り、ウォルト・ホイットマン、ハーマン・メルヴィル、H・D・ソローが用いた語彙を、ディキンスンの詩にも見出して、同時代に結び付けて考察する。戦争の時代に多く使われた語「殉教者」、

また戦争到来の予示とされた「流星」を、ディキンスンの詩において読み解きながら、詩人の歩みを確認する。

　最終章第7章「言葉の軌跡」では、南北戦争の終盤1864年と1865年の2回にわたる長期ボストン滞在について考察する。家族以外を避ける暮らしになっていた時期に、ディキンスンは眼科治療のためにアマストを長期離れている。1858年頃から草稿集を作成し始めたが、ボストン滞在と前後して1864年にその作業を止め、詩の回覧の割合も激変している。ボストン滞在がディキンスンに与えた影響および、戦争の影響を最終的に考える。

　本書の出発点は何よりも、ディキンスンの英語の詩をどう読むか、試行錯誤を繰り返しながら格闘して過ごした時間があってのこととなります。本書の原稿を最終的にまとめていた時期に、立教大学および日本女子大学の演習でディキンスンの詩を読むことができたのは、本当に得難い機会でした。新たな読みの可能性を探るうえで、受講生から多くの刺激を受けました。和訳するにあたって、尊敬すべき研究者・訳者の方々のお仕事に多くを負っていますが、文法の取り間違いや誤読はすべて筆者の責任です。読者の皆様のご叱正・ご教示を頂けますと幸いです。

7

第1章

「大佐」ヒギンスンへ
──戦争中の文通を読む

War feels to me an oblique place – (L 280)

　エミリ・ディキンスンは生涯の詩の半分以上を南北戦争中に書いた。一日一篇の勢いで書いたのではないかと思われる時期もある。詩作に集中する日々、戦争をどう見据えていたのだろうか。

　彼女の眼差しを辿るうえで、トマス・ウェントワース・ヒギンスンとの文通は大きな足掛かりになる。従軍中のヒギンスンに宛てた手紙で、数少ないながらも戦争に触れているからだ。ディキンスンが詩人として成熟していったのがまさに戦争の時期であった。マリエッタ・メスマーも注目するように、家族や親類に宛てた手紙とは異なり、ヒギンスンに対しては詩人としての姿勢をとっている [116]。その意味でヒギンスンとの文通は、彼女の書簡のなかでも特異な位置を占める。

　ヒギンスンは良き文通相手でありながら、ディキンスンの詩を正しく評価しない批評家と目されてきた。トマス・H・ジョンソンによる評伝 *Emily Dickinson: An Interpretive Biography* (1955)、第5章のタイトル「最も安全な友人──放棄」も、その解釈を反映する。ヒギンスンは「間が抜けて的外れの言及をしている」[110]、或いは「実のところ、ディキンスンが芸術的に到達したものについて全く考えが及ばず、恐々と出版の保証人になったときでさえそうだった」[110] など、ジョンソンの言葉は手厳しい。ヒギンスンとの交流は、「名声の放棄」[118] を意味したとジョンソンは断じる。リチャード・シューアルもまた評伝 *The Life of Emily Dickinson* (1974) において、ヒギンスンの真摯な友情を認めながらも「文学的な教えをヒギンスンに頼ったことでディキンスンは判断を過った」[575] と述べる。どちらの評伝も「文芸批評家」ヒギンスンの見識の無さ

に容赦ない。

　一方、21 世紀に入り、ブレンダ・ワイナップルはヒギンスンを再評価し、*White Heat: The Friendship of Emily Dickinson and Thomas Wentworth Higginson* (2008) でふたりの友情をまとめている。ヒギンスンを選んだのは、「植物や蝶、書物に精通し、信じるものの為なら全てを賭ける、勇敢な因習打破の感性を信頼することができた」[4] ためとする。先述したメスマー同様、ヒギンスン宛ての手紙には「詩人以外の何者でもない存在として」[114] のディキンスンを認める。ここで批評家ヒギンスンの資質を問うつもりはない。それよりもぜひ考えたいのは、ディキンスンがヒギンスンに初めて手紙を送った背景に戦争という時代がどれほど深く絡んでいたかである。詩人として意識し始め、ヒギンスンに手紙を書き、投函するに至ったのは、戦争の時代だったからこそではないか、と。

文通の始まり

> お忙しいとは存じますが、わたくしの詩が生きているかどうか教えて頂けないでしょうか。心が詩のそばにあるので ── わからないのです、はっきりとは ── それにわたくしには尋ねるひとがおりません ──　　　　　[L 260]

ふたりの文通は戦争只中の 1862 年 4 月に始まる。戦争中にヒギンスンに宛てた書簡が 9 通残っている。1862 年 6 通 (L 260, L 261, L 265, L 268, L 271, L 274)、1863 年 2 通 (L 280, L 282)、そして 1864 年 1 通 (L 290) がある。『アトランティック・マンスリー』1862 年 4 月号掲載のヒギンスンのエッセイ "A Letter to a Young Contributor"（以下「若き投稿者への手紙」）をディキンスンが読み、詩の批評を仰いだことからふたりの文通は始まった。

　ヒギンスンのエッセイの何が、家族以外の人々を次第に避けるようになっていたディキンスンを促し、まったく面識のない人物に手紙を送る決心をさせたのか。ワイナップルは理由としてヒギンスンの急進的な行動を挙げる [4]。確かに彼の文章を雑誌でいくつも読み、反奴隷制主義者として

の過激な行動は知っていたはずである。しかし、最初の手紙には、その政治的な行動については何も触れていない。

　ここでまず、彼女を取り巻く状況を見ると、手紙を投函した 4 月 15 日から遡ること一か月間は、人口三千人のアマストの町を大きく揺るがした時期であった。アマストの青年フレイザー・スターンズが戦死し、バートン・リーヴァイ・セント＝アーマンドの言葉を借用するなら、その訃報は「アマストの人々に雷電の如き衝撃を与えた」[109]。

　スターンズは、アマスト大学学長オーガスタス・スターンズの息子で、ディキンスンの兄オースティンの友人でもあった。ポリー・ロングスワースがまとめた詳細な資料によると、リンカンの 3 度目の志願兵招集を受けてアマスト近隣で結成された第 21 連隊に、スターンズは、1861 年 6 月中旬に入隊。ウィリアム・スミス・クラーク教授に従ってのことだった (26)。その後、1862 年 3 月 14 日にノースカロライナ州ニューバーンで戦死。訃報が 18 日にアマストにもたらされ、19 日に遺体がアマストに到着、22 日に葬儀が営まれる。21 歳の若きスターンズの戦死はディキンスンによほどの衝撃を与えたらしく、3 月下旬に従姉妹のノアクロス姉妹宛ての手紙 (L 255) と、友人の『スプリングフィールド・リパブリカン』編集長サミュエル・ボウルズ宛ての手紙 (L 256) からも窺われる。

　その後、3 月 29 日『スプリングフィールド・デイリー・リパブリカン』がヒギンスンの「若き投稿者への手紙」を賞賛。4 月 14 日、ニューバーンの戦場で南軍から奪取した大砲が、ディキンスンの父エドワード主催でアマスト大学にて展示される。翌 15 日、ディキンスンはヒギンスン宛ての手紙を投函し、16 日にヒギンスンは手紙を受け取る。1862 年 3 月中旬から 4 月中旬にわたる一か月は、友人の戦死と、それに伴うアマストの人々の動き、ヒギンスンのエッセイ掲載、ディキンスンがヒギンスンに手紙を書いて投函するなど、戦争に関わる出来事と、詩作にまつわる行動とが矢継ぎ早に並ぶ。このふたつの領域は一見、無関係に映る。だが、戦争の影が色濃く射す時期だからこそ、両者が深く作用し合い、手紙の執筆・投函、文通開始という流れを作り出したのではないか。

「若き投稿者への手紙」と戦争

　ヒギンスンのエッセイ「若き投稿者への手紙」は、作家志望の若者たちに向けた指南書として読まれてきた。アンナ・メアリ・ウェルズも「若き投稿者への手紙」を、文体や語彙の配慮から知識の用い方など、読者との関わり、死後の名声なども含めて、未来の作家たちへのアドヴァイスとして紹介する (118–119)。ジョンソンもまた、「初心者のための実際的なアドヴァイスであった」と位置付ける (104–5)。

　だが、1862 年 1 月頃の執筆時期にあって、戦争中の興奮をヒギンスンが自ら戒めようとする言葉もまた随所に見られる——「目下の興奮に目を眩まされ、軍隊生活の魅力を過大評価してはいけない」、「家での日常生活を送る以上に、偉大で男らしい生活を［軍隊で］発見できるなどと一瞬たりとも夢想してはいけない」[*Magnificent Activist* 539–540]。文筆修行の教えだけでなく、戦争の時代における文筆の意義をも説く。ベンジャミン・リースがこのエッセイを「戦時における精神的独立の必要性の主張」[*Dickinson Encyclopedia* 139] とみなすのも頷ける。それにしてもなぜ 1862 年の時点で、ヒギンスンは文筆を志す人々に向けて戦争からの「精神的独立の必要性」を説いたのだろうか。

　トマス・ウェントワース・ヒギンスンには数多くの肩書きがある——「牧師」「著述家」「文芸批評家」「奴隷制廃止運動家」「大佐」「政治家」「婦人参政権運動家」等々、社会の動きに常に積極的に関わってきた人物である。ディキンスンより 7 歳年上の 1823 年生まれ。ヘンリー・デーヴィッド・ソローより 6 歳下、ハーマン・メルヴィルやウォルト・ホイットマンより 4 歳下で、ラルフ・ウォルド・エマソンの影響を強く受けた世代である。13 歳でハーバード大学に入学、4 年後に卒業した後、1842 年にハーバード神学校に入学。1847 年に卒業すると、従姉のメアリ・エリザベス・チャニングと結婚。ニューポートのユニテリアン第一教会の牧師として赴任する。けれども反奴隷制の立場で急進的な活動を重ねて教区の人々と分裂し、1848 年に教会を追われる。その後、社会運動に身を投じ、禁酒運動や女性の地位向上、奴隷制廃止のために積極的に関わっていく。

1853 年にウスターに新たに設立されたフリーチャーチに招かれ、文筆家として、過激な奴隷解放論者として、自分自身の良心に従った行動をとり、自他ともに認める "activist" であった。顕著な例として 1854 年に逃亡奴隷アンソニー・バーンズ救出に参加している。また「秘密の六人」のひとりとして奴隷制反対論者ジョン・ブラウンを支援してもいる。『アトランティック・マンスリー』1861 年 7 月号掲載のエッセイ「戦闘による試練」("The Ordeal by Battle") では、奴隷制が戦争の重要な争点であると持論を述べている。

　自分の信条に従って生きてきたヒギンスンも、開戦と同時に戦地に赴くことはできなかった。妻メアリが病身のために介護が必要だったためである。ヒギンスンのエッセイ「若い投稿者への手紙」には、戦地へと逸る気持ちを自ら諌め、文人として戦時にどう生きるべきかを自問する姿がある。ヒギンスンの評伝を書いたティルデン・G・エデルスタインは 1861 年 8 月中旬のヒギンスンの日誌を引用し、自然散策しつつ苦悶する言葉を紹介する。

　　すっかり決心した、現在の義務は家庭にある。私が望んで、何年も目指して訓練してきた戦争に全く参加できないのは、ナポレオン戦争に加われないのと同じなのだ。　　　　　　　　　　　　　　　　　　　[Edelstein 247]

　1861 年 10 月ボールズブラフの戦いでの北軍の惨状を知り、いよいよ戦場へと気持ちが駆り立てられる。結果的にはその後、ようやく妻の世話役を見つけて、1862 年夏、ジョン・アルビオン・アンドルーマサチューセッツ州知事から連隊招集許可を得て、ヒギンスンの出征が決まる (Edelstein 248)。ディキンスンから初めて手紙を 4 月に受け取ってから、初期の文通（5 通が現存）の間、ヒギンスンは戦争との関わりを模索していたことになる。

　それでは「若き投稿者への手紙」の何が、ディキンスンに強く訴えたのだろうか。リースとエデルスタインのどちらも、その隠遁生活と照らし合わせて推論する。リースは、特にエッセイの結びの部分に強く惹きつけら

れたものと解釈する (76)──「戦時であれ平時であれ、名声であれ忘却であれ、毎日を高潔に生きるために確固たる目標を立てた人には何ら実際的な危害を与えることはできない」(Higginson 541)。エデルスタインもリースと同じ箇所に注目し、エッセイ執筆の段階ではヒギンスンに従軍の可能性がなく、彼が「人生において戦争はそれほど重要ではない」と自分に言い聞かせるかのような箇所に、ディキンスンなりに共鳴したものと推測する。「戦闘的な奴隷制反対論者」ヒギンスンも自身の希望を「放棄」したことが、「隠遁」のディキンスンに強く訴えかけたとする (Edelstein 250)。ふたりの指摘を参考にしつつ、さらに、ディキンスンが「詩人」として歩み出した時期であったこと、しかもスターンズ戦死という大きな衝撃を受けた直後であったことを考え合わせると、次の箇所も見過ごすことができない。

> 文才に恵まれた人はどの時代にもほんの僅かしかいない。（中略）その力を十分に発揮する高潔を持ち合わせている人はその中に殆どおらず、ごく少数の人々も最終的には病や数多くの災難で死に、時代を具現した知性のなんと僅かしか遺されないかを見ると身震いする。
>
> [*Magnificent Activist* 541]

そしてすぐ後に次の言葉が続く──「文学は薔薇の香油であり、百万の花から蒸留される一滴なのである」[541]。将来を嘱望されたスターンズをはじめ若者たちの訃報が次々と伝えられる最中、ディキンスンは詩人としての使命を模索していたのではないか。ヒギンスンの薔薇の比喩は、ディキンスンの詩人論・詩論とも読める詩 "This was a Poet –" (F 446: 1862) および "Essential Oils – are wrung –" (F 772: 1863) を連想させる。ヒギンスンは薔薇の香油の比喩を用いて、ほんの一握りの言葉だけが後世に遺されるものとした。ディキンスンの詩では同様の思想が、さらに精神的、肉体的な痛みと共に表されている。

Essential Oils – are wrung –
The Attar from the Rose

Be not expressed by Suns – alone –
It is the gift of Screws –　　　　　　　　　[F 772 B]

精油は　搾りだされるもの
薔薇の香油は
太陽だけに圧搾されるのではない
それは搾り器の賜

　薔薇から香油を抽出し、その香りが永遠に残るように、詩人亡き後も詩の言葉は残る。ただし、この「香油」（詩）は太陽の力だけでは手に入らない。ここで目に留まるのは、"wrung", "express", "screw" の語である。「香油」（＝詩）は力ずくで、否応なく「搾り出される」。薔薇の香油の芳しさの裏には、「搾り」「圧搾」という作業が不可欠である。身体的な、むしろ精神的な痛みさえ伴うことも覚悟しなくてはならない。

　ヒギンスンの文章を読んだのは、スターンズ戦死の衝撃からまだ日も浅く、身近な友人の死に愕然とし、深い悲しみに突き落とされた最中だった。ディキンスン自身、動揺しながらも頭にあったのは、詩を書くことの意味だったのではないか。彼女が詩についての詩を書いたのが、戦争の時代であった意味は大きい。エライザ・リチャーズも強調するように、「多くの詩人たちが戦時における詩の役割を問うた」["How News Must Feel When Travelling" 158] 時であった。ディキンスンも詩人論・詩論ととれる詩をいくつも書き、詩人の在り方を模索し、"I would not paint – a picture –" (F 348), "They shut me up in Prose –" (F 445), "This was a Poet –" (F 446), "I died for Beauty – but was scarce" (F 448), "I dwell in Possibility –" (F 466) などをこの頃書いている。ヒギンスンが「若き投稿者への手紙」で記したメッセージを、ディキンスンなりに詩の形に凝縮する。詩は「百万」の人々の声なき声を糧に「搾り出された一滴」の重みを持つ。芳しいだけの一滴ではない。否応なく身を削がれるような思いから生じた一滴になる。

　ヒギンスンとの文通が始まって 8 か月後の 1862 年 12 月、従姉妹のノアクロス姉妹に書いた手紙は、戦時下の「死」がディキンスンを詩作へと導いたことをはっきり示す。

戦争が始まって以来、悲しみは、以前よりももっと広まったように見えます。少数の人々の所有物ではありません。人々の苦悩が他者の苦悩から救ってあげられるなら、たくさんのお薬となるでしょう。（中略）ロバート・ブラウニングがもう一篇詩を書いていたことに気が付いて驚きました。私なりのささやかな方法で、納骨堂の階段で歌ったことを思い出したのです。毎日の暮らしがいよいよ力強く思われます。私たちが持っている力が、さらに途方もなく大きくなっています。　　　　　　　　　　　　　　[L 298]

トマス・H・ジョンソンはこの手紙を 1864 年に分類したが、ジェイ・レイダは 1862 年 12 月頃のものと修正している (Leyda II: 72)。ディキンスンにとって 1862 年は、スターンズの死によって戦争が急激に身近に迫った年になる。戦争によってもたらされた「苦悩」、その「苦悩」を糧にして、人々を慰める「薬」（つまりは「詩」）を生み出す。ディキンスンが心酔するエリザベス・ブラウニングは 1861 年に没した。妻が他界した後もなお夫ロバート・ブラウニングが詩を書いている事実を知り、ディキンスン自身、戦争による多くの死を受けて、詩を作る意味を手にしたのだろう。

　アルフレッド・ハベガーもこの手紙に注目し、「隠遁してはいるが、ディキンスンは同時代の社会のまさしく一部である」[400] と述べ、動乱の時代における詩人ディキンスンの姿を読み取ろうとする。そのうえでハベガーは戦争とディキンスンの創作の関わりを、国家的な視野で説明する——「戦争によって、彼女は死の危険と大きな苦難、究極的なものへの近さをますます一般的なものとして感知するようになった。（中略）彼女は自分の新たな力が国家的試練に関わると認識した」(400)。ディキンスンが戦争初期の段階から「国家的な」観点に立っていたかは疑問である。むしろアマストや近隣の若者たちの訃報が次々と届くにつれて、次第に戦争というものを実感するようになったと考えるほうが妥当だろう。それでもなお、先の手紙で使われている「力」という言葉から、ディキンスンなりに時代との、より正確には人々とのつながりを意識しながら詩作を重ね、詩の持つ力を実感していった様子が伝わる。

　ヒギンスンに宛てた最初の手紙では、「生」を追求する言葉が強く響く——「お忙しいとは存じますが、わたくしの詩が生きているかどうか教え

て頂けないでしょうか」、「それ［詩］が呼吸をしているとのお考えを、お知らせくださいましたら、早々に感謝申し上げます」[1]。戦争の時代に「生」と「死」の主題を深めていく。それと連動するように、「詩人」ディキンスンとヒギンスンの文通が始まったのである。

「斜めの場所」をめぐって

　24 年間にわたるふたりの文通で、ディキンスンの手紙は 71 通残っており、最初の 9 通が戦争中にあたる。奇妙なことに、ディキンスンが初めて戦争に直接触れるのは文通開始 10 か月後、1863 年 2 月頃に送った 7 通目 (L 280) になる。それ以前は何ら話題にしていない。7 通目の手紙は次のように始まる。

　　　惑星の部隊が消滅したのではなく、領土の、或いは世界の交換を経験したのだと思いました。
　　　お目にかかることを望むべきでした、あなたが生きていらっしゃるとは思えなくなる前に。戦争はわたくしには斜めの場所に思えます ― 夏がまた来ましたら、お越し頂けますか。

広大な惑星のメタファーを用いて兵士たちの運命（生死）を表わす。この冒頭部分は "It knew no lapse, nor Diminution – " (F 568 B) の詩の後半部分に相当する。詩は 1863 年夏頃に清書されており、同じ時期に書いたこの手紙では、後半部分を散文として用いている。詩自体は、広大な宇宙で惑星が消える様子を描く。詩の前半を引用する。

　　It knew no lapse, nor Diminution –
　　But large – serene –
　　Burned on – until through Dissolution –
　　It failed from Men –

　　それは消滅も、縮小も経なかった
　　ただ大きく　穏やかに

　　燃え続け　ついに分解によって
　　人間の前から消えた

　手紙では、来世の不思議を、惑星の消滅という宇宙現象に喩える。ひとは
「死」によって地上から消えて見えなくなるが、その存在は領域を変えて
存続しているという発想になっている[2]。

　この手紙を受け取ったころ、ヒギンスンの境遇は大きく変化し、1862
年11月から初の黒人連隊 (the First Carolina Volunteers) の大佐としてサ
ウスカロライナ州ポートロイヤルに駐屯していた。連邦政府によって初め
て公認された黒人連隊であり、解放奴隷で組織されていた[3]。その後ヒギ
ンスンは、サウスカロライナ州南部の都市ビューフォートから4マイルに
あるスミス・プランテーションで600人の黒人兵たちの訓練にあたってい
る。ディキンスンが7通目で初めて戦争に言及したのは、『スプリングフ
ィールド・リパブリカン』(1月1日および2月6日）の記事で彼の出征を
知ってのこととなる。

　この7通目の手紙が注目を集めてきたのは、ディキンスンの戦争観を示
す一文のためである――「戦争はわたくしには斜めの場所に思えます」
("War feels to me an oblique place –" [L 280])。「斜めの」("oblique") という
語は、戦争と距離をとる「隠遁」詩人像をこれまで連想させてきた。確か
に、ハーマン・メルヴィルの戦争詩 Battle-Pieces and Aspects of the War: Civil
War Poems が出版された際、ウィリアム・ディーン・ハウエルズなど同時
代人たちがその傍観者的な態度を批判した、それと同様な印象を与える。
ハウエルズはメルヴィルの主題の扱い方が現実味に欠け、まるで夢幻のよ
うに、対象そのものから「かけ離れている」と酷評した (Review of Battle-
Pieces 253)。アルフレッド・ハベガーも、21世紀の幕開けとともに出した
評伝 The Life of Emily Dickinson: My Wars Are Laid Away in Books で新たな
ディキンスン像を描きつつも、"oblique" の語については従来の傍観者的
な解釈を踏襲し、戦争協力した兄の妻スーザンや妹ラヴィニアとは異な
り、「戦争に関してエミリの立場は斜めであった」[402] と記す。

　ディキンスンの伝記的事実が明らかになってきた今日にあって、

"oblique" の語は、同時代への、つまりは戦争への無関心としてではなく、彼女なりの時代との、戦争との向き合い方として捉えるべきだろう。そもそも、ディキンスンが "oblique" の語を用いた例は、書簡ではこの手紙が唯一になる。詩では 2 箇所（F 1210 と F 1520）あり、そのひとつ "Some we see no more, Tenements of Wonder"（F 1210, 1871 年）では、来世は「不思議の住処」("Tenements of Wonder") であって、この世の人間は認識の限界故に、「斜めの信仰」("That oblique Belief") を用いて、推し量るしかない[4]。

Some we see no more, Tenements of Wonder
Occupy to us though perhaps to them
Simpler are the Days than the Supposition
Their removing Manners
Leave us to presume.

That oblique Belief which we call Conjecture
Grapples with a Theme stubborn as sublime
Able as the Dust to equip it's feature
Adequate as Drums to enlist the Tomb.

わたしたちが二度と会うことのない人々は
不思議というすみかを構える
おそらく彼らにとって日々は単純だろう
その立ち去り方から残された者たちが推測するよりも

わたしたちが推量と呼ぶ斜めの信心は
主題に取り組む。至高のように扱いにくく
その貌を装わせる塵のように有用で
墓の一員となる際の太鼓のようにふさわしい主題と。

来世にいる死者を思い浮かべるにしても「推量」に過ぎず、この世で憶測するよりももっと「単純」な暮らしを死者たちは送っているのではないか。戦後 6 年ほどして清書された詩でありながら、戦争を連想させる表現

「（天国の）一員となる」（入隊する "enlist"）が使われ、「太鼓」("drums")
の音が響く。

　この詩の "oblique" の語は、直接には確認できないもの、見えないもの、
計り知れないもの、人間の理解を超えたものと結びつく。その意味で、戦
地のヒギンスンに送った一文「戦争はわたくしには斜めの場所に思えま
す」とも通底する。ヒギンスンはサウスカロライナ州南部のビューフォー
トで黒人兵の訓練にあたった後、1863 年 1 月に戦闘に参加した。手紙が
書かれたのが 1863 年 2 月であった。アマストからはるか遠く隔たった未
知の場所であることに加え、黒人兵と共に戦場にいる。ディキンスンにと
って、認識を遥かに越えた来世のような場所であることから、「斜めの場
所」と表現したものと考えられる。

　フェイス・バレットは、ここに「保護された」立場を読み込む。南北戦
争中に兵士達が作った詩において、北部の女性達が「守られた」境遇であ
るために戦争を知らないことを、共通のさびの部分で繰り返す例を挙げ、
この表現もその一例として指摘する ("Addresses" 131)。従軍中のヒギン
スンに対して、「戦地から遠く隔たり、その恐ろしさを想像したり理解し
たりすることはできない」。そのうえで「ヒギンスンが好みそうな言葉を
ディキンスンは使っているのだろう」["Addresses" 131] と推論する。

　ただし、「戦争はわたくしには斜めの場所に思えます」の一文は、手紙
から抜き出され、独り歩きしてきた感もまた否めない。ここで改めて手紙
の中に戻して考えたい。

　　　惑星の部隊が消滅したのではなく、領土の、或いは世界の交換を経験し
　たのだと思いました。
　　　お目にかかることを望むべきでした、あなたが生きていらっしゃるとは
　思えなくなる前に。戦争はわたくしには斜めの場所に思えます ― 夏がまた
　来ましたら、お越し頂けますか。　　　　　　　　　　　　　　　　[L 280]

問題の一文の前後も考えると、ヒギンスンを案じる気持ちを改めて確認で
きる。ウェブスターの辞書（1828 年版）での "improbable" の定義 "Not
likely to be true" に基づくと、アマストで暮らすディキンスンには、出征

したヒギンスンがこの世にいる気がしない。出征前に会うべきだったと後悔し、「死」と紙一重の戦場にいるヒギンスンを案じる。ヒギンスン自身は後にこの手紙を回想して、「あなたの土の精より」という奇妙な署名の意味を、「友人［ヒギンスン自身］の信じられないほどかけ離れた状況に、不思議な感覚を覚えたのではないか」[*Magnificent Activist* 553] と解釈する。相手が戦場という物理的にも心情的にも遠い場所にいる。その無事を念じる手紙としてまず読める。

　"oblique" の語には戦争との地理的、そして心情的な「隔たり」に加えて、詩人ディキンスンの姿勢も投影されているだろう。そもそも「戦争」という言葉を初めてヒギンスンに宛てて用いたこの手紙から、彼女なりの立ち位置を探りたくなる。その際、"oblique" の語に幾何学的な用法を見出すモーリス・リーの解釈は、重層的な意味を喚起する。

　　　円周を自分の仕事とし、知識の状態を議論する際にしばしば幾何学的な比喩を用いる詩人が、戦争を斜めの場所として記述するのはひとつの見方と決定的な意見との相違を強調するためである。　　　　　　　　　[1126]

"Oblique" の言葉自体、天文学の用語として、惑星の軸が正しい角度にはないこと、植物学の用語としては葉の形が有機的な調和をもたぬ、ゆがんだ、不等辺であること、幾何学の用語としては斜線の意味をリーは指摘する。ディキンスンの戦争観が同時代の人々といかに掛け離れているかを、彼女が興味を持っていた天文学や植物学の語彙と関連付けてリーは解釈する。

　ディキンスンがアマスト・アカデミーやマウンホリヨーク時代、アマスト大学学長で地質学者エドワード・ヒッチコックの影響下にあった教師たちから、自然科学の分野の科目——地質学、植物学、科学、幾何学、地理学、数学、科学など——を幅広く履修している。ヒッチコック自身、会衆派の敬虔な教徒であり、その教育も宗教との共存を図る「科学的・宗教的総合体」(McIntosh 154) であった。新たな発見から、ひとびとの世界観が塗り替えられていった時代に、ディキンスンは教育を受けたことになる。新たな知の領域が広がり、その分野の語彙を詩や手紙に用いることによっ

て、ディキンスン自身、思考の幅を押し広げ、深めていく。"oblique"もまた詩人の貪欲な探究心が反映された語彙であろう。

ディキンスンと「信仰」

　"oblique"の語について、先に挙げたリーの指摘では「ひとつの見方と決定的な意見との相違」、すなわち、同時代の主潮とは異なることを表わしている。この解釈は、7番目の手紙を読むうえでも説得力がある。というのも、同じ手紙でディキンスン独自の姿勢を次のように強調しているからである。

> 死に接すると友人を畏れる気持ちになります。（中略）あなたが戦争の境界線を乗り越えるものと固く信じています。お祈りをするように育てられてはおりませんが、わたくしたちの部隊のために教会で礼拝があるときは、あなたのことを［お祈りに］入れます。（中略）どうか、名誉にかけて、死を避けてください、切に願います。
> [L 280]

戦地のヒギンスンの身を案じる。だが、「お祈りをするように育てられてはおりませんが」の箇所で、ディキンスン自身の教会との関わり、および教会に対する信条的な距離感が見え隠れする。

　そもそもディキンスンの人生において、信仰は様々な問題を孕んできた。彼女が果たしてどのように「信仰」を持ち続けたかは定かではない。それでもディキンスンが生まれ育ったアマストは、コネティカット・ヴァレーに位置し、ピューリタンの宗教色の濃い土地を抜きにして詩人ディキンスンはあり得ない。「ピューリタンの牙城」アマスト大学が創立され、彼女の祖父サミュエル・ファウラー・ディキンスンも尽力している。ハーバード大学神学部は、父なる神の霊性のみを信じるユニテリアン派が主流のリベラルな風潮であり、それに対抗してのことだった。アマストでは会衆派が主流で、回心経験を経た後に、信仰告白（堅信礼）を受けてようやく正式に教会員として認められる。ディキンスンの時代には信仰復興運動が何度も起こり、アマストでも、1831年、1834年、1841年、1850年、1857

年、1858 年、1869 年、1870 年が記録されている (Eberwein, "New England Puritan Heritage" 49)。親友のスーザン（のちに兄の妻となる）や家族も次々と堅信礼を済ませて教会員となっていく。ディキンスンはマウント・ホリヨーク女学院（現在のマウント・ホリヨークカレッジ）在学時に教師たちに促されても信仰告白をせず、その後も家族の中でただひとり、それを貫いた。このような彼女の経験も踏まえると、「お祈りをするように育てられてはおりませんが」の言葉も、教会で求められる儀式に従って祈ることへの抵抗が感じられる。

　回心体験を告白し、教会員となることをディキンスンが拒んだ背景には、集団的な流れに沿うことを是としない彼女自身の性格もあるに違いない。ジェイムズ・マッキントッシュも指摘するように、回心体験を告白するうえで「公の場で自身の完全性を明け渡し、自己を曝け出すこと」[152]への抵抗感もあったと思われる。また、先にも触れたように、当時の女性としては高い科学教育を受けている。アマスト・アカデミーおよびマウント・ホリヨークで受けた科学教育はカリキュラムのなかでもかなりの比重が置かれている (Sielke 238)。エドワード・ヒッチコックの教育方針はあくまでも宗教との調和を目指すものでありながら、学問的な刺激に満ちた環境であったことが十分想像できる。そもそもフレデリック・ウィリアム・ハーシェルによる天文分野の新発見、チャールズ・ダーウィンによる進化論、マイケル・ファラデーによる物理学の業績など、ディキンスンが教育を受けた 1840 年代、1850 年代はそれまでの宗教観・世界観が大きく変化していく時代にあたる。

　新たな科学分野の教育を受けつつ、親の世代の宗教をそのまま受け入れること、教会の形式にそった信仰に従うことは、ディキンスンにとって多くの矛盾を伴い、困難であったに違いない。ディキンスンだけでなく、この時代の若い世代が共通して抱えていた問題としてアン・C・ローズは指摘する (20)。しかしながら戦争の大義を宗教的な見地から教会や大学が説く傾向もますます強まっていく。戦争前には誰しも想像だにしなかった、未曾有の大殺戮が展開し、「神意」そのものへの疑念が生じたのも当然であろう。家族が死の床を囲んで見守るそれまでの死から、戦時下にあっ

ては「若者が突然、暴力的に、故郷を離れて、集団で」死ぬという「新たな現実」を突き付けられる (Jed Deppman 258)。この事態に至って、それまで積み上げられてきたディキンスンの疑念が、詩の言葉となって次々と表されていく。

　ディキンスンにとって、教会という枠で祈ることは抵抗感や違和感を伴うものであっただろう。それでも信仰は常にディキンスンの心にあり、「形のない　震える、祈り」("shapeless – quivering – prayer –" [F 252]) を秘めるものであった。信仰におけるディキンスンの境遇を考えるとき、"oblique" の語は単なる反抗以上のさらに深い重みを持つ。動乱の時代を生きていくうえで、戦争から信仰までも含めて、未知のもの、眼に見えないもの、直接確認できないもの、心のざわつきを感じさせるもの、手の届かぬ深遠なものに対して、ディキンスンは心理的にも、身体的にも、「斜めに」向かうひとであった――冬の午後、教会の窓から射す「斜めの光」(slant light) も、「斜め」だったからこそ、心の中に射しこんできたのではないか。他界した人々を思うときも「斜めの信仰」(oblique Belief) を通して彼の地に思いを馳せる。大きな「雪崩」に対しては身を「斜め」(slant) に傾ける。強烈な真実は「斜めに」向いてこそ乗り越える。まっすぐ見つめるにはあまりにも熾烈な真実に「斜め」に構える。心の底で意識せずにいた、それまで気が付かずにいたものがふとしたきっかけで湧きおこり、次第にずしりと痛みを覚える。手で触知できない場所にあるものを感知して、詩人が言葉にするとき、その思いを託す上で "oblique" は相応しい語彙であったのだろう。

　北部の思潮に目を向けると、戦争到来を神意として解釈する動きが広まっていた。ジェームズ・H・ムアヘッドの詳細な研究によると、共和国の理想を実践し、その理想を広めるために必要な、「キリスト教的な民主主義を守るための偉大なる人民の戦い」[40] とする戦争解釈が、北部の教会を中心に広まっていた。ジェームズ・M・マクファーソンは南北双方の兵士 1076 人の家族宛の私信を分析して、兵士たちが当初の信仰心を戦争中も持ち続けたことに言及している。先述したようにピューリタニズムの牙城として 1821 年にアマスト大学は設立され、戦死したスターンズの父、

すなわちアマスト大学学長ウィリアム・オーガスタス・スターンズは戦争
の必然性を聖書に準えて説いた。息子が戦死する一年半前、1861 年 9 月
26 日に、「戦争の必然性、および戦争における成功の諸条件」と題して説
教を行い、戦争は合法で、神の意志によると解釈し、「神は［わが］国の
設立者であり、指揮官であり、国が人類と救世主の大義の促進に寄与する
ことを望んでおられる」[A Sermon 23] と人々に呼び掛けている。

　ディキンスンの先の手紙にいまいちど戻ると、ここで何よりも目立つの
は、人智を超えた事象について、宗教的な説明を覆すかのような表現であ
る。そもそも、「お祈りをするように育てられてはおりませんが、わたし
たちの部隊のために教会で礼拝があるときは、あなたのことを［お祈りに］
入れます」も、教会の礼拝に対して距離をとろうとする態度がある。敬虔
な解釈の代わりに顔を出すのは即物的ともいえそうな表現だ。

　　わたしは考えていました、今日、気が付いたのですが、「超自然」とは自
　　然が、露わにされたものに過ぎないのです。　　　　　　　　　　[L 280]

宗教的な解釈ではなく、敢えて人間の経験軸で捉え直そうとする。その
際、"not but" の構文および "dis–"、"un–"、"super–" の接頭辞を持つ語が逆
説的な発想を導く。神意を読み解こうとする同時代の思考回路を転覆する
伏兵のように、こうした接頭辞が手紙の至る所に潜む[5] ——「『啓示』で
はない — 待っているものは／私たちの備えのない目だけがあるのです」
もそのひとつになる。神の啓示があるかどうか、それに気が付き、理解す
るだけの能力のない、「備えのない」目しか人間は持ち合わせていない。
手紙の文脈で見ると、この 7 通目の手紙において、「斜めの場所」には、
戦争を神意に結びつける風潮に呑み込まれることなく、自身の認識に基づ
いて時代に向かおうとする姿がある。同時代に広がる表現や解釈に頼らず
に、彼女自身の感性で真実を把握しようとするかのように。

　　あなたがお発ちになったことを、偶然、知りました、自然の秩序、または
　　四季を見つけるように。何の根拠を手にしなくても、［季節の］進行とい
　　う反逆として推測します。進みながら消滅するのです。　　　　[L 280]

ヒギンスンの出征を、季節の移ろいに喩える。しかも、南部の軍事行動が国家に対する「反逆」であり、それを制圧することが戦争の「大義」とする北部の党派的な語彙を、季節の推移を語る文脈に用いている。

　ここでヒギンスンの歩みを確認しておこう。ヒギンスンはその過激な思想ゆえにユニテリアン派の牧師を 1849 年に辞しているように、文字通り行動の人であった。1856 年には奴隷制を巡って大揺れのカンザスへ向かっている。そんな彼を、ジョージ・M・フレデリクソンは「最初に武装したトランセンデンタリスト」[37] と呼ぶ。ヒギンスンの従軍日誌には宗教的大義の記述はほとんど見当たらず、アン・C・ローズはヒギンスンの著作『黒人連隊従軍記』(*Army Life in a Black Regiment*) が、「明らかに世俗的ペルソナの観点」[31] に立つと指摘する。「牧師」ヒギンスンの「世俗的」な面については、戦後 1867 年 5 月 30 日ボストン開催の「自由宗教団体」(The Free Religious Association) に参加したことにも窺がわれる。宗派を超えた集まりこそ、ヒギンスンにとって理想が実現された場であったとエデルスタインは説明し、戦争の宗教的側面について「反奴隷制運動は大義を提供するためのものとされ、南北戦争は聖戦とされていた。しかし戦争が終わって、ヒギンスンが言えるのはこれだけだった、『アメリカの生活における大きな潮流は宗派の力よりも大きくなっている』と」言及する [310]。

　戦争中のヒギンスンは自分の信念に従って直接行動し、戦場に身を投じた。一方、ディキンスンはアマストに広がる宗教的な言説を越えて、彼女自身の表現を用いた——周囲の人々を超えて、その外にいる、戦地のヒギンスンに発信し、彼女独自のスタンスを表わすうえで選んだのが "oblique" の語であった。

死の淵からの帰還

　1863 年頃の 8 通目の手紙で "That after Horror – that 'twas *us* –" (F 243) の詩をヒギンスンに送っている。ただし、詩の後半のみである。手紙は次

のように書かれている。

> ［あなたは］とても大目に見て下さいました、もしご立腹なさるようなことをしておりましたら、十分に謝罪できずにおります。
>
> 　わたくしの横柄な行いを考えますと、新たな痛みになります ― もう名誉ある立場にはなれません ― ご立腹させた行いについてお尋ねするまでは。自分をどうみなしたらよいかわかりません ― 昨日は「あなたの生徒」でした ― もし今晩お許しくださるなら、さらに名誉となります ― 盗人の懇願でしかありませんが、どうぞ先生、お聞きください「バラバ」より
>
> [L 282]

ヒギンスンは、1863年7月9日から11日のサウスカロライナ州ウィルタウン・ブラッフの戦闘で負傷した。ヒギンスンからの返信が途絶え、事情を知らぬディキンスンが相手の機嫌を損ねたものと心配して送ったのがこの8番目の手紙になる。フォアダイス・R・ベネットは手紙の署名「バラバ」について、磔刑を免れたバラバの心情と、寛恕を願うディキンスンの心情を重ねて解釈する (60–61)。リースは、ヒギンスンの負傷を知ってこの詩を送ったと解説するが (82–83)、8通目の手紙の段階ではまだ負傷を知らずにいたことは、次の9通目の文面からも明らかである――「危険な状態にいらっしゃるのでしょうか、負傷なさったことは存じあげませんでした」[L 290]。この手紙 (L 282) に付けたのが、"That after Horror – that 'twas *us* –" (F 243) の詩である。詩の後半のみが送られたが、まず全体を見てみたい。

> That after Horror – that 'twas *us* –
> That passed the mouldering Pier –
> Just as the Granite crumb let go –
> Our Savior, by a Hair –
>
> A second more, had dropped too deep
> For Fisherman to plumb –
> The very profile of the Thought
> Puts Recollection numb –

The possibility – to pass
Without a moment's Bell –
Into Conjecture's presence
Is like a Face of Steel –
That suddenly looks into our's
With a metallic grin –
The Cordiality of Death –
Who drills his Welcome in –   [F 243]

恐怖のあとのそれ ― まさにわたしたちが ―
崩れかけた埠頭を渡ったときだった ―
ちょうどそのとき花崗岩のかけらを放ったのは ―
救世主、間一髪だった ―

一秒遅ければ、漁師も測れないほどの
深みに落ちてしまっただろう ―
その考えが横顔となり
回想を麻痺させる ―

一瞬の警笛もなく
推測の現前へと ―
進む見込みは
鋼鉄の顔のよう ―
突然わたしたちの顔を
金属的な薄笑いを浮かべて覗きこむ ―
死の真心は ―
招き入れの教練をする ―

奈落の底に危うく落ちるところを免れて、第1連と第2連で語り手はその
危機を思い返す。一人称複数代名詞「わたしたち」がイタリックとなり、
さらに強調構文で二重に強められている。個人の経験というよりは、連隊
のような運命共同体を思わせる。第3連で紙一重のところで救われながら
も、大砲の口径のような「鋼鉄の顔」が眼前に迫る。
　回想部分の前半（第1連と第2連）8行では、危機を切り抜けた直後の

動揺がいまだ収まらない。そのためか、冒頭から何度も指示代名詞「それ」("that") を繰り返し、語りはもたつく。だが、後半になると俄然、その語りも勢いを増す。ヒギンスンにはこの後半部分が送られた。「生」と「死」の狭間を生き延びた経験を振り返り、戦場を連想させる語彙——「鋼鉄の顔」("a Face of Steel")、「金属的な薄笑い」("a metallic grin")、「教練する」("drills") ——が並ぶ。この後半を送ったのは、明らかに戦場のヒギンスンを意識してのことだろう。この語彙と現在時制によって、今なお恐怖に付き纏われる緊迫感を孕む。前半のように連分けはせずに、一息に8行を句またがりで、死の恐怖を回想する。はっと息を呑む一瞬、語り手の乱れた息遣いは、夥しいダッシュから伝わる。

　実はヒギンスンに送られなかった前半には、文法的な解釈に戸惑う箇所がある。1連目3行目 "Just as the Granite crumb let go –" から4行目 "Our Savior, by a Hair –" にかけて、主語と目的語が不明瞭なのだ。クリスタン・ミラーはこの特徴を「回復不可能な省略」と呼び、文法的に成り立つ形に戻すのが困難であるとする (*A Poet's Grammar* 28–30)。シャロン・キャメロンはこの部分を仮定法として解釈し、「わたしたちが一筋の髪をさらに落としていたなら、救世主と出会っただろう」[107] と言い換えてみせる。けれども、キャメロンとは異なる解釈のほうが妥当ではないか。ここで "Our Savior let go the Granite" と主語と目的語を整えたうえで、「一筋の髪」("a hair") と文字通りにとらず、慣用句「危ういところで」("by a hair") と捉えると、「花崗岩のかけらが崩れた」出来事をめぐってふたつの相反する観点が浮上する。「私たち」が渡り終わる瞬間まで埠頭を崩すのを待ち、「救世主」が助けてくれた、という見方と、逆に、「花崗岩のかけらが崩れた」際どい出来事に神意が介在していたのではないか、という疑念である。仮に後者の疑念に耳を傾けるならば、そもそも人々が殺し合う戦争に神意が関わること自体、懐疑の念が起こる。

　ヒギンスンには送られなかった前半部分には、語り手の疑念が潜む。自分が脱した危機と神意とは果たして結びついているのか、神は手を差し伸べて救ってくれたのか、それとも自分たちを危機に陥れようとしたのか。その懐疑の深さが、文法的に不明瞭な部分へと結びついているともとれ

る。この語り手は、戦死したアマスト出身の青年フレイザー・スターンズ
とはあまりにも対照的である。戦場でスターンズは懸命に神意を読み取ろ
うとした。戦争の大義を説く父に宛てて、スターンズは戦場から手紙を送
り続けた。いわばマタイ伝の「一羽の雀」として、あらゆる局面に何らか
の神意を懸命に読み取ろうとするかのように。

> 砲弾が音を立てて頭上を行き交っていました。それなのに私は最後まで撃
> たれずにいたのです。そして神様がどんなに親切であるかを示されたかの
> ように私は二度撃たれました。（中略）私は気を失い、地面に沈み込みま
> した。やがて意識が戻り、数歩這い、血が顔から滴っていましたが、無事
> を実感しました。あの日、私が国のために成す事をお許しをくださった神
> 様に感謝します。　　　　　　　　　　　　[*Adjutant Stearns* 94–95]

砲弾がしきりに掠め飛ぶ。いつ致命傷を負ってもおかしくない。戦闘を生
き延びた事実を、神から授けられた使命の証として実感する。身の安全よ
りも、自身の使命を確認することに意識を置く。この手紙を読む父親も息
子と同じ見方であったはずである。そもそも父親が息子をそのように導い
たのであるから。

　息子の死後、父が *Adjutant Stearns* に記した成長の記録によると、ス
ターンズは幼児期から宗教への関心を深め、12歳で洗礼を受けている。け
れども、早熟ゆえに、母の死後、信仰に悩むようになる。先述したように
アン・C・ローズは、南北戦争の時代、親の世代の宗教観を受け継ぐこと
に、若者たちの世代で信仰の揺らぎを覚えた傾向を指摘する――「宗教的
な確信を一時的な報酬にすり替え、自分たちの仕事、余暇、家族、政治、
特に戦争に永続的な意味を付与しようともがいた」[20]。スターンズもそ
の一例にあたるだろう。戦場の体験のひとつひとつに神の祝福の証を見つ
け出そうとするのは、自身の信仰の拠りどころを探るかのようだ。

　スターンズとの対比で見ると、先の F 243 の詩の前半部分には神への疑
念が潜み、花崗岩が崩れる下りではその疑念が形になる。ディキンスンが
後半だけを送った理由として、ヘレン・ヴェンドラーは、差し迫った語り
に注目し、その優れた出来故を評価する (84–85)。詩としての出来栄えも

さることながら、前半が宗教的な懐疑を含み、後半部分は、死の危機に直面する瞬間を力強く捉える。戦場の大砲がいきなり大写しとなり、恐怖と同時に「死」の怪しい魅惑が付される。そして 6 行目の「薄笑い」("grin")と最終行の「招き入れ」("Welcome in") が押韻し、死の淵へと容赦なく引き込む強力な磁力となる。前半が過去形と仮定法であるのに対して、後半では現在形が用いられている。語り手は、超越した存在の意向を問うことなく、眼前に迫る「顔」に釘づけとなり、思考停止となる。抜け出そうにも抜け出せず、強い力に屈する。その強引な力は「にやにや笑い」、「大砲」、「警笛」など視覚と聴覚の共感覚で強調される。「生」と「死」の狭間に繰り返し立ち戻っては、たじろぎながら死の恐怖に向き合う。

　前半においては、語り手が過去を振り返るとき、表層とは全く異なる深層を捉えた可能性がある。危機一髪の状況を振り返るうえで、後半の「より真に迫った語り」[Vendler 85] には、前半部分における神の行為への疑いが潜むからである。語り手が味わった真の恐怖は、死の淵に立つことよりも、その一瞬に神意が介在していたのではないかという疑念にある。この疑念が底知れぬ恐怖となり、後半部分へと結びつく。この前半部分は、ヒギンスンに送らずに手元に置いた。そもそも他人に送ることをディキンスンは差し控えたと思われる。

　ディキンスンの戦いに関わる詩の送り方については後の章で改めて述べることにして、ここでひとつ考えておきたいのは、エライザ・リチャーズの見解についてである。リチャーズは、戦場を理解するのは不可能だというメッセージをディキンスンの戦争中の詩に見出し、論じている。

> ディキンスンの南北戦争詩は、他者の経験を十分に理解できるとするのは危険だと警告する。新聞報道や写真の表象を通じて、兵士の身になって市民が戦争を経験することと、兵士達が直接、身体で、想像不可能な戦闘体験をすることとの隔たりは克服できないのだと、繰り返しディキンスンの詩は提示する。　　　　　["How News Must Feel When Travelling" 164]

戦争体験は想像できないという観点はディキンスンの詩の理解を深める。ただしリチャーズの解釈について不可解なのは、ディキンスンはどのよう

な読者を想定して「警告」しているのか、という問題である。仮に8番目の手紙に付された詩 "That after Horror – that 't was *us* –" (F 243) について考えると、ディキンスンがヒギンスンに送ったのは後半だけであり、他の親しい人々に渡した記録はない。それでも戦争に関わる詩を戦争の最中に送った非常に珍しい例である。ヒギンスンにさえ送らずに控えた部分が "That after Horror – that 't was *us* –" (F 243) の前半であった。神意を巡る疑念の部分が手許に置かれ、後半の視覚的な恐怖を扱った部分だけが送られたことになる。懐疑心は、詩人の心の闇を垣間見せる。戦いに関わる詩を、詩人としてどこまで他者と共有するつもりであったのか、或は、共有を差し控えたのか。その境界線を巡る詩人の逡巡を仄めかす。

詩人の立脚点

　一方、ディキンスンは親しい人々に頻繁に詩を送っている。フランクリンによれば、南北戦争の間もスーザンに100篇、ノアクロス姉妹に38篇、T・W・ヒギンスンに32篇、ボウルズに30篇を送っている。しかし、先述したように、戦争に関わる詩を送った例はほとんどない。戦場の兵士に触れた詩で、ディキンスンの手許に置かれた詩は多い――親族の男性たちが戦死して天国で栄光を手にする姿と、懐疑する語り手の声を並置した "Unto like Story – Trouble has enticed me –" (F 300)、スターンズの戦死を思わせる "It dont sound so terrible – quite – as it did –" (F 384)、秋の紅葉の風景を戦場と重ねた "The name – of it – is 'Autumn' –" (F 465)、死を恐れずに戦い、「内気な」死が避けて生き延びた兵士について "He fought like those Who've nought to lose –" (F 480)、戦死した息子と母とが天国で再会することを想像した "When I was small, a Woman died –" (F 518)[6]、人々のために命を投げ出した兵士に対して、自分が生きていることの浅ましさを感じる "It feels like a shame to be Alive –" (F 524)、兵士たちが倒れる様子を白薔薇の花片に喩えた "They dropped like Flakes –" (F 545)、兵士と思われる「彼」の死に思いを馳せる "To know just how He suffered – would be dear –" (F 688)、戦場に横たわる敗者の視点から語る "My Portion is

Defeat – today –" (F 704)[7]、語り手が銃である "My Life had stood – a Loaded Gun –" (F 764)[8]、人種や社会階層、宗派の区別なく死が「民主的に」訪れる "Color – Caste – Denomination –" (F 836)[9] などがある。全て、送られることなくそのままディキンスンの手許に置かれた。友人や親戚に送られた詩と送られずに手許に置かれた詩については後の章で具体的に考察していく。

　ここでディキンスンとヒギンスンの文通に話を戻そう。ヒギンスンはその後、1863 年 7 月に戦闘で負傷し、7 月 27 日から 2 週間休暇をとってウスターの自宅に戻り、8 月 20 日に軍隊に復帰する。その後 10 月にマラリアで将校用の病院に入院。後に軍隊に復帰したものの再びマラリアにかかり、回復捗々しくなく、18 か月の黒人連隊での従軍の後、除隊して 1864 年 5 月 14 日にニューポートに帰った。1864 年 6 月頃、ディキンスンは 9 番目の手紙 (L 290) をヒギンスンに送っている。

　　危険なご容態なのでしょうか─
　　お怪我をなさったことを存じ上げませんでした。もっと教えて頂けませんか

安否を気遣うこの手紙には "The only news I know" (F 820 A) の詩の一部も添えられている。ヒギンスンに送った形で引用する。

　　The only News I know
　　Is Bulletins all day
　　From Immortality.　　　　　　　　　　[F 820 B]

　　わたしが知る唯一の報せは
　　不滅から終日届く
　　公報だけ

戦地から刻々と届く「公報」にディキンスンは熱心に目を通していた。それよりも熱心に日々、意識を向けていたのは「不滅」からの報告である。

ディキンスンが用いる「不滅」とは、来世を指す宗教的な言葉であると同時に、目に見えぬもの、形而上的なもの、日常生活でふとよぎる現世を超えたものをも指す。若いディキンスンに「永遠」、つまりは文学の手ほどきをしてくれたのがベンジャミン・ニュートンであり、彼についてヒギンスンへの2番目の手紙で次のように触れている。

> 少女の頃、友人が不滅を教えてくれました。その人自身、［不滅の］そばに近づきすぎたために戻りませんでした、間もなくして、先生は亡くなりました
> [L 261]

ニュートンは1847年から2年間、父の弁護士事務所で書生として働いていた。1821年生まれでディキンスンよりも9歳年上であり、1823年生まれのヒギンスンと同じ世代にあたる。ウスターに移った後も、1850年にエマソン詩集をディキンスンに贈り、文学の指南役であった。マッキントッシュは、ニュートンがヒギンスン共々ユニテリアンであることに注目し、ディキンスンの「非公認の教師」(152) として位置づけている。「目に見えないものへの信仰」をもたらし、詩人になるという志を与えた人物である。その後1853年にニュートンは他界して、1862年にディキンスンはヒギンスンを新たな「師」として仰ぐ。

　9番目の手紙に戻ると、引用した詩でディキンスンが強調するのは詩の「不滅」に意識を注ぐ仕事である。「不滅」とは「洪水のような主題」[L 319] であり、尽きることがない。ここでボストンで眼科治療を受けながらも詩作を続けていることをヒギンスンに伝える。

> 9月から具合が悪かったので、4月からボストンでお医者様の治療を受けております。お医者様は外出させてくれませんが、わたしは牢獄で仕事をして、お客様をもてなしています。［愛犬の］カルロは来ませんでした、牢獄で、死ぬかもしれないからです、山も持ってくることはできませんでした、神々だけ持ってきたのです。
> [L 290]

アマストを離れて目の治療を受けながらも、ディキンスンは次々と訪れる

詩神を「客」としてもてなす。ボストン滞在中にも詩作を続けていた証として、ハベガーは、1865 年頃のものと推測される、ペン書きの清書が数多くあることを指摘している (489)。この清書については後の第 7 章で改めて見る。

　ディキンスンがヒギンスンの入隊直前に宛てた手紙から除隊するまでに送った手紙を見ると、文通開始当初の十か月間、ディキンスンはなんら戦争の話題に触れなかった。それは、ヒギンスンと語り合いたかったのが戦況ではなく、政治でもなく、何よりも詩についてだったからだろう。シンディ・マッケンジーの解釈は、ヒギンスンとの文通の特異性を把握するうえで示唆に富む。

　　　友人や家族との手紙のやりとりでは手紙の内容や文脈によって、詩の話題が追いやられてしまう。しかしヒギンスンとの場合、彼が自分の詩をどう読むのか、彼の読みが自分の詩にどう影響を与えるのか、そうしたことを深く考えていたのだろう。[17]

やがてヒギンスンが戦地に赴く段となり、それまでディキンスンが人知れず戦争について培ってきた眼差しが、ようやく手紙や詩の言葉となって、部分的ながら、ヒギンスンに伝えられていく。そもそも直接会ったこともない、文通を初めて間もない人物とは、戦争について話題にするのは躊躇われたにちがいない。そのためには十か月ほどの月日が必要だったのだろう。

　また、ディキンスンがヒギンスンに書簡を送るという行為自体には反逆的な要素も見受けられる。先述したとおりヒギンスンは過激な奴隷制廃止論者として知られており、奴隷制打破のためにハーパーズ・フェリーを襲撃したジョン・ブラウンを支援していた。デーヴィッド・S・レノルズ は、1859 年にディキンスンの父が「反ジョン・ブラウン連合集会」を支持する書簡を送ったことに言及して、「文学の法則への内なる反逆において、ジョン・ブラウンの最も因習打破主義的な支持者ヒギンスンにディキンスンは導きを求めた」意味の深さを強調する。つまりは、父エドワードとは

政治的立場が反対の人物に、詩の指導を仰ぐ手紙を送ったことになる。

　戦地にいるヒギンスンに送った書簡は、詩人として書いたものであった。ディキンスンの「反逆性」は、従来の「文学の法則」を打破するという狭義に留まるものではない。戦争という時代と関わりつつ、詩人としての意識、詩人としての仕事を育んでいくための手紙でもあっただろう。当初は自身の詩や文学の話題であった文通も、回を重ねるうちに、戦争という現実にも触れていく。

　人々を動揺させ、ともすれば同じ方向へと促す時代にあって、ヒギンスンに送った言葉――「私には戦争は斜めの場所に思えます」――は、友人としての気遣いのみならず、戦争の時代の生き方を如実に示す。ディキンスンが対象に向くとき、心理的に、身体的に、正面に直接、まっすぐ捉えはしない。同時代でこうあるべきだとされる見方にそのまま迎合することはしない。慣例的な言葉をそのまま用いずに、自分の眼差しを反映させる。この「斜めの」姿勢には、一見、隠遁者としてのポーズも伴いつつ、秘かなる自己主張がある。

　戦争における「生」と「死」、それに伴う「苦しみ」の主題に対して、容易には把握できぬ、時には受け入れ難い、想像を絶する事実に向かって、詩人ディキンスンはその探索へと突き動かされていく。

注
(1) ヒギンスンの著作における表現をディキンスンが詩や手紙に反映させており、エリザベス・ヒューイットおよび朝比奈緑氏が具体的に分析している。
(2) コーディ・マーズは、この時代が、マイケル・ファラデー等が活躍した「物理学の黄金時代」("Physics" 156) であったと強調する。そして "dissolution" も化学用語として、エネルギーの法則をこの詩にあてはめて解釈する。つまりは、ひとはこの世から消えても、完全にいなくなるのではない。惑星と同じく、別の領域、状態で存続するという思想をここに読み込む ("Physics" 162)。
(3) 同じく黒人連隊マサチューセッツ 54 連隊を率いたロバート・グールド・ショーが最初と見なされて注目を浴びた。ショーは連隊を率いてワグナー要塞 の攻撃で 1863 年 7 月 18 日に戦死した。(Wineapple 138–145)。
(4) 朝比奈緑氏は、この箇所が、エマスンの影響を強く受けたヒギンスンの立場

に呼応するとして、詳細に解説している（「エミリー・ディキンスンと『アウトドア・ペーパーズ』」226–228）。

(5) ディキンスンの不可知論者的要素については、マグダレナ・ザペドスカ (Magdalena Zapedowska) を参照。無神論者的側面を論じたデーヴィッド・ポーターや当時の科学との関係を述べたニナ・ベイムに依拠しつつ、カルヴィニズムの伝統におけるディキンスンの苦悩を考察している。

(6) クリスタン・ミラーは、この詩で用いられている「キリスト教殉教者を記す言葉」を論じている ("Liberty" 15)。フェイス・バレットは季節の巡りと、弾丸が青年を貫いた回転を重ねて捉える (*To Fight Aloud* 168–170)。

(7) セント＝アーマンドはこの詩をニューバーンの戦いで戦死したスターンズの内面を扱ったものと論じる (113)。シーラ・ウォルスキーは、北部・南部どちらの側にもつかぬ語り手の特徴に注目している (56)。

(8) 語り手の立場を「女性芸術家」[Bennett, "Looking at Death, is Daying"]、「書きかけの詩」（江田）とする様々な解釈がある。ウォルスキーは戦場との関連で解釈する ("Public and Private" 110–111)。

(9) フェイス・バレットはこの詩をリンカンの人身保護令 (1863) を背景に論じている ("Drum off the Phantom Battlements")。

第2章
定期刊行物の戦争詩

[W]e will mind ourselves of this young crusader –
too brave that he could fear to die. (L 255)

　19世紀中葉のニュー・イングランドに暮らしながら、南北戦争に無関心でいられるだろうか。エミリ・ディキンスンの場合、アメリカを二分し、未曽有の死傷者を出した初の近代戦争の最中、同時代の影響をほとんど受けることなく、いわば真空のなかで詩作していたかのように見なされてきた。戦争終結百年を経た1960年代、エドマンド・ウィルソンは次のように述べる、「南北戦争はディキンスン嬢にとって特に多作の時期であったが、私の知る限り、詩では戦争に言及しておらず、手紙でもほとんど言及がない」[488]。

　だが、実際のところディキンスンは熱心な新聞読者として戦況を逐一追っていた。アマストから出征した青年たち——アダムズ夫人の息子やフレイザー・スターンズの死——やT・W・ヒギンスンの動向も新聞で確認していた。人々の関心が南北戦争へ向かうとジャーナリズムは飛躍的に発展し、新聞購買数も急激に伸びる。南北戦争はアメリカのジャーナリズムに貢献した大事件ともいえる。戦争中には鉄道網、通信網、軍事技術が急速に発達し、戦地のニュースが数時間後に市民にもたらされ、戦地と市民の距離が一気に縮小する。科学技術の進展によって戦争報道の性質そのものが変化した。ルネ・L・バーグランドは、戦争中の技術革新によって、殺傷のスケールが増大し、その殺戮の場を非戦闘員の一般市民に伝える報道が可能になったことを示唆する[1]。

　ディキンスンが生きた時代はまさに、アメリカのジャーナリズムが発展した時代であった。ジョーン・カークビーは、ディキンスン家の知的環境を指摘する——「ディキンスン家が購読した雑誌は、洗練され、志高く、最新の思想に共同体が通じるべきとして、その地方や毎日の暮らしの意義

に慣れておく必要に配慮したものだった」[139]。

　人々が熱心に戦争報道を求めた様子は同時代の文学作品にも描かれている。戦後 1867 年に出版された J・W・デフォレストの『ミス・ラヴェネルの分離主義者から愛国者への転向』(*Miss Ravenel's Conversion from Secession to Loyalty*) は、南部によるサムター攻撃後間もない場面から始まる。主人公エドワード・コルバーンはニュー・イングランドの架空の町ニュー・ボストンに住む。彼の日課は戦況報道を確認しに出掛けることだ。

　　　当時はまだ兵士ではなく、戦争に興味を持つ青年弁護士であり［南部の攻撃に］激怒する愛国者に過ぎなかった。ニュー・ボストンハウスをほとんど毎夕訪れては、閲覧室の新聞に全て目を通し、新聞社から到着したばかりの電信報道をむさぼるように読み、当節の政治的重大事を町の英雄や賢人たちと論じあった。　　　　　　　　　　　　　　　　　　　　　　　[4]

1826 年生まれのデフォレストは、文学者としては珍しく従軍し、「直接体験で出来事を書き留めた」[ix]。物語の舞台の大学町ニュー・ボストンは、ディキンスンが住んだアマストを彷彿とさせ、人々が町の中心に集っては、戦況を語り合う。南北戦争中の文学を論じたエリザベス・ヤングは、ウィリアム・ディーン・ハウエルズが南北戦争の小説執筆に「若い女性作家たちが不釣り合いなほど群がっている」[7] と懸念したことに注目する。ハウェルズは、従軍経験のある男性作家デフォレストの小説の方が、本物の経験に基づく故に「芸術的」であると賞賛した (Young 7–8)。その意味で、ハウェルズが批判したメルヴィルとは異なるタイプの作家である。

　戦時中のジャーナリズムに話を戻すと、『ニューヨーク・ヘラルド』は当時の額にして 50 万ドルの予算で特派員を大勢派遣し、戦場からの報告を逐一掲載して読者の要求に応えた。他紙もこれに倣い、競うように戦況を報道している (Hooker 91)。ディキンスン家では何種類もの新聞や雑誌を購読し、『スプリングフィールド・リパブリカン』、『ハンプシャー・アンド・フランクリン・エクスプレス』、『ハーパーズ・ニュー・マンスリー』、『アマスト・レコード』、『アトランティック・マンスリー』とあり、ディキンスンが書簡で戦争に触れる際にこうした雑誌・新聞に負うところが大

きい[2]。実際、1861 年に 4 通、1862 年に 7 通、1863 年に 2 通、1864 年に 2 通、そして 1865 年に 1 通の書簡でディキンスンは戦争について触れており、先に見たヒギンスンとの文通もこうした雑誌・新聞があってこそ成り立つ[3]。

　熱心な新聞読者であったばかりか、北軍系新聞に詩が匿名ながら掲載されたことが、カレン・ダンデュランドによって発見され (Dandurand, "New Dickinson Civil War Publications" 12–17)、詩人として同時代に関わった証しともなる。また、生前の詩の発行はアマスト近郊のスプリングフィールドとボストンのみであるとされていたが、このダンデュランドの発見により、ニューヨークやブルックリンでも出版されていたことが判明し、計 10 篇が 4 都市で生前に発行されている。また、ディキンスンの詩がほとんど修正されずに同時代の人々に受け入れられていたこともわかる。南北戦争とディキンスンの詩作との関わりは今では自明のこととなっている。だが同時に、掲載された新聞紙面から取り出された詩が、独り歩きしてきた感もある。詩が載った紙面を改めて視野に入れてみたい。

北軍系新聞紙面のディキンスンの詩

　ディキンスンの詩は生前に、再掲載も含めて 18 箇所で掲載されている。その 3 分の 2 以上にあたる 13 箇所が南北戦争中であり、北軍系新聞『ブルックリン・ユニオン』、『ドラム・ビート』、『スプリングフィールド・リパブリカン』である。そのひとつ『ドラム・ビート』は北軍衛生委員会の資金調達を目的に、1864 年 2 月 22 日から 3 月 5 日（及び 11 日の特別号）の期間、ブルックリンで発行された日刊新聞である。ブルックリンでの催しと連携して発行され、発行規模は六千部に及ぶ (Dandurand, "Drum Beat" 89)。

　ディキンスンの詩が北軍系新聞に掲載された正確な経緯は判明していない。いまのところダンデュランドの推論が一番妥当に思われる。ダンデュランドによれば、編集に携わった牧師リチャード・ソルター・ストーズがディキンスンの兄夫婦と親しく、兄の妻スーザンを介してディキンスンの

詩が渡されたことになる。R・W・フランクリンも同じ見解である (*Poems* 156)。マーサ・ネル・スミスも “Success is counted sweetest” (F 112) の『ブルックリン・デイリー・ユニオン』掲載について、ダンデュランドと同様の説明をしている――「この詩は南北戦争中に『ブルックリン・デイリー・ユニオン』に最初に掲載された。スーザンがこの詩を、エヴァグリーン［兄夫婦の家］の客人リチャード・ソルター・ストーズ牧師に手渡したらしい」[*Open Me Carefully* 86]。ダンデュランドの発見を評価したうえで、ヴァージニア・ジャクソンは別の可能性を提示し、ニューヨーク在住のガートルード・ヴァンダービルトにディキンスンが渡したものと推論する (252n.3, 253n.14)。

　いずれにせよ、こうした新聞掲載をディキンスン自身が了承していたかは定かでない。ただし、“Safe in their Alabaster Chambers –” (F 124) の詩が『スプリングフィールド・デイリー・リパブリカン』(1 March 1862) にスーザンの詩 (“The Shadow of Thy Wing”) と共に掲載された折りに、スーザンが自分たちの成果を一か月前のバーンサイド将軍のノアローク島攻略に喩えている――「『リパブリカン』を読んだかしら。バーンサイド将軍と同じくらい私たちの艦隊を始動させるのに時間がかかるわね」[*Open Me Carefully* 96–97]。恐らく、ディキンスンが掲載を認め（或いは黙認し）、スーザンと話題を共有していたのだろう。ディキンスンの詩は、家族や知人の回覧の枠を超えて、北軍支援の寄付を募る新聞にも掲載され、同時代の社会と間接的ながらも繋がっていく。

　3 篇の詩が掲載された『ドラム・ビート』の紙面には寄付を募るブルックリン慈善市の報告を中心に、病院や戦地からの報告、戦争関連の記事が並ぶ。執筆陣には多数の著名人が参加し、ルイザ・メイ・オルコット、ウィリアム・カレン・ブライアント、オリヴァー・ウェンデル・ホームズ、エドワード・エヴェレットなど錚々たる顔ぶれが並ぶ。例えば 1864 年 2 月 29 日付の号ではブライアントが「戦争の大義」と題して南部の奴隷制を非難し、1864 年 3 月 11 日付の号ではワシントンで看護士として働いたオルコットの『病院点描』の一部も載る。

　『ドラム・ビート』には毎号、数篇の詩が掲載された。題名を見ると、

「集まれ！」("Rally!")、「でかしたメミンガー」("Bully for Memminger")、「指名手配」("Wanted!")、「針刺しに添えて兵士たちに送られた詩」("Rhymes Sent with Needle Books To the Soldiers")、「ヴィクスバーグの老朽船」("The Vicksburg Scow")、「ヴァージニアの母」("The Virginia Mother")、「足音」("Footsteps") とつづき、戦闘、兵士、銃後を守る女性の言葉、逃亡奴隷への憐みなど、明らかに戦争遂行の意義を表したものが目立つ。

　例えばディキンスンの詩 "October" (F 122 B: "These are the days when birds come back,") が載った 1864 年 3 月 11 日号の一面には匿名の詩「集まれ！」("Rally!") がある。

　　　　Rally, for our native land!
　　　　Heart to heart and hand to hand,
　　　　Freedom's rights maintaining;
　　　　Rally till from shore to shore
　　　　Treason's voice is heard no more,
　　　　Not a foe remaining!

　　　　集まれ、我らの祖国のため！
　　　　心と心、手と手を携え、
　　　　自由の権利を守りながら。
　　　　集まれ、岸から岸までもろとも
　　　　反逆の声も消え、
　　　　　敵が残らずいなくなるまで！

勇ましい命令形が 3 連にわたって繰り返され、北部の側に立つ読者を戦場へと誘う。「自由」と「権利」を守る主張が前面に出ている。

　けれども、同じ号の第 7 面下方に掲載されたディキンスンの詩「十月」は、戦争とはほとんど無関係の印象を与え、周囲の記事や作品から浮いており、違和感さえ与える[4]。掲載された形で前半を引用する。

　　　These are the days when birds come back,

A very few, a bird or two,
To take a backward look.

These are the days when skies resume
The old, old sophistries of June, –
A blue and gold mistake.　　　　　　　　　[F 122 B]

いまごろは鳥たちが戻ってくるとき、
ほんの数羽、一羽か二羽、
うしろを振り返る。

いまごろは空があの古い、昔の
六月の詭弁を取り戻すとき
青と金の思い違いを。

秋が深まっていく 10 月にふと夏日が訪れる、その気配を捉えた詩だ。着実に冬に向かう季節の歩みのなか、6 月の「詭弁」のようなインディアンサマーの陽気に、その惑わしを見抜く。ディキンスンの詩の直後に、「ヴィックスヴァーグの老朽船」("The Vicksburg Scow") と題する詩が続き、1863 年 4 月から 7 月に行われたグラント将軍の行軍が勇ましく歌われる。締め括りとして、慈善市に協力した人々への謝辞がくる。戦時のめまぐるしい動きとは対照的に、ディキンスンのこの詩ではむしろ、動きを止め、立ち止まり、振り返る仕草がある。季節を一瞬見紛うような陽気にふと空を見上げ、鳥たちの気配を感じる。騒然とした世の中とはかけ離れた視点で、自然の動きを悠然と捉える。他の記事や作品とはまったく趣が異なる。
　その特徴は、『ドラム・ビート』に掲載された詩にも当てはまる。3 月 2 日付 "Flowers" (F 95 A: "Flowers – well if anybody")、同年 2 月 29 日 "Sunset" (F 321: "Blazing in gold and quenching in purple,")、同年 3 月 11 日 "October" (F 122 B: "These are the days when birds come back,") の 3 篇の詩には、それぞれ題名が付けられている。少なくとも題名の付け方に、自然詩として扱おうとする編集者の意向が感じられる[5]。編集者がディキンスンの詩に期待したのは、人々を鼓舞することではなく、安らぎを与える目的だった

のだろうか。

　もうひとつ、"Blazing in gold, and quenching in purple," (F 321) の詩は『ドラム・ビート』2月4日号に "Sunset" というタイトルで掲載された。次は掲載されたそのままの形である。

SUNSET

Blazing in gold, and quenching in purple,
　　Leaping like leopards in the sky,
Then at the feet of the old horizon
　　Laying her spotted face to die;
Stooping as low as the oriel window,
　　Touching the roof, and tinting the barn,
Kissing her bonnet to the meadow –
　　And the Juggler of Day is gone!

黄金に燃え立ち、紫になって消えていく、
　　空を跳ぶ姿は豹のよう、
古い地平線のふもとに
　　斑の顔を伏せて息絶える、
身を出窓へと低く屈め、
　　屋根に触れ、納屋に陰翳をつけ、
ボンネットに触れて牧草地に投げキスをする —
　　やがて陽の魔術師は姿を消す

日没前のほんの一瞬、夕空が鮮やかに染まり、壮大に移り変わる様を、豹の動きに見立てる。動詞の進行形 ── "leaping", "laying", "stooping", "touching", "tilting", "kissing" ──が各行で次々と顔を出し、空いっぱいに広がる黄金色と紫色のうねるような躍動感が豹の素早い動きさながらに、韻律も句またがりで一気に進む。この情景は、かつてアマストで観察されたオーロラを描いているかもしれない。1851年9月29日にアマストでオーロラが観察された折には、ディキンスンの父が人びとに知らせようと教会の鐘を鳴らした。ディキンスンは兄オースティンに次のように報告

している。この詩が清書されたのが 1862 年であるため、直接関係がある
かは定かではないが、空の「見世物」の様子が伝わる。

> 空は美しい赤に染まり、縁取りは紅色、そして金色がかったピンク色の光
> 線が絶え間なく中心の太陽のようなものから発していました。この美しい
> 現象に人々は驚きました、どこかの火事で空が染まっているものと推測し
> ました。見世物は 15 分近く続き、通りには人びとがあふれ、驚いたり賛
> 嘆したりしていました。　　　　　　　　　　　　　　　　　　　　[L 53]

　この詩が掲載された第 3 紙面には、第 2 面から続く記事「夜明けの野
営」("Bivouac at Daybreak") があり、2 万人もの兵士が武器を枕に眠る様
子が描かれている。その真下に「謎」("Enigma") というタイトルの詩があ
り、「羽根をつけた真実の牧師」、「呻きと涙の牢獄」が登場して、語り手
は剣の刃に倒れる。その後にディキンスンのこの詩がくる。その後には、
ジョージ・ワシントンの行軍日誌が続き、「雑記」("Odds and Ends") のタ
イトルでニューヨークの連隊のこぼれ話が並ぶ。そして野戦病院の様子を
綴った「ナッシュビルの病院における光景」("Scene in a Hospital at
Nashville")、黒人兵の歌を記した「元黒人奴隷たちの歌」("Contraband
Singing") が続く。同じ紙面に掲載された記事や詩を見渡すと、ディキン
スンの「自然詩」は、異質な印象を与える。

　ディキンスンの死後、ヒギンスンとトッドが「自然詩」として分類した
詩が、戦争中に何度も短期集中的に、しかも戦争関連の記事や作品を中心
に並ぶ紙面に選ばれたのは何故だろうか。同じ紙面の他の作品との違いは
大きい。しかもこの 3 篇のうち、戦争中に清書されたのは "Sunset" (F
321; "Blazing in Gold and quenching in Purple") だけである。"Flowers" (F
95; "Flowers – Well if anybody") と "October" (F 122; "These are the days
when birds come back,") は戦前の清書であり、戦争に触発されて書いたわ
けではない。確かに『ドラム・ビート』の編者がディキンスン家の知人で
あったため、個人的な「慈善」としてディキンスンが、あるいは家族や友
人が詩を編者に渡したことは容易に推測できる[6]。実際、ヒギンスンに宛
てた手紙でも「ふたりの雑誌編集者」が詩を所望したと伝えている (L

261)。

　戦争前に書かれ、戦争に関わりのない印象を与える詩が何度も北軍支援の新聞に掲載されたことについて、先述したようにダンデュランドは、ディキンスンの詩を受け入れる下地が既にあった証とする。掲載の際にほとんど修正されず、ディキンスンの「無言の承諾」があった可能性もある（"Civil War Publication" 21–27）。改めて紙面を眺め渡してみると、ディキンスンの詩の「自然」の主題は却って、戦時の人々に喜ばれたのではないかとさえ思えてくる。季節の移り変わりや美しい夕空を描いた詩は、動乱の時代にあって人々の心に潤いをもたらしたのではないか。また、ディキンスンの短い詩は、編集者たちには埋め草として、便利かつ無難な作品に映ったとも考えられる。一見、無害で、自然のひとコマを凝縮した、ささやかな一篇は誌面編集のうえで重宝だったに違いない。

ジュリア・ウォード・ハウの戦争詩

　南北戦争中の女性作家について論じたエリザベス・ヤングは、女性たちこそ「民間と戦闘領域で南北戦争に携わった主な参加者」[2] であると強調する。男性が「前線」を、女性が「銃後」を守る役割分担が、戦争中に「浸食され」[2] たと指摘する。具体例として、「家庭における大規模な支援を推進する組織づくりをしながら、女性達は軍隊で料理人、洗濯係、看護師、スパイ、偵察、兵士として働いた」[2] 女性達の活躍を紹介する。

　ディキンスン自身、妹ラヴィニアと兄の妻スーザンの奉仕活動についてサミュエル・ボウルズ宛の手紙で触れており、「ヴィニーとスーは、戦争に出掛けてしまいました」[L 272] と書いている。（戦争の）奉仕活動を「戦争に行く」と表現するのは、恐らく妹ラヴィニアや兄の妻スーザンたちが日々用いていた言葉であったのだろう、自分たち女性も戦争に貢献している自負心も反映するだろう。「戦う」という行為は、性差に限らず、また、戦場で武器を手に目の前の敵と戦うことだけではなく、後方支援の人びとの日々の営みも含む。人生の様々なレヴェルでの戦い——偏見、差別、伝統、慣習などとの戦い——もあるだろう。女性にとっては「書く」

という行為そのものに、「戦い」が存在していたとヤングは指摘する。

　戦争詩で活躍した女性詩人の代表格にジュリア・ウォード・ハウがいる。ディキンスンとは対照的に、公の場で活躍した。だが彼女もまた、彼女なりの「戦い」を経験したといえる。結婚前にすでに著書を発表していたが、夫サミュエル・グリドレイ・ハウは妻が結婚後も文筆業を続けることに反対した。夫との確執のなか、5 人の子供を育て、旅行記、戯曲、自叙伝等、多数の随筆を発表している。だが意外にも、21 世紀の観点からは、ハウの「戦争詩」は、彼女自身の「戦い」とは無関係な、北部の党派的な印象を与える。

　1862 年 2 月号『アトランティック・マンスリー』巻頭を飾ったハウの「リパブリック賛歌」("Battle Hymn of the Republic") は戦争詩として特に成功した例である。ディキンスン家も購読していたこの雑誌は、1857 年創刊当初から奴隷制批判に連なってきた。雑誌に深く関わった人物の多く——ジェイムズ・ラッセル・ローウェル、フランシス・アンダーウッド、ジョン・グリーンリーフ・ホイッティアー——がニュー・イングランド奴隷制反対同盟に参加していたためもあり、戦争中に掲載された作品には、奴隷制批判が目立つ (Sedgwick 62)。

　ハウは夫と共に反奴隷制主義者であり、北軍衛生局の資金集めにボストン慈善市に協力し、戦後は女性参政権や社会問題で発言した。ハウの戦争詩は *Later Lyric* (1866) に収められ、「我らの国」("Our Country")、「最初の殉教者」("The First Martyr")、「報復」("Requital")、「国旗」("The Flag")のタイトルが示すように、北部への忠誠心、奴隷制を打破するために流された尊い血、自由の象徴を歌う[7]。また、「リパブリック賛歌」掲載 7 か月前、すなわち戦争勃発 3 か月後の 1861 年 7 月号『アトランティック・マンスリー』巻頭に載ったハウの詩「我らの隊列」("Our Orders") も国旗を主題として歌う。

　ハウの詩を含め、戦争中に『アトランティック・マンスリー』に掲載された詩に共通するのは、「国旗」「自由」「神」のモチーフである。北部の正当性、戦争続行の意義、信仰上の真理を主題とする。そもそも「国旗」が愛国のシンボルになったのが南北戦争であった。「戦時下での軍隊によ

る国旗の使用法の変化——兵士の出征・復員、戦場や船上での戦旗掲揚、戦死者の棺の覆い、教会の説教壇——に起因」したことが、文学作品でも反映されている（貴堂 126）。

　ハウの「リパブリック賛歌」は、北軍兵士が歌った「ジョン・ブラウンの屍」（"John Brown's Body"）の節に合せて作られた。行軍の際に歌いやすく、信仰上の観点から戦争の意義を力強く説いたため広く歌われるようになる。ハウの「リパブリック賛歌」は次のように始まる。

> Mine eyes have seen the glory of the coming of the Lord:
> He is trampling out the vintage where the grapes of wrath are stored;
> He hath loosed the fateful lighting of His terrible swift sword:
> > His truth is marching on.

> 我が眼は見た、主の到来という栄光を。
> 主は踏み潰しておられる、怒りの葡萄が貯えられた収穫を、
> 主は放たれた、畏れ多い速さの剣の、運命の雷を、
> > 主の真理は進軍を続ける。

戦場の殺戮を秋の葡萄の収穫に喩える言葉が並ぶ。戦いで夥しく流された血をここでは一切嘆いてはいない。むしろ神の正義を実現させる戦いとして、その栄光を目撃した高揚感にみなぎる。エドマンド・ウィルソンは、愛の象徴であるキリストの存在は「単に周縁」[96] でしかなく、むしろ南部の悪を処罰する観点から、イザヤ書の怒れる神のモチーフが前面に出ていると指摘する (94-96)。ルネ・L・バーグランドは、戦時中の技術発達によって視覚的な変革が生じ、それが文学作品に与えた影響を論じている。その一例として、ハウのこの詩における鳥瞰図的な視界を挙げている。バーグランドはバルーンからの空中撮影によって戦場写真が報道され、その鳥瞰図的な光景がディキンスンにも「複合の洞察力」、つまりは歴史的時間と死後の時間を意識させたと論じる ("The Eagle's Eye" 137)。この考察をハウの詩の語り手にも当てはめてみるならば、人間の視点ではなく、全てを見渡す空からの視点、つまりは全能の神に近い立場からの語りになっている。

　この詩が掲載された 1862 年 2 月、北部は苦戦を重ねていた。ハウの詩は北部に戦争続行の意義を与え、士気を高めるうえで、時宜を得たメッセージになった (Grant 46–47)。同じ 1862 年に清書されたディキンスンの詩と並べると、どちらも秋の季節を背景とした流血の場面でありながら、その差は歴然としている。

> The name – of it – is "Autumn" –
> The hue – of it – is Blood –
> An Artery – opon the Hill –
> A Vein – along the Road –
>
> Great Globules – in the Alleys –
> And Oh, the Shower of Stain –
> When Winds – upset the Basin –
> And spill the Scarlet Rain –
>
> It sprinkles Bonnets – far below –
> It gathers ruddy Pools –
> Then – eddies like a Rose – away –
> Opon Vermillion Wheels –　　　　　　　　　[F 465]

> その名は　「秋」
> その色は　血
> その丘には　動脈
> その道沿いに　静脈
>
> その小路には　大きな血球
> ああ、染料のおびただしい驟雨
> 風が　盆をひっくり返し
> 緋色の雨をこぼすとき
>
> それはボンネットにふりかかる　はるか下で
> それはルビー色の水たまりを寄せ集める
> それから　薔薇のように渦を巻いて　去る
> 朱色の輪に乗って

秋の風景に流血の色が夥しく重ねられる。ハウの詩では秋の「収穫」とし
て、怒れる神の踏みしだく葡萄の滴りが土壌を染める。一方、ディキンス
ンの詩では、秋の鮮やかな紅葉が、強烈な色使いで広がる。兵士たちの姿
はなく、地形を表す語彙──「丘」(“Hill”)、「盆地」(“Basin”)、「水たまり」
(“Pools”)──とともに、天気の語彙──「にわか雨」(“shower”)、「風」
(“Winds”)、「雨」(“rain”)──が用いられ、そこに身体にまつわる語彙──
「血」(“Blood”)、「動脈」(“Artery”)、「静脈」(“Vein”)──がまとわりつく
ように並ぶ。マクロな地形とミクロの体の組織とが秋の風景を織りなし、
眼前に広がるさまは、何ともグロテスクである。「それ」(“It”) を推測させ
る謎々詩ともいえるが、正解の持つ凄みは果てしない。タイラー・B・ホ
フマンは、アンティータムの戦場を具体的に挙げて、まさにその近隣の地
形と重ねて解釈する。デーヴィッド・コーディはむしろ、近隣のニューハ
ンプシャー州の観光地ホワイト・マウンテンのガイドブックにこの詩の描
写との重複を分析する──「小さな川（ペミジワッサール川とメリマック
川の源泉）が有名な「盆地」を満たして溢れ出て、大きなピクチャレスク
な甌穴によってニューハンプシャーの3マイルほど南にプロファイル湖が
配置され、ホワイトマウンテンのフランコニアノッチの地域にある」[26]。
カッコつきの「秋」の主役は、「血の色」となる。唯一仄めかされる人の
気配は3連目の「ボネット」(“Bonnets”) であり、男性ではなく女性の持
ち物である。なぜ、ここにボネットがあるのか。戦場跡に死者を探しにき
た遺族の女性たちのメトニミーなのだろうか。このボネットにも血が夥し
くふりかかる。感情を表す語は一切なく、ダッシュにつぐダッシュで進む
語りは、パノラマのように広がる風景を描く。この詩は誰にも送られずに
手元に置かれている。

　ウォルスキーが「南北戦争において、宗教的レトリックが政治的事件に
適用される際の強烈さは、アメリカの歴史の長い伝統を反映している」[*A
Voice of War* 46] と指摘するように、北部の愛国心を煽るうえで教会が戦
時中に果たした役割は大きい。愛国心をそのまま敬虔な信仰心に結びつけ
ようとしたのも教会であった。先述したように、親の世代の信仰をそのま
ま受け入れることへの迷いや動揺が若い世代に広がる中、南北戦争は人々

にとって、宗教的な「個人的試験」となったことをアン・C・ローズは指摘する [19]。ディキンスンの周囲の「個人的な試験」として、フレイザー・スターンズの例も先にみた。

　エドマンド・ウィルソンは、戦争の大義を掲げるアメリカの「擬似道徳的」[xvi] 要素を批判する。『愛国の血糊』執筆当時、冷戦下のアメリカの政治政策にも通じるものとして、次のように激しく指弾する──「このような利他主義的な宣言を発することが我が国の公式政策となっている。我が国が戦争に従事するとき、もしくは他国に進軍するときはいつでも、常に誰かを解放するためなのである」[xxiii]。19 世紀の北部から南部への進軍、20 世紀のアメリカから南米やベトナムなどアジアへの進軍をパラレルに見据えた指摘は辛辣で鋭い。

　『アトランティック・マンスリー』2 月号巻頭を飾ったハウの詩に戻ると、「国旗」「自由」「神」という戦争詩のモチーフが登場し、その主題も、とりわけニュー・イングランドを中心とする宗教的土壌に密接に関わる。ハウの戦争詩は、19 世紀中葉までニュー・イングランドを中心に培われてきた、アメリカ詩の持つ道徳的性質を究極まで凝縮させた一例ともいえる。詩の主題展開において、結末に何らかの道徳・教えを説く型が、特に南北戦争期に作られた詩に目立つ。典型的なモチーフ「国家」「自由」「神」は、当時のアメリカにおける一筋縄ではいかぬ問題──ひとつの国家としての存続、人種、信仰──を孕む。にもかかわらず、そうした問題を宗教的確信および説明にそのまま委ねている。この特徴は、ハウの「リパブリック賛歌」最終連に顕著に表れる[8]。

> In the beauty of the lilies Christ was born across the sea,
> With a glory in his bosom that transfigures you and me:
> As he died to make men holy, let us die to make men free,
> 　　　　　　　　While God is marching on.

百合の美しさに包まれ、キリストは海の彼方で生を受けられた、
御胸のうちの栄光はあなたがたやわたしを変貌させる。
キリストは人の為に逝かれた、我らも自由のために命を捧げよう、

神が進軍なさるときに

「自由のために」とは、奴隷制反対論者ハウが唱える南北戦争の意義、奴隷解放を意味しており、"God is marching on" は文字通り神が「進軍」の先頭に立つ。この詩行には、ハウ自身の女性としての苦悩を見いだすことはできない。ハウが抱えていた執筆をめぐる女性としての苦悩には何ら触れていない。

　南北戦争詩歌集 *"Words for the Hour": A New Anthology of American Civil War* (2005) を編集したバレットは、南北戦争によって、詩の性質が変化し、男性詩人による公的な「機会詩」と女性詩人による個人的な悲しみを歌った詩とが融合したと指摘する [2]。そのうえでバレットは、ハウの女性としてのジレンマ――作家としての野心、主婦としての役目、社会活動を反対する夫との確執、詩作による政治的改革参加への希望――を取り上げ、ハウの詩人としての歩みを考察する (*To Fight Aloud* 87–129)。「リパブリック賛歌」など一連の戦争詩のみでハウの仕事全体を判断することはできない。

　少なくとも「リパブリック賛歌」に関しては、女性の声ではなく、男性兵士たちの声によって進軍の際に歌われ、時代の主潮と結びついた。夢のなかでこの詩行が浮かび、起床後すぐに書きつけたというハウ自身による逸話を引いて、エライザ・リチャーズは、ハウを神の言葉を伝える器 として位置付ける ("How News Must Feel" 159)。ハウの言葉は「北部の人々の怒りを表す集団の声」["How News Must Feel" 160] となり、同時代の男性たちを促す力になったのである。

訃報を伝えるディキンスン

　1861 年 7 月の第一次ブル・ランの戦いの後、アマストでは大学や教会が中心になり、人々の士気を高める演説が行われた。1861 年 7 月 22 日のC・L・ウッドワースの説教もその一例で、彼自身、次のように記している――「次の安息日に、一日中そのこと [ブル・ランの戦い] について説

教をした。（中略）同じ主題で安息日になるとよく説教をした。まったくのところ大学では、あまりにも熱心すぎると思われていた。畏友タイラー教授が親切にも諫めてくれた。私が非常に多くの学生たちを感化して、入隊させてしまったと彼は思ったのだ」[Leyda, II: 31]。学内で教員が戦争を話題に説教して若き学生たちを鼓舞し、その結果、戦場へと送り込んでいた様子が伝わる。

　フレイザー・スターンズの父アマスト大学学長ウィリアム・オーガスタス・スターンズも学生に戦意を鼓舞したひとりである。フレイザー・スターンズはアマスト大学で最初に志願した学徒兵として、教授ウィリアム・スミス・クラークとともに戦地へ赴いた。アマストの歴史書 *History of the Town of Amherst, Massachusetts 1731–1896* (1896) では、スターンズの死は別格の扱いになっている。将来を嘱望された青年であり、「連隊のなかでも理想的な兵士で、容姿端麗、友情に厚く、ひたむきな勇気の持ち主」[479] と称えている。

　1862 年 3 月 14 日にスターンズ戦死の報せが入って恐らく初期の段階に、ディキンスンはノアクロス姉妹宛ての手紙を書いた。手紙の冒頭で断るように、スターンズの訃報は新聞記事を元にしている。遺体がアマストに戻って来た描写に始まり、戦死の場面、葬式の様子、参列した人々、牧師の説教、頭を垂れる遺族の様子に至るまで、情報を余すことなく伝えている。20 代の若いふたりに向けた手紙は次のように結ばれる。

　　一緒にこの若い十字軍兵士を偲びましょう——勇敢すぎて死を恐れなかった彼のことを。一緒に彼の調べを奏でましょう——恐らく彼に届くことでしょう。悲嘆に暮れるエラを慰めましょう。牧師様のお話ですと、彼女は彼に「特別な信頼を寄せていた」そうです。オースティンはすっかり打ちのめされています。もっと愛し合いましょう。それが為すべきことなのです。
　　　　　　　　　　　　　　　　　　　　　　　　　　　　　　　[L 255]

スターンズの死という衝撃に対して、兄オースティンが受けた動揺を知らせるが、ディキンスン自身が受けた動揺、悲しみについてはほとんど触れていない。ポーラ・ベネットはこの手紙を「公的な、大いにロマンチック

に書かれた物語であった」と捉え、「ディキンスンは地域社会に倣い、ス
ターンズ戦死の衝撃的な悲しみを共有しているようであり、手紙を哀歌調
の記念碑に仕立てている」とまとめている。ディキンスンにしては「あま
りにも行儀よくひとまとめにされた」描写として解釈する ("Looking at
Death" 122–123)。

　戦いの火蓋が切られ、次々と訃報が伝えられるようになるとき、文学は
どのように対処したのだろうか。女性読者を意識した戦争文学についてダ
ニエル・アーロンは、「お上品な文学」について論じている。当時、文学
作品の読者の大半は女性読者が占め、その趣味を反映させた「お上品な文
学は南北戦争前後、ある種の経験を排除した。その結果、普通の兵士の領
域が、アメリカ文化の保護者［女性］たちによって『境界外』に置かれた
のも不思議でない。病気、泥酔、猥褻、冒涜、犯罪は言及されるにしても
僅かに仄めかされるのみであった。火薬で煤け、シラミにたかられ、銃弾
と砲弾に日々晒され、上官を妬み、黒人を憎む戦闘員は、主に女性である
読者層に提示するにはほとんど不可能な主題であった」[vii]。この傾向は、
遺族たちさえもスターンズの亡骸を見ることを禁じた医師たちの配慮にも
結び付く[9]。

　悲惨な現実をオブラートで包むように伝える傾向がある一方で、マス・
メディアの発展が人々に大きな衝撃を与えたことも確かである。エライ
ザ・リチャーズは、戦場の写真やイラストを添えて報道するジャーナリズ
ムが読者に与えた暴力性に注目し、前線から銃後の読者へと直接的に伝え
られた視覚的なショックのために、「ニュースの読者が戦争の負傷者と類
似した状態であったかもしれない」["How News Must Feel" 157] と鋭くも
指摘する。

　サミュエル・ボウルズ宛てた手紙でもディキンスンは兄が受けた動揺を
中心に報告している。

　　オースティンはスターンズが殺されたことで身震いしています。「スター
　　ンズが死んだ」「スターンズが死んだ」と脳が繰り返し語り続けるそうで
　　す――ちょうど父が伝えた言葉で――鉛の言葉が二つ三つ深く落ちて、重

くのしかかるのです。オースティンに教えてあげてください——鉛の言葉
を克服する方法を。　　　　　　　　　　　　　　　　　　　　[L 256]

兄オースティンの様子を記している。「鉛の言葉」("Two or three words of
lead") とは、スターンズの死に纏わる自責の念など、ずっしりと重くのし
かかる感情を表す。この手紙では、精神的な衝撃が、"chill", "Brain", "lead"
などの単語によって、感覚および物理的な圧迫感と結びつけられている。
従姉妹宛ての手紙が死の場面や葬式の詳細を説明し、これから為すべきこ
とを提案しているのに対して、ボウルズにはオースティンの茫然自失を如
実に物語る。その上で、オースティンが悲しみを乗り越えられるように導
いて教えて欲しいと助けを乞うている。ここでもディキンスン自身の悲し
みにはほとんど触れていない。書簡の編集者トマス・H・ジョンソンとシ
オドラ・ウォードは、オースティンの名前は「口実」であると指摘する
(*Letters* 399)。ディキンスンは親しい友人に対してさえも、自分の悲しみ
をあからさまに書くことはない。

　方や、友人の死を論すような口調で伝え、残された者としてなすべきこ
とを示す。方や、とてつもなく大きな衝撃を受けて狼狽える兄の様子を伝
える。姉役、母親役として接していたノアクロス姉妹と、個人的な悩みを
相談していた 4 歳上のボウルズとでは筆致が異なるのも当然だろう。ただ
し、どちらの手紙においてもディキンスン自身の動揺には触れていない。

ディキンスンの「戦いの詩」

　スターンズの訃報を受けてディキンスンが書いた詩のひとつが、"It dont
sound so terrible – quite – as it did –" (F 384) である。手紙と類似した表現
が使われているため、珍しく特定の背景と結びつけることができる。思い
も寄らぬ報せを聞いた後、心の痛手をどのように静めさせれば良いか、語
り手は試行錯誤を繰り返す。

It dont sound so terrible – quite – as it did –
I run it over – "Dead", Brain – "Dead".

Put it in Latin – Left of my school –
Seems it dont shriek so – under rule.

それは前ほど ― 恐ろしく ― 響かない
わたしは繰り返す ―「死んだ」、脳が ―「死んだ」と。
学校時代に習ったラテン語に ― 置き換えてみよう
文法のもとだと ― それほど金切り声をあげないようだ。

恐ろしい出来事（訃報）を如実に表すことは避けて、代名詞 "it" を何度も
用いる。具体的に記すにはあまりにも途方もない事実に、どのように向き
合えば良いのかわからない。試行錯誤のなか、自分に言い聞かせるかのよ
うに命令形が連なる。この詩では、語り手自身が受けた衝撃を語る。狼狽
える語り手が、動揺を制御するために右往左往する。

　スターンズの訃報を伝える書簡から時間が多少経過しており、この詩で
は心の動揺に始終するだけでなく、対象（事実）と心理的に距離を確保し
ようとする。この詩を書いた 1862 年 8 月頃には、ボウルズに宛てて次の
ようにも書いている――「後になって痛みを振り返る方が、やってくるの
を見るよりも簡単です」[L 272]。極度のショックを和らげるためには、重
くのしかかる苦痛を自分なりに調整していく術を得なくてはならない。こ
の詩に至るまで、時間が必要だったはずだ。

　同時代の典型的な戦争詩の一例として、ポーラ・ベネットは、『アトラン
ティック・マンスリー』1861 年 11 月号に掲載されたオリヴァー・ウェン
デル・ホームズの「自由の花」("The Flower of Liberty") を挙げている。ベ
ネットは、ホームズの作品の近視眼的な語りに注目する。対象との距離感
はなく、ましてやアイロニーの眼差しは皆無であるとベネットは言い切る
("Not Just Filler and Not Just Sentimental" 210)。つまりは、国家主義の理想
に鼓舞され、時代の通念にそのまま結びついた表現の一例としている。ホ
ームズの詩「自由の花」は次のような問いかけで始まる。

What flower is this that greets the morn,
Its hues from heaven so freshly born?"

　　朝に挨拶してくれるこの花の名はなんだろうか
　　天から生まれたばかりの色だ

　その後、各連末尾で「それなら自由の旗に万歳／星をちりばめた自由の花
よ」("Then hail the banner of the free,/The starry Flower of Liberty!") の句
が繰り返される。北部を象徴する清らかな白い「自由を表わす類なき聖な
る花」("Thrice holy Flower of Liberty") を讃える、美しい言葉が並ぶ。語り
手は苦しみも、迷いさえも抱くことなく、賛美に徹する。美辞麗句を並べ
る父ホームズを息子ホームズ・ジュニアは批判し、「共和国の信念を能弁
に説くチャンピオン」として、また戦争の大義を説く「肘掛け椅子の将官
職」として揶揄する (Menand 44–45)。ホームズ・ジュニアは実際に従軍し、
負傷した経験を持つ。ディキンスンの詩 "It dont sound so terrible – quite –
as it did –" (F 384) では、友人の訃報という大きな衝撃にたじろぎ、喘ぐ語
り手が、搾り出すように言葉をダッシュで断ち切りながら発する。それと
並べると、父ホームズの言葉はあまりにも滑らかに流麗である。

ルイザ・メイ・オルコットの『病院点描』

　ディキンスンと同時代を生きたルイザ・メイ・オルコットは対照的に、
看護の経験を通して間近に戦争を体験した。興味深いことに、ディキンス
ンとはまた別の方法で、距離感を操作しながら戦争を表現している。衝撃
的な事実とどう向き合うかは、戦争の時代を生き抜くために必要な術なの
であろう。戦場から次々と病人・負傷者が到着し、悪夢のような惨状を前
に、オルコットの『病院点描』では、深刻な事態とは不釣り合いな軽い筆
致が顔を出す。
　激戦地フレデリクスバーグからの負傷兵到着という陰惨で深刻な場面
を、新米看護人の語り手「ツルニチソウ」("Periwinkle") は、劇の台詞の
ような大袈裟な言葉を差し挟みつつ、とぼけたような会話や看護人たちの
動きを記していく。

　　「やってきたわよ！　着いたわ！　急いで、みなさん。出番よ」
　　「誰が来たの？　反乱軍？」
　この突然の呼び出しがあったのはまだ夜明け前であり、看護人3日目の新
米の私には仰天する出来事だった。ドアを叩く音が雷のように響き、私は
ベッドから飛び起きて支度をした。
　　　　　「身支度を整え、
　　　　　城壁にて死す」　　　　　　　　　　　　　　　　　[*Hospital Sketches* 25]

　新米の語り手と同僚や婦長との会話や病院での逸話が続く。特に引用場面
のテンポある言葉の掛け合いは、新米看護人の浮足立つ様子も伝わる。オ
ルコットは1862年秋にワシントンで看護の奉仕に志願し、12月のフレデ
リックスバーグの戦いの後、北軍衛生委員会管轄下のユニオンホテル病院
に配属された。同じ時期にウォルト・ホイットマンが、やはりフレデリク
スバーグの戦いで負傷した弟ジョージを探しにワシントンに出掛けてい
る。『ドラム・ビート』（1864年3月11日付）紙面で「控えめなご婦人に
ふさわしい場所かどうか」[6] と危ぶまれる惨状のなか、オルコットは負
傷兵の看護にあたった。ジーニー・アティは、実戦に参加不可能な女性達
が、「市民」として政治的見解を示しつつ、奉仕活動に従事したことを紹
介しており、オルコットもその一例になる。この期間にワシントンから家
族に書いた手紙が『病院点描』の下地になっている。手紙は反奴隷制主義
を掲げた週刊誌『コモンウェルス』に、1863年5月22日から6月26日
にかけて連載され、その後に北部の雑誌や新聞で再掲された。その後、反
奴隷制主義者ジェイムズ・レッドパスの依頼で一冊にまとめられ、8月に
出版された。オルコットにとって初めての本となる (Saxton 263–264)。
　特に興味深いのが、夜勤の場面である。患者の寝顔に現れた、昼間とは
別の表情を語り手はじっくり観察する。昼間には覆い隠されていた恐怖や
心の苦痛が、眠りの無意識の中で、生々しく曝け出される。

　　彼等［負傷兵］を、昼間の交流よりも、夜間にもっとよく知るようになっ
　　た。時々、彼等には失望した。昼の光のなかでは楽しげで愉快な顔も、夜
　　の暗闇の訪れと共に、不快な、険悪な表情になったからだ。［昼間に］言

　　　葉で打ち明けはしなかったが、私はその人生を読みとった。真夜中の魔法
　　　が及ぼした私の態度の変化に皆不思議がった。　　　　　[*Hospital Sketches* 44]

　昼間には隠れていた心の闇に触れ、それまでの軽妙な筆致も内省的なもの
となる。ただし、精神を病む負傷兵たちが、夢遊病者として夜間に歩き回
る様子は、ゴシック小説さながらの幽霊屋敷に喩えつつ、ユーモア混じり
に紹介する。「幽霊が出没する時間帯にご一緒する無害な幽霊のひとり」、
「私の許によく姿をあらわす別の小鬼」[42] など、緩急つけながらの筆致
が目立つ。エリザベス・ヤングはオルコットの描写に、人種および性差の
規範に対する戦いを見出す。そして兵士を女性的に、看護婦を男性的に描
き分ける方法に注目している。その際、オルコット自身が抱えるジレンマ
の原因として、教育者であった父ブロンソン・オルコットによる家庭教育
の影響も指摘する。父オルコットは「自己否定」（"self-denial"）を理想とし
て、「自己管理」（"self-control"）——ラルフ・ウォルド・エマソンなら「自
己信頼」（"self-reliance"）を説いたのだが——を教育の主軸とした (71–78)。
オルコットもハウと同様に、女性であるが故の苦しみを抱えながら、北部
の正義や戦争の意義に対しては根本的に肯定的であり、その姿勢は、戦時
中の奉仕活動と、作品に反映されている。
　活動的なオルコットとはいえ、ワシントンでの看護生活で受けた衝撃は
相当のものだったに違いない。チフスに感染し、契約期間半ばで父に付き
添われ、1863 年 1 月 16 日にコンコードに戻っている。看護の勤務は 2 か
月弱である。チフス治療に水銀が用いられ、その副作用から、極度の妄
想に脅かされる後遺症に悩まされた (Saxton 251–268)。それにもかかわら
ず、1863 年 4 月付けで『病院点描』を締めくくる際、オルコットは反奴
隷制の立場を改めて強調する——「次に働く病院は、黒人部隊のための場
所であって欲しい。白人同胞の讃嘆と思いやりある看病を受ける権利があ
ることを彼らは証明している。白人同胞は彼らに非常に多くの借りがあ
り、ささやかながらもその一部を返すことに私は誇りを感じる」[*Hospital
Sketches* 95–96]。『病院点描』の 10 年後に出版した『仕事』でも、南北戦
争の時代を扱っている。「独立し」「役立つ」ことを信条とする女性主人公

クリスティは、ジョン・バニヤンの『天路歴程』の主人公クリスティの女性版を連想させ、個人的な試練が連続しながらも北部の正義を支持し、自身の道徳と信仰に従って行動する。

　出版当初、作品中の「軽快な語り口」[*Hospital Sketches* 95] を読者に非難された。しかし、『病院点描』のユーモラスな筆致は、彼女自身が受けた衝撃を和らげるために不可欠だったに違いない。そのまま正面から見据えるには、心を押し潰しかねない経験であったのだろう。しかもオルコットは兵士達の朗らかで勇気ある昼の「陽」の顔と、夜の「陰」の顔の二面性から目を背けずに描いた。だが同時に戦争の恐怖を扱う際に、「軽快な語り口」を用いることによって「陰」の部分、「不快な、険悪な」ものを、変形させてしまうことにもなる。また、ハウと同じくオルコットも戦争随行を肯定的に正義として捉えており、エドマンド・ウィルソンの指す「擬似道徳的」な言説があることも否めない。

　ディキンスンは「陰」の要素を敢えて引き受けて「戦いの詩」を書いた。ボウルズ宛ての手紙 (L 257) に同封された次の詩 "Victory comes late –" (F 195) もそのひとつになる。

Victory comes late,
And is held low to freezing lips
Too rapt with frost
To mind it!
How sweet it would have tasted!
Just a drop!
Was God so economical?
His table's spread too high
Except we dine on tiptoe!
Crumbs fit such little mouths –
Cherries – suit *Robins* –
The Eagle's golden breakfast – *dazzles them!*
God keep his vow to *"Sparrows"*
Who of little love –
Know how to starve!

　勝利は遅れてやってくる、
　凍りついていく唇に低く差し出されても
　霜で恍惚となり
　受け取ることはできない
　なんと甘美な味がしただろうか
　ほんの一滴でも口にしたら
　神はそんなにも倹約家だったのか
　神の食卓は高すぎる
　つま先立ちでなければ食事ができない
　パン屑は小さな口に合う
　サクランボは　コマドリに合う
　鷲の黄金の朝食は彼らの目をくらませる
　神よ、雀たちへの誓いを守り給え
　彼らは愛の不足で
　飢え死にすると知っている

　ジョンソンはこの詩をスターンズの死を歌ったものと解釈し、フランクリンは 1861 年（ボウルズに送付）と 1862 年頃の版を挙げており、1862 年のスターンズの戦死とは時期的に噛み合わない。ただし 2 行目 "And is held low to freezing lips" は、確かにスターンズの臨終を想起させる。ディキンスンはノアクロス姉妹宛ての手紙で臨終の場面に触れている——「彼は上官のクラーク教授の脇で倒れ、兵士の腕のなかで 10 分間息がありました、2 度水を求め、『ああ神よ』と呟いて息絶えたのです」[L 255]。

　そもそもこの詩の「勝利」とは何を意味するのだろうか。必ずしも実戦における「勝利」とは限らない。瀕死の状態にあっては、「勝利」を気に留めることすらない。天国の神が小さき者にも目を向けると聖書の言葉にはあるのに、実際は違うではないかと、倹約家の神に不満をぶつける。

　パンを施すとはいっても、「爪先立ち」でなければその食卓の食べ物にありつけない。語り手の口調には不満がこもる。残された者が発する強い苛立ちは、先のオルコットには見られない。戦死を殉教として讃えた時代にあって、神に抗議するこの詩の語り手は異質な存在だ。

　1863 年の春ごろに清書された "It feels a shame to be Alive –" (F 524) の

詩もまた、残された立場からの声である。

It feels a shame to be Alive –
When Men so brave – are dead –
One envies the Distinguished Dust –
Permitted – such a Head –

The Stone – that tells defending Whom
This Spartan put away
What little of Him we – possessed
In Pawn for Liberty –

The price is great – Sublimely paid –
Do we deserve – a Thing –
That lives – like Dollars – must be piled
Before we may obtain?

Are we that wait – sufficient worth –
That such Enormous Pearl
As life – dissolved be – for Us –
In Battle's – horrid Bowl?

It may be – a Renown to live –
I think the Men who die –
Those unsustained – Saviors –
Present Divinity –   [F 524]

生きていることが恥ずかしく思える
そんなにも勇敢な人々が　死んだとき
そのような墓標が許された
気高い亡骸を人は羨む

墓石は語る　この剛勇の人が誰のために
私たちが所有していたそのほんのささやかな存在を
自由の抵当として
放棄したかを

代価は大きく　荘厳に支払われた
私たちは値するのだろうか
手に入れる前に
命がドル紙幣のごとく積み上げられねばならないとは

待つ私たちは　十分に値するのだろうか
生命のように大きな真珠が
私たちのために戦闘の恐ろしい椀のなかで
溶けてなくなるとは。

生きていることは栄誉かもしれない
ただ私としては死んでいくあの人々は
擁護されぬ救世主たちであり
神性を示していると思う

　冒頭行で、残された者の引け目を語る。「墓標」に、或いは新聞紙面の冒頭ページにその豪勇ぶりの記述に気後れを感じる。ここでは特定の個人ではなく、恐らく大殺戮のなか命を落とした大勢の無名兵士達 ("Men") を想定できる。ハウやホームズの戦争詩では「自由」がキーワードであり、この詩でも使われている[10]。ただし北部の戦争続行の大義として、命を捧げるべき「自由」は、この詩では、取引や金銭に関わる語彙と一緒に用いられている。しかも戦死によって「放棄」された夥しい命を、ドル紙幣に喩える。命が紙幣のように惜しげもなく積み上げられ、浪費されていく。ヘレン・ヴェンドラーは、紙幣のイメージを戦場の大量殺戮と結び付け、名詞の単数形・複数形の使い分けを指摘する。第 2 連で兵士を "This Spartan" と定冠詞で特定し、その墓石 ("The Stone") は故人の業績を讃えるが、複数形の死から「大量殺戮の広範囲でぞっとさせる光景」[Vendler 240] であると、詩人が見抜いていることは明らかだ。ヴェンドラーは、最終連における "I think" を "[But] *I* think" と解釈し、語り手自身の「個人的な意見」[242] として着目する。
　ヴェンドラーの指摘を援用すると、冒頭行 "It feels a shame to be Alive –" には、語り手自身の存在は明示されていない。だが、最終連で語り手は主

格を用いて ("I think")、「［神によって］擁護されぬ」兵士たちを「救世主たち」("Saviors") として悼む。この最終連 1 行目 "It may be – a Renown to live –" は一見、第 1 連 1 行目 "It feels shame to be Alive –" と矛盾するかに映る。けれども、第 1 連は、語り手も含めて「待つ」人々であり、最終連 1 行目は戦場に出掛けながらも生き残った人々が手にする "Renown" を指すのだろう。また、"the Men who die" が死者たちと同格で "those unsustained" が置かれる。定冠詞 "the" をつけた "Savior" なら磔刑のキリストを連想させるが、ここでは複数形 "Saviors" であり、無名の死者を指す。戦闘自体の勝敗にはまったく触れず、生死の問題を扱っている。人称の変化、相対する価値観、心情、境遇、いくつもの視点が錯綜し、一筋縄では語れぬ思いが詰め込まれている。

　フレイザー・スターンズが戦死した 4 か月後、1862 年 7 月に、アマストに割り当てられた兵員数を確保するため、志願兵に町が 100 ドルの奨励金を支給する決定をした。その動きの中心にいたのが、ディキンスンの父エドワードであった。奨励金が功を奏したのか、同月 18 日に、アマストは新たな兵団を送り出している。フェイス・バレットは 1863 年のリンカンによる人身保護令発布をこの詩に結びつける (*To Fight Aloud* 171–173)。経済的格差ゆえに戦場へと駆り出された命も読み込んでいる。ディキンスンの父や兄が資金援助をして志願兵を募りながらも、1864 年には兄オースティンは 500 ドルの身代わり代を払って戦役を免れている。

　白人兵と黒人兵とでは給料の差があり、身代わり金を払って兵役を免れる者、報奨金を受け取って兵役に就く者もあり、人種の差別や経済的な格差は、戦時中も多々物議をかもすことになる。ディキンスンは "Color – Caste – Denomination –" (F 836) の詩で、こうした人種、階級、宗派の違いによる差別と、死の無差別性（民主的な死）を主題にする。バレットは、リンカンの黒人保護令（1863 年 7 月）との語彙 "class, color, or condition" の類似を指摘している ("Drums off" 107–132)。

Color – Caste – Denomination –
These – are Times's Affair –

Death's diviner Classifying
Does not know they are –

As in sleep – all Hue forgotten –
Tenets – put behind –
Death's large – Democratic fingers
Rub away the Brand –

If Circassian – He is careless –
If He put away
Chrysalis of Blonde – or Umber –
Equal Butterfly –

They emerge from His Obscuring –
What Death – knows so well –
Our minuter intuitions –
Deem unplausible   [F 836]

肌の色、階級、宗派
これらは　この世の区別
死の神聖な分類に
これらは無縁である

眠りのなかで色の違いが忘れられるように
教義は置き去りにされる
死の民主主義の大きな指が
烙印をこすり落とす

チェルケス人であろうと死は気にしない
金色やこげ茶の蛹を
死が片づけても
蝶はどれも平等に

死の曖昧な分類から羽化する。
死が良く知っていることを
わたしたちの卑小な直観は

　　あり得ないものとみなす

　人々を分断する人種、階級、宗派の違いは、死の場面では存在しなくな
る。ヴェンドラーがディキンスンの階級意識について「初期は」と断った
うえで、「他者の苦しみに不変的に無神経な面」を示唆する。だが、この
詩が書かれた 1864 年にあって、ディキンスンがいかに差別への意識を培
っていたかに注目する (Vendler 349)。この詩は、最後の 40 番目の草稿集
に清書されている。ディキンスンの眼差しが戦争を通じて確実に変化した
証になるだろう。人々を互いに反目させ、格差を生み出してきた要素と入
れ替わり、「死」が戦場における人々の運命を「分類する」。社会での差別
に関わる単語と、死の峻別を示す単語とが、"c" と "d" の頭韻で響き合う。
また、大文字の単語 "Color" "Caste" "Denomination" "Time" "Affair" "Death"
"Classifying" が短い詩行で拮抗し合う。
　無駄を削ぎ落とした詩行では、語り手の声はどこか卓越した、高みから
響く。と同時に、最終連 "Our minuter intuitions –" で一人称複数の代名詞
には語り手自身の、人間としての「直観」の限界も差しはさみ、「死」と
人間、双方の視点を包み込む。1862 年に清書された "Because I could not
stop for Death –" (F 479) の「死神」はまるで紳士がデートに誘うかのよう
に「親切に」馬車で訪れる。この世の「仕事」("labor") と「暇」("leisure")
を脇に置いて、語り手は誘いに応じて死の旅路へ向かう。一方、この
"Color – Caste – Denomination" では、戦場における「死神」は「民主主義
の大きな指」でこの世の「烙印」("the Brand") を無表情でこすり落とす。
人種、社会的な格差、宗派の違いはすべて落とすべき「烙印」でしかな
い。なんの感情も持たぬかのような、「死」の峻別によって、人々は永遠
の眠りにつく。
　同時代の戦争詩は、「国旗」「自由」「神」などのモチーフを扱う際、一
人称複数の主語は、国家としての運命や戦争続行の意義を信仰と結びつけ
て肯定的に語る。なるほどハウの詩の語り手は、預言者として人々に伝え
るための公的、政治的な見解を反映した声である。一方、ディキンスンの
詩では、「公的な」語りの戦争詩が目を向けることのない、「個人」として

の心情——動揺、怖れ、慄き、わだかまり、疑問、嫉妬、負い目——を掬い上げる。また一人称複数を用いる場合も、人間としての弱さをを敢えて露呈し、その限界を認識するためであり、同時代の人々との一体感を表すためのものではない。

注

(1) 吉田要氏は交通・通信の技術発展とディキンスンの詩・書簡とを照合させて考察している（「19 世紀の交通革命と通信革命——エミリィ・ディキンスン、鉄道、電信」を参照）。

(2) ディキンスンの知的好奇心に雑誌や新聞が不可欠な役割を担った例としては、戦争動向だけでなく、ダーウィンの進化論や天文学など当時の最先端の科学、作家や詩人の動向（出版や死）があり、これらの話題にディキンスンは書簡で機敏に反応している。シャノン・L・トマス (Shannon L. Thomas) はさらに厳密にディキンスンとマスコミとの関わりを『スプリングフィールド・リパブリカン』を中心に分析している。

(3) ディキンスンが戦争中に送った書簡で戦争や政治に言及したものとして、14 通が残っている。解釈次第で今後も増える可能性がある。1861 年に L 234（ノアクロス姉妹宛）、L 235（ボウルズ夫人宛）、L 240（兄オースティン宛）、L 245（ルイーズ・ノアクロス宛）。1862 年は L 255（ノアクロス姉妹宛）、L 256（ボウルズ宛）、L 257（ボウルズ宛）、L 265（ヒギンスン宛）、L 269（ホランド夫妻宛）、L 271（ヒギンスン宛）、L 272（ボウルズ宛）、L 277（ボウルズ宛）。1863 年は L 279（ノアクロス姉妹宛）、L 280（ヒギンスン宛）。1864 年は L 297（妹ラヴィニア宛）、L 298（ノアクロス姉妹宛）、1865 年は L 308（妹ラヴィニア宛）。

(4) フランクリン版 [B] の型に拠る (Vol. I: 156)。『ドラム・ビート』に掲載されたこの形ではファシクルにディキンスンが清書したものと若干相違がある。ダッシュがカンマになっており、大文字が小文字になっている。

(5) トッドとヒギンスン編集による 1891 年出版の詩集では、"Blazing in Gold and quenching in Purple" (F 321) のタイトルは "The Juggler of Day" であり、1890 年版では "These are the days when Birds come back," (F 122) は "Indian Summer" のタイトルが付けられ、共に「自然」の項目に分類されている。

(6) 『ドラム・ビート』に掲載された詩とは異なり、戦争に関連した印象を与える詩が戦時中に掲載された例もある。1864 年 4 月 27 日に『ブルックリン・デイリー・ユニオン』に無題で掲載された "Success is counted sweetest" (F 112)

は、戦死者の言葉として解釈することも可能であろう。ただしこの詩も戦前
の作である。

(7) ハウの詩作の詳細については西垣内磨留美「『リパブリック賛歌』とジュリ
ア・ウォード・ハウ」を参照（『ジョン・ブラウンの屍を越えて』67–87）。ま
た「リパブリック賛歌」が書かれ、広まった有名な逸話は、ハウ自身が記し
ている (*Reminiscences* 273–277)。

(8) この詩には本来もうひとつ連が存在していた。西河内氏は、削除された最終
連についてフローレンス・ハウ・ホール (Florence Howe Hall) を参考に言及
(79–80)。

(9) ドルー・ギルピン・ファウスト『戦死とアメリカ南北戦争 62 万人の死の意味』
(黒沢眞理子訳) では死体処理を施すエンバーミングの技術が広く用いられた
例を紹介している (105–114)。

(10) 南北戦争で数多く用いられた語彙「自由」(liberty, freedom) をめぐってはク
リスタン・ミラーの論 ("Pondering 'Liberty'") を参照。

第3章

「読者」に「送られた」詩

A Soldier called – a Morning ago,
and asked for a Nosegay, to take to Battle. (L 272)

　出版と微妙な距離をとり続けたディキンスンは数多くの詩を友人や親戚の人々に送り、個人的な「読者」がいた。けれども、同時代の詩人たちが戦争に触発されて詩を雑誌に発表していた頃、1863年後半に、ディキンスンは「出版」を懐疑する次の詩 (F 788) を清書している。

Publication – is the Auction
Of the Mind of Man –
Poverty – be justifying
For so foul a thing

Possibly – but We – would rather
From Our Garret go
White – unto the White Creator –
Than invest – Our Snow –

Thought belong to Him who gave it –
Then – to Him Who bear
It's Corporeal illustration – sell
The Royal Air –

In the Parcel – Be the Merchant
Of the Heavenly Grace –
But reduce no Human Spirit
To Disgrace of Price –

出版は　ひとの心の
競売

貧しさは　是となる
そんなにも間違った行為に対して

わたしたちはむしろ
屋根裏部屋から行く方が良いだろう
白いまま　白い創造主のもとへと
私たちの雪を　投資するよりも

思考はそれを与えてくれた人のもの
それから　有形の例を生む人のものとなる
売りなさい
王の調べを

包みにいれて　天国の調べを売りものにする
商人になってごらん
人の精神を賤しめてはいけない
価格という恥辱へと

力強く始まる冒頭行で、作品が市場価値に結びつくことを痛烈に批難する。第2連最終行の「雪」は詩もしくは詩のインスピレーションを暗示する。1862年にボウルズに書いた手紙でも "snow" を同様の意味で用いている——「あなたが私の雪を疑ったなら、それがほんの一瞬であっても、二度と疑わないでしょう」[L 251]。この詩で異を唱えるのは出版自体ではなく、詩が市場価値に穢されることである。「白いまま」とは、純潔・潔白を表す「白」と同時に、印刷されることのない、「白いまま」の頁も敢えて選ぶことも辞さない姿勢も表わすだろう。

　第2連でその論理を展開する。「思考」(詩のインスピレーション)を「与えてくれたひと」とは創造主を指すだろう。その「思考」をもらい受けて詩人は詩の形にする。したがって第3連1行目の "He" は「創造主」、2行目の "He" は「詩人」と解釈できる。どちらも大文字の "He" であって紛らわしいが、その区別は敢えて曖昧にしているのかもしれない。もともと神様からもらった「思考」なのだから、「売ってごらん」と「商人にな

ってごらん」はどちらも反語的な命令になる。結びの部分で語り手は、
「人の魂を／価格という恥辱に貶めてはならない」と言い放ち、市場価値
によって作品が貶められるあり方を否定する。神聖な「創造」を「経済」
と絡めて道義的に説いて見せる。この詩で、大文字で使われている単語
"Publication" "Poverty" "Possibly" "Parcel" "Price" の頭韻の破裂音 "P" は、
この詩全体の強い口調を音で支える。それにしても誰に対する命令形なの
だろうか。同時代の詩人たちに対する言葉だろうか。或いは出版を是とし
ない詩人自身の自己主張だろうか。

　南北戦争を背景に、ドーナル・ミッチェルはこの詩における、反奴隷制
の用語に注目する ("Emily Dickinson and class" 199–202)。ベンジャミン・
フリードランダーもまた、奴隷売買に関わる時事的な用語を指摘し、ハリ
エット・ビーチャー・ストウ、ウォルト・ホイットマン、ナサニエル・ホ
ーソンなど同時代の詩人や作家たちが奴隷制に関連付けた表現と照合して
この詩を解釈する ("Auctions of the Mind")。

　ここで、ディキンスンはやみくもに「出版」を否定しているわけではな
い。北軍系新聞に詩が掲載された事実と併せて、ディキンスン自身が出版
の有無を選択した可能性もまた浮上する。ベッツィ・アーキラは、「もし
ディキンスンがこれらの詩を自発的に寄稿したのであれば、その証拠がな
くとも、病人や負傷者、瀕死の人々を支援するためだったろう。彼らは
――ディキンスンの観点では――せいぜい良く見ても問題ある大義に賛同
して自ら命を犠牲にしたのだ」と、その冷笑的な眼差しも指摘する ["*Art
of Politics*" 172n.33]。

　ヴァージニア・ジャクソンは、ディキンスンが自発的に詩を提供したと
するダンデュランドの解釈およびその仲介役の同定を疑問視し、先述した
ように、代案として、ブルックリン在住のガートルード・ヴァンダービル
トの仲介役を提示する――「ディキンスンは詩をヴァンダービルトか『ド
ラム・ビート』編集長でアマスト大学卒業生リチャード・ソルター・スト
ーズに渡したかもしれない。ダンデュランドや他の研究者たちの考えでは
ストーズがそれらしき候補とされてきたが、理由を述べるのは難しい。ディ
ィキンスンがヴァンダービルトと書簡のやりとりをしていたことがわかっ

ているからである」[252n.3]。ディキンスンが自発的に詩を提出したかどうか、その真偽は不明のままである。

　そのうえで改めて注目したいのは、戦争中に新聞を媒介とした「読者」と詩人ディキンスンとの関わりである。ベッツィ・アーキラは、ディキンスンが詩を送った人々が特権階級であり、「同時代の社会的・文化的に最も影響力のある人々」["*Art of Politics*" 149] であったと論じる。確かに文通相手には『スプリングフィールド・リパブリカン』編集長サミュエル・ボウルズ、文芸批評家および黒人連隊大佐 T. W. ヒギンスン、小説家・詩人ヘレン・ハント・ジャクソンなど、出版界で影響力のあった人物たちが含まれる。アーキラが念頭に置くのは、書簡と共に詩を送った友人や親戚であり、新聞掲載された詩の「読者」ではない。手紙のやりとりを通した交友関係からさらに発展して、新聞掲載を介した、いわばディキンスンにとって未知の「読者」もまたかなりいた。戦時にあって、ディキンスンがこの「読者」とどう関わろうとしたのか。あるいはどのように関係を操作しようとしたのか。前章に引き続き、北軍支援の新聞に掲載された詩を中心に、新聞を介した「読者」との関わりを考えていく。

19 世紀アメリカ詩と雑誌

　ここで 19 世紀アメリカ詩と新聞・雑誌との関わりを概観しておきたい。19 世紀アメリカ詩は、雑誌や新聞の発展とともに読者を拡大したといっても過言ではない。イザベル・レヒュの推計に従うなら、植民地時代から 18 世紀を経て 19 世紀アメリカ庶民の識字率が上昇し、1850 年代初期の白人成人の識字率が 90 パーセント。イギリスの 60 パーセントと較べるとかなり高い数字である (Lehuu 17)。この幅広い読者層を背景に、新たな雑誌や新聞が次々と創刊されていく。

　1820 年代には政治雑誌、宗教雑誌、農業雑誌などが創刊されている。当時の東部主要都市で次々と雑誌創刊の動きがあり、アメリカの主要都市で発行された。特に文化・文学との関係で重要な雑誌を見ると、フィラデルフィアの『グレアムズ・マガジン』(*Graham's Magazine*, 1826)、ニューヨ

ークの『ニッカーボッカー・マガジン』(*Knickerbocker Magazine*, 1833)、『ハーパーズ・マンスリー・マガジン』(*Harper's Monthly Magazine*, 1850)、『パットナムズ・マンスリー・マガジン』(*Putnam's Monthly Magazine*, 1853)、そしてボストンの『アトランティック・マンスリー』(*Atlantic Monthly*, 1857)などがある。

　アメリカの雑誌で顕著なのは、開拓が進む西部の小さな町から大都市に至るまで、様々な規模で数多くの雑誌が登場したことである[1]。特に目を引くことに、どの雑誌にも必ずと言ってよいほど詩が掲載されている。19世紀中葉のあらゆる新聞に詩が掲載されたことについて、カレン・ダンデュランドは、アメリカの人々の暮らしに詩が密着していた証左とする――「19世紀中葉のほとんどの新聞に詩は必ずあった。読者が気に入った詩を新聞から切り抜いたり写したりして、スクラップブックに貼るのはお馴染の光景であった。時には暗誦し、友人どうしで共有することもよくあった」["Dickinson and Audience" 256]。文芸雑誌に限らず、日刊紙、週刊誌、大衆紙などの違い、また地方版、全国版といった配給規模の違いに関わりなく常に詩が掲載された。ニュース記事、社説、広告、死亡記事など幅広い紙面で詩が載っていた (Lorang 1–2)。また戦時中といえども北部・南部を問わず、読者は新聞に自作の詩を投稿し、戦争報道と共に詩が掲載された。その背景としてエライザ・リチャーズは、詩の「伝達力」を挙げ、「国家的な信念や感情を表現し、形づくる」うえで詩がいかに有効であったかを説明づける。

　詩集として書籍にまとめられた詩と、雑誌や新聞に掲載される詩とでは、その性質も異なる。ポーラ・ベネットは、新聞紙面に詩が時事的な記事と並んで掲載されたことに注目し、植民地時代から、個人的または社会的な声を詩が担ってきたと指摘する――「ベンジャミン・フランクリンのような権力の座にある者から、[女性黒人奴隷] フィリス・ホイートリーのような力なき者たちに至るまで、個人的、社会的問題についての意見を、僅かながらでも、平等に発表することができた」[*Teaching* 3] として、詩集との違いを強調する。

　アメリカにおける詩人の意義については、ラルフ・ウォルド・エマソン

のエッセイ「詩人」("Poet") の詩人像が、定義となるだろう——「詩人とは必要な力の釣り合いが保たれている人であり、他の人が夢見るものを障害なく実際に見たり扱ったりし、経験のあらゆる領域を通り、受け止め与えるうえで最大なる力のために人類を代表する者である」[448]。エマソンの詩人論を受けて、ウォルト・ホイットマンもまた『草の葉』初版序文で、アメリカ庶民の代弁者としての詩人の役割を主唱する。「アメリカ合衆国の国民自体が本質的に偉大な詩なのだ」[616] と述べ、「詩人たちは自由の代弁者であり解説者である」[627] と宣言する。19 世紀中葉のアメリカ詩は、読者に向けた声、あるいは同時代の人々を代弁する声を意識するものであった。こうした詩人の声を届けるうえで、アメリカの新聞や雑誌が果たした役割は大きい。

　植民地時代以来、アメリカ詩が担ってきた「代弁者」の系譜にディキンスンもまた連なり、何らかの声を担っていると言えるだろうか。激動の時代、家族以外の人々と会うことを避けるようになっていったディキンスンも例外なく「読者」と結びつけたのが、北軍系新聞であった。個人的なつながりのある読者だけではなく、未知の「読者」の許にも詩が届いたのは、戦争の時代だからこそといえる。ディキンスンの詩もまた、詩人自身の意図にはお構いなく、誌上に掲載されたことによって、自ずと「声」を担い始める。

　戦時には交通網や電報が発展し、戦況のニュース伝達が加速度的に早まっていく。エライザ・リチャーズは、完結することのない断片的な速報に人々が駆り立てられ、次なる報せを求めた状況を説明する ("How News Must Feel" 158)。ニュースの細切れの特徴として、例えばメルヴィルの詩「ダンルソン」("Donelson") がある (Melville 33–52)。刻々と変わる戦況の報せが細断化され、続きを待ちわびる人々に届く報道が連の形になる[2]。リチャーズはまた、『アトランティック・マンスリー』に掲載されたジュリア・ウォード・ハウの詩「我らの秩序」("Our Order") が、詩とニュース記事との境界を曖昧にしているという興味深い考察をしている。詩とニュース記事の相互作用により、詩の声が時にはニュース記事の声となり、逆に叙事詩的な役割を持つニュース記事が抒情詩の語り手の声を帯びつ

つ、戦況を伝える (“How News Must Feel” 160)。

　マサチューセッツ州アマストで熱心に戦争協力をしていた父や兄のもと、自宅から出る機会が極端に少なくなっていたとはいえ、ディキンスンもまた新聞・雑誌で戦況を逐一確認していたことは先で見てきた。T・W・ヒギンスンの名前を戦争報道で見つけて書き送る――「あなたが［戦地に］赴かれたことを偶然知りました」[L 280]。ディキンスン自身、戦争によって拡大した新聞読者の一人であると同時に、戦時下に「読者」を拡大した詩人ともいえる。

南北戦争期のふたつの詩群

　『ディキンスン詩集』がヒギンスンとメイベル・ルーミス・トッドによって編纂・出版されたのは死後 1890 年になる。生前、親戚や友人たちに詩を送ったことについて、マーサ・ネル・スミスは「彼女は手紙に詩を付して送り、仲間内で発表した」という表現をしている。スミスの見積もりでは詩の 3 分の 1 が書簡で送られ、書簡の多くが失われた可能性も考え併せると、詩の半分以上が手紙の中で「発表された」ことになる (“Editorial History” 272)。

　手紙に付けて詩を「発表する」ディキンスンの行為を、カレン・ダンデュランドやポール・クラムブリィは、19 世紀アメリカ中産階級の女性たちの「贈り物の文化」の一環として捉える。そのうえで書簡とともに詩を送ったディキンスンの行為を一種の「出版」と見做す。「贈り物の文化」における詩のやりとりは、個人の信頼関係に基づく。が、やがては受け手を通じて新聞掲載など公の場に詩が現れ、親戚や友人のような既知の読者から未知の読者へと読者層が広がる。ディキンスンの詩もこの道筋で戦時中に出版されたものと両者は解釈する[3]。友人や親戚たちとの書簡を考えるうえで、ふたりの解釈を参考にすると、1 対 1 の手紙の文通に留まらず、手紙の受け手を通じてさらに別の人物へと詩が伝えられていく流れを想定できる。この交際のネットワークの延長線上にディキンスンの詩の新聞掲載も実現したことになる。

　そのうえで見逃せないのは、ディキンスンが友人や親戚に送った結果、新聞に載り、未知の読者に届いた詩がある一方で、誰にも送ることなく手許に置いていた詩群もまた存在することである。歴史のいわば表舞台に匿名ながら顔を出した詩と、ひっそりと草稿集に綴じられたまま、同時代の人々の目に触れぬままであった詩という、対照的な道筋を辿ったふたつの詩群がこの時期に書かれている。ふたつの詩群の存在は、ディキンスンと「読者」の関係を考えるうえで、きわめて重要である。

　19世紀アメリカの「贈り物の文化」のなかでディキンスンの詩の贈与を間接的な「出版」と捉えるクラムブリィは、ディキンスンとスーザンの「贈り物＝詩」のやりとりを、書き手と受け手の共同制作として解釈する ("Politics of Gift-Based Circulation" 38–44)。なるほど "Safe in their Alabaster Chambers –" (F 124) の詩は、フランクリン版では6つの版があり、1859年にスーザンに送られて、それが恐らくボウルズに渡された版（A、現存せず）、ディキンスン自身がファシクルに清書した版 (B)、スーザンとの間で第2連について意見交換して、ディキンスンが新たにスーザンに送った版 (C)、最初の版のほうが好みだと返信するスーザンに送った、さらなる版 (D)、ディキンスン自身改訂版を清書したもの (E)、ヒギンスンに送った版 (F) がある。この詩をめぐってスーザンと具体的な意見交換をしており、クラムブリィはふたりの共同制作と見做す。もちろんその作業には「作者」の著作権は介在しない。

　クラムブリィは「贈り物の文化」で詩を送る行為を流通の一環としての出版ではなく、私家版の「出版」として捉え、送られた人物と詩人との合作とする。スーザンがディキンスンの詩にコメントしたり、友人たちの前で朗読したり、出版社に送ったとしても、ディキンスンが許容したものとして、何ら不満を述べていないことに注目する[4]。そのようにスーザンがディキンスンの詩を流布させる役割を担っていたと解釈する (*Winds of Will* 146–154)。アメリカ人批評家クラムブリィならではの表現を借用するならば、特権的存在の無い、「民主主義的な」作業となる。

　またダンデュランドは、ディキンスンの詩の受取人が、別の交友関係でその詩を紹介（朗読）したものと推測する。ノアクロス姉妹はコンコード

の読書会に参加していたことから、ルイザ・メイ・オルコットやエマソンなどがディキンスンの詩を知っていた可能性があり、さらには「最も行動的な文通相手」(264) ヒギンスンが百人を超す私的会合でディキンスンの詩を朗読した可能性もダンデュランドは挙げ、聴衆にエマソンやオルコット、ウィリアム・エラリー・チャニングがいた可能性も指摘する ("Dickinson and the Public" 261)。生前のディキンスンの詩は、ボウルズの他に、雑誌編集者のジョサイア・ギルバート・ホランドおよびエリザベス・チャピン・ホランド夫妻、ヒギンスン、ヘレン・ハント・ジャクソンなど、アメリカ文学界・出版界で活躍していた友人達に送られ、そこからさらに彼等自身のネットワークを通じて未知の読者へと拡大していったことになる。どの場合も匿名ながら生前から多数の読者の目に触れている。実際、1890年に最初の詩集が出版された時、何篇かの詩をヒギンスンの知人たちはすでに知っていたという (Dandurand, "Dickinson and the Public" 265)。

　それではディキンスン自身は「読者」をどのように想定していたのだろうか。詩を直接送った相手だけでなく、その人物を介して詩が渡るかもしれない未知の読者もまた念頭にあったのだろうか。当時、ディキンスンが南北戦争に影響を受けたと思われる詩、または戦争と関わると考えられる詩のほとんどが、誰にも送られていない[5]。一部の例外を除いて、隣家に住むスーザンのような親しい間柄の人物にさえも送られた形跡がない。フェイス・バレットは、"It dont sound so terrible – quite – as it did –" (F 384) の回覧の証拠がないことを示唆している ("Dickinson's War Poems in Discursive Context" 112)[6]。例外として、第 1 章で見た、ヒギンスンに宛てた詩 "That after Horror – that 'twas *us* –" (F 243) の後半と、第 2 章で論じたボウルズに送った例 "Victory comes late," (F 195) がある。クリスタン・ミラーはさらに議論を深めて、「戦争詩」自体が送られていなかった可能性を挙げる (*Reading in Time* 147, 246)。送られなかった詩もまた「真剣に」書かれた詩であり、出来が悪くて送らなかったとは解釈していない (*Reading in Time* 147)。

「送られた」詩

　『ドラム・ビート』について今一度確認すると、北軍衛生委員会への寄付を目的に 1864 年 2 月 22 日から 3 月 11 日の間にブルックリンで発行された日刊紙である (Danduland "*Drum Beat*" 19)。発行部数は六千部。ディキンスンの 3 篇の詩が 2 月 29 日、3 月 2 日、3 月 22 日に掲載され、匿名ながらも六千人の読者の目に触れたことになる。南北戦争中だけでもディキンスンが 100 篇の詩をスーザンに送ったことは先に見たとおりである。その詩のいくつかが恐らくスーザンを経由して北軍系の新聞紙面に登場した。また、1864 年 2 月と 3 月に 3 篇の詩 "Flowers – Well – if anybody" (F 95), "These are the days when Birds come back –" (F 122), "Blazing in Gold and quenching in Purple" (F 321) が北軍系の新聞『ドラム・ビート』に、1864 年 4 月にブルックリンで発行された同じく北軍系『ブルックリン・デイリー・ユニオン』にも "Success is counted sweetest" (F 112) が載ったことは先で述べた。

　出版に至る正確な経緯は判明していないが、ふたつの推論については 2 章で触れた。兄オースティンと親しいリチャード・ソルター・ストーズが『ドラム・ビート』の編集に携わり、スーザンを通じてディキンスンの詩が渡されたという推論がひとつ。もうひとつはスーザンの友人でブルックリン在住のガートルード・ヴァンダービルトが慈善市開催に携わり、ディキンスンの詩の掲載に関与したとする推論である (252n.3, 253n.14)。いずれの場合も、ディキンスンがスーザンに詩を送り、スーザンの交際ネットワークを介して掲載に結びついたことになる。しかもクリスタン・ミラーが示唆するように、アメリカの著作権の抜け道故に、一度掲載された詩が別の新聞に転載されている (*Reading in Time* 94–95)。その結果、ディキンスンの詩は最終的には個人的なつながりのない『ボストン・ポスト』にも現れ、同時代の幅広い読者の目に触れたことになる。

　ここで『ドラム・ビート』に載った詩を主題の面から考えてみたい。紙面では、ブルックリン慈善市の報告記事と共にディキンスンの詩が並ぶ。3 篇のうち 2 篇 ("Flowers – well, if anybody" [F 95] と "These are the days

when birds come back," [F 122]）は戦争前の作であった。残りの 1 篇
("Blazing in gold, and quenching in purple," [F 321]) は戦争中の作とされて
いるが、戦争との関係は感じられない[7]。クリスタン・ミラーもこの 3 篇
の詩は戦争と無関係であると断じる――「ディキンスンがこの新聞に送っ
た詩は戦争とは関係がなく、かなり前に書かれたものである」(*Reading in
Time* 254n.7)。厳密には、"Blazing in Gold – and" (F 321 A) は戦争中の作
である。"Flowers – well, if anybody" (F 95) の詩については、北軍支援の
新聞に次々と掲載・転載され、1864 年 3 月 2 日付『ドラム・ビート』、3
月 9 日付『スプリングフィールド・デイリー・リパブリカン』、3 月 12 日
付『スプリングフィールド・ウィークリー・リパブリカン』、そして 3 月
16 日付『ボストン・ポスト』と、2 週間ほどの間に矢継ぎ早に 4 紙に登場
した。『ドラム・ビート』に掲載された形でこの詩を見てみよう。

Flowers — well, if anybody
Can the extasy define,
Half a transport, half a trouble,
With which flowers humble men —
Anybody find the fountain,
From which floods so contra flow,
I will give him all the Daisies,
Which opon the hillside blow!

Too much pathos in their faces,
For a simple breast like mine!
Butterflies from St Domingo,
Cruising round the purple line,
Have a system of aesthetics
Far superior to mine!　　　　　　　　　　　[F 95 A]

花のことと言えば、そう、
あの陶酔感を定義できる人がいるかしら、
半分は恍惚、半分は苦しみと共に
花は人を謙虚にする、

　　あの泉を見つける人がいるかしら
　　逆流が湧き出てくる泉を、
　　そのひとに雛菊を全てあげましょう
　　丘の斜面で咲いているものを

　　花の面に浮かぶ情念は
　　わたしのささやかな胸には耐えられないほど
　　サントドミンゴから渡ってきた蝶たちは
　　紫の列を旋回し
　　わたしのものなどはるかに凌ぐ
　　美学体系を持つ。

ディキンスンの詩には珍しい口語的な間投詞 "well" が用いられ、語り手の声が囁く。ささやかな雛菊のような存在が思いがけないほどの力を秘める。語り手の言葉は句またがりで進み、"flowers" "find" "fountain" "from" "floods" "flow" と "f" の頭韻を効かせながら、小さな存在から大きな源泉にまで辿りつく。雛菊の咲く丘の中腹、異国の地サントドミンゴへと読者を誘い、そこから飛び立った蝶たちは、恐らく冒頭の花々に降り立つのだろう。こうしてひと巡りしてもなお、ささやかな花が持つ圧倒的な力の不思議を、人は説明できない。花が秘める力は「定義」や「美学体系」を超えている。

　ジュディス・ファーは、この詩を、自然の神秘を前に詩人が抱く「恍惚」と「苦悩」を歌ったものと捉えて、戦争との関わりに言及していない (142–4)。また、テリー・ブラックホークは雛菊のようなささやかな存在が「男性たち」("men") を謙虚にさせることについて、「伝統的なヒエラルキーに挑戦する女性詩人」を見だす (116)。クリスタン・ミラーも戦争とは無関係であると指摘する (*Reading in Time* 254n.7)。

　確かに、戦争前に作られたこの詩は、戦争中に発行された『ドラム・ビート』3月2日号の紙面においては、何の脈絡もなく偶然に配置されたかのような印象をまず与える。先述したように『ドラム・ビート』紙面には、戦争関係の記事や北軍衛生委員会の寄付金集めを目的にした慈善市関

連の記事が所狭しと並ぶ。戦争を題材にした詩、戦争にまつわるエピソード、慈善市の紹介や報告、地元の人々のエピソードやエッセイ、そして保険会社の広告が連なり、ブルックリンでの戦争協力を伝える。一緒に掲載された他の詩人たちの詩——"Footsteps"（兵士の死を歌う詩）、"A Hard-Shell Lyric"（チェサピーク湾あたりの地方に伝わる十月の歌）、"Hiawatha, on The Fair"（ブルックリンの慈善市を称える詩）——の中にあって、ディキンスンの詩 "Flowers" (F 95) は、北軍支援の地元の有志が慈善で寄せたかのようである。だが、転載を重ねていくにしたがってこの印象も変化する。

　"Flowers" (F 95) の詩は『スプリングフィールド・デイリー・リパブリカン』に転載され、最終的に『ボストン・ポスト』に至る。全国規模の新聞ならではの紙面で、シャーマン将軍の進撃、リンカンによる徴兵令、議会についてなど国政記事が目立つ。"Flowers" (F 95) とともに掲載された、別の詩人による匿名の詩 "The First Snowdrop" は、戦争という「人生の嵐の只中にあって」、「疲れた人々を慰める」雪を歌う。戦時色の濃いこの紙面にディキンスンの "Flowers" (F 95) を置くと、そのギャップの大きさゆえにむしろ、激動の時代に生きる人々に寄り添う声となる。「野」("field") の花々を前に、「戦場」("battle field") の「男性」("men," "him") さえも涙する。

　この詩で、"blow" の語はアメリカ英語の「（花が）咲く」の意味で使われている。だが同時に、音としては「強打」("blow") の語も喚起し、"flow" と押韻して暴力的な力も連想させる。さらに "blow" は "floods" や "flow" の語とも結びつき、「（嵐などが）吹く」など自然の威力も想起させる。ささやかな見かけによらず、思いがけないほど大きな力を花は持っていることから、「詩」自体を喩えたものとも言える。そもそも "poem" の語源は「作ること」("to make") であり、そこから「歌を作る」、「歌を歌う」意味となる。この語源は "strain"（旋律）と共通する。さらにウェブスターの辞書の "strain" の語義を確認すると、筆頭に "a violent effort"（暴力的な試み・力）、"any injury by exertion drawing or stretching"（引いたり伸ばしたりすることによる危害）とある。武器を持たずして人々を圧倒する力

を、花は、そして詩は潜在的に持つ。

　武器は戦場で人を殺傷する。だが、花や詩には武器が及ばぬ別の力がある——時には戦場で死を待つ兵士の傍らで、戦友を亡くした兵士に、戦いに疲れた人々に、家族や友人の身を案じる人々に寄り添う力を持つ。戦争の時代の新聞紙上にあって、戦争前のディキンスン自身の意図を超えて、思いがけぬ大きな力を発信したともいえる。

　さらに、戦争前に作られながらも、戦争を引き起こす要因となった奴隷制に結び付く用語を見出すことができる。第 2 連 3 行目 "St Domingo" は 1791 年に黒人の反乱・革命が起こったハイチの首都である。人間の争いとは関わりなく飛翔する蝶たちは、戦いにまつわるふたつの場所——ハイチと南北戦争の戦場——を "line"（線／詩行）で結ぶ。エライザ・リチャーズもまた "St Domingo" という言葉が戦前においてもハイチの「血なまぐさい奴隷の反乱への恐怖」を呼び起こす語であったと示唆する ("How News Must Feel" 173)。エリカ・フレットウェルはこの詩の「明らかに革命的な用語」[78] に注目し、ハイチの黒人たちの革命を仄めかす要素と韻律の乱れから、主題と形式の両面で「無法」状態を表現しているものと解釈する (77–78)。確かにディキンスン自身も "St Domingo" の語が持つ時代性を共有していた可能性はある。ディキンスン家が購読していた『アトランティック・マンスリー』1863 年 3 月号において、牧師で反奴隷制主義者ジョン・ワイスの "The Horrors of San Domingo" が連載され、西インド諸島の奴隷貿易や、奴隷制を規制した黒人法、およびムラートについて紹介している。"Flowers" (F 95) の詩が 1864 年に北軍系新聞に掲載された時には、「サントドミンゴ」の地名を奴隷制と結びつける下地がすでにあったといえる。つまりは、詩を書き、友人に渡したときの詩人の意図を越えて、さらなる解釈を時代が提供したともいえよう。

　ディキンスンの書簡研究においてマリエッタ・メスマーは、「ディキンスンにとって理想的な受容とは、公の、匿名の大衆にテクストを消費されるよりも、個人的な書簡を熟読する行為に典型的な、恭しい、個人的な行為なのである」[186] と述べる。ディキンスンが手紙と共に送った詩には「書かれたレヴェル」とともに「書かれていないレヴェル」のコミュニケ

ーションが暗に込められていただろう。具体的な事情を省いても理解に差し支えのない間柄で、送り手と受け手の暗黙の了解のうえに文通は成り立っていたはずである。そうした関係に基づいて、当初、"Flowers – well, if anybody" (F 95) の詩も送られたのだろう。だが、1859 年作のこの詩が送り先の友人（恐らくスーザン）の計らいで別の交友関係のなかで回覧され、何度も転載されていくにつれて、ディキンスン自身の当初の意図からかけ離れ、詩自体が次第に独り歩きをしていく。転載に次ぐ転載の結果、戦争の時代の時事的な意味も帯びていきながら、未知の読者の目に触れるときには、詩人自身が思いもかけなかったメッセージを伝える詩になっていく、そんな道筋が立ち上がる。

注

(1) 亀井俊介『世界の歴史』(347–349) を参照。および Frank Luther Mott, *A History of American Magazines,* I: 343–354, II: 32–33 も参照。

(2) ジェルーシャ・ハル・マコーマック (Jerusha Hull McCormack) は電報の圧縮された形とディキンスンの詩との類似を指摘する ("Domesticating Delphi: Emily Dickinson and the Electro-Magnetic Telegraph")。

(3) カレン・ダンデュランド "Dickinson and the Public" 及び、ポール・クラムブリィ "Dickinson's Correspondence and the Politics of Gift-Based Circulation" を参照。「贈り物の文化」についてはメアリ・ルイーズ・キート (Mary Louise Kete) による研究も参照。

(4) ただし、1866 年初めごろ、ディキンスンはヒギンスンに宛てて、自分の詩 "A narrow Fellow in the Grass" (F 1096) が勝手に修正され、掲載されたことに不満を述べている——「私の蛇にあなたが出会って、私が欺いていると思いませんように、それは盗まれたのです — 3 行目については句読点で挫かれてもいます。3 行目と 4 行目はひとつながりです — 出版していないとあなたにお話ししました — 私のことを見せかけだけの人間に思って欲しくありません」[L 316]。

(5) エバウェインが *Reading Emily Dickinson's Letters* 序文で言及しているように、現在、私たちが読むことのできる手紙はディキンスンが書いた手紙の 10 分の 1 ほどと想定しているため、全貌を確認することは残念ながら不可能である (i)。

(6) コーディ・マーズは「後半に書かれた詩」が回覧されていない事実を指摘し、

特に戦後の詩を挙げている (150)。

(7) ヴァージニア・ジャクソンは、ディキンスンが "These are the days when birds come back –" (F 122) を 1859 年にスーザンに送っていることに注目する。戦争とは無関係に作られたが、1864 年に『ドラム・ビート』に掲載された時点で、戦死者を悼む哀歌に転じたと分析する――「この詩行は 1850 年代に初めてスーザン・ディキンスンに送られたようだが、ディキンスンが当初、戦争とともに強まった言説と共鳴する意図があったとは思えない。単に、北軍の大義に捧げられた新聞に 1864 年に偶然掲載されて、時期外れの『夏の日々の聖餐』が、陰鬱になりつつある季節に、神聖な希望の光と潜在的に似通うとされたのである」[76]。マーサ・ネル・スミスは、この詩をスーザンの詩 "There are three months of the Spring" との「呼びかけと応答の関係」として解釈する (*Open Me Carefully* 71)。

第4章
「送られなかった」詩

One drop more from the gash that stains
your Daisy's bosom – then would you *believe*? (L 233)

　親戚や友人たちに送られた詩のいくつかは、未知の「読者」の許にも届いた。戦争前に書かれた詩が、思いもよらぬ意味を戦争中に帯びていった可能性が伴う。一方で、戦争中に書かれた戦いの詩のほとんどは誰にも送られず、同時代の人々と共有された形跡がない。「送られた」詩と「送られなかった」詩はそれぞれ対照的な道筋を辿ったことになる。

　「送られなかった」詩については、クリスタン・ミラーが、戦いに関わる詩が回覧されなかった理由を推論している。アルフレッド・ハベガーも、「極限の苦悩の概念」の詩が1859年に数篇作られ、1860年代初期には主要な主題であるにもかかわらず、回覧されていない詩を挙げている――「彼女が苦悩を最も印象的に扱っている詩―― "I like a look of Agony," (F 339), "I felt a Funeral, in my Brain," (F 340), "After great pain, a formal feeling comes –" (F 372) ――は何ら「苦しみを」正当化してはいない。この3篇の詩が1862年頃に草稿集16と18に入れられているが、他人に見せたかどうかは不明である│[409]。ハベガーは苦しみの主題の詩として次の詩も挙げている―― "I shall know why – when Time is over –" (F 215), "It is easy to work when the soul is at play –" (F 242), "That after Horror – that 't was *us* –" (F 243), "I should have been too glad, I see –" (F 283 C), "A Weight with Needles on the pounds –" (F 294) [408–409]。1861年、1862年に清書された詩が並ぶ。

　生涯の詩の半数以上が書かれた戦争の時代にあって、戦争に関わる詩と、苦悩を歌った詩のほとんどが友人や親戚たちに回覧されていない。しかもこの時期にあって、どちらも重要な主題といえる。こうした事実を考えると、クリスタン・ミラーが *Emily Dickinson's Poems: As She Preserved*

Them (2016) を編纂するうえで、詩の送付先に考慮した意義は大きい——
「この版だけが、詩が回覧されたか、そして誰に対してかがわかる情報を
提供するのです」["An Interview" 14]。ディキンスンが詩を送らなかった理
由として、ミラーは次のように推論する——「恐らくこうした詩を回覧す
るのは危険すぎると思ったからだろう。恐らくあまりにも多くを明るみに
出すと案じたのだろう——明らかにしたいと望む、或いは友人たちに彼女
自身について想像してもらいたいと望むこと以上を明かしてしまうと考え
たからだろう」[*Reading in Time* 175][1]。ミラーは、ディキンスンが回覧し
なかった詩について次のようにまとめる——「彼女が回覧しなかった多く
の詩は、驚くほど率直に、苦しみの経験に直面し、極度の苦しみで狂気や
無感覚になるほどである」[*Reading in Time* 175][2]。心の内面を曝け出すか
のような詩を共有することを控える。たとえ、その詩の語り手が、ディキ
ンスン自身の分身ではなく、まったく別の語り手を想定しても、友人や親
戚には、ディキンスン自身であるかの印象を与えるだろう。実際、ヒギン
スンに宛てた 4 通目の手紙（1862 年 7 月頃）で次のように予め断っている
のも、この可能性を危惧してのことだろう——「わたくし自身が詩の代弁
者として語るとき、それはわたくしのことではなく想像上の人物を意味し
ます」[L 268]。シンディ・マッケンジーはここに、ヒギンスンに対する
「ポーズ」を読み取る——「ディキンスンは自分の経歴を推測できる情報
源をできるだけ残さぬように試みる」[16]。ヒギンスンとは詩に関するや
りとりを求めており、個人的な経験として詩を解釈されることを予め防ご
うとしている。

「苦悩」するディキンスン

　1862 年 4 月 25 日、ディキンスンがヒギンスンに宛てた 2 通目の手紙 (L
261) からふたつのことがわかる。1861 年の秋頃から、彼女が深い苦悩を
抱えていたらしいこと、そしてその苦悩が詩作へと結びついたことである。

　　わたくしの年齢をお尋ねでした。わたくしは詩を書いていません　1、2 篇

　　だけです　この冬までは。恐怖を感じていました　9 月からです　誰にも
　　話すことができませんでした　だから歌うのです　少年が墓地でそうする
　　ように　怖いのです　　　　　　　　　　　　　　　　　　　　　　[L 261]

　この「恐怖」が一体何だったのかは不明だ。しかし「9 月から」とはっき
り時期が書かれ、実際に何かがあったらしい。決定的な原因は特定できな
いが、失恋、目の疾病による不安、母方の伯母など近しい人々の死が相次
いだことなどがこれまで推論されてきた。この時期に、宛先不明の「マス
ター・レターズ」("Master Letters") と呼ばれる 3 通の下書きを残してい
る。トマス・H・ジョンソンの推定では最初の書簡 (L 187) は戦争前の
1858 年春頃、2 通目 (L 233) は 1861 年前半の夏頃、3 通目 (L 248) は 1862
年初期に書かれている。2 通目と 3 通目の順番についてフランクリンは異
説を唱え、L 248 が 2 通目（1861 年初期）であると主張する。いずれにせ
よ、どの下書きにも "Master" への深い傷心が綴られている。ジョンソン
は "Master" を牧師チャールズ・ワッズワースと見なし、L 248 の "Master
Letter" と対にして、ワッズワースからの慰めの手紙 (L 248 a) を書簡集で
配置している。なるほどワッズワースはディキンスンの「苦しみ」に寄り
添う言葉を送っている。ベンジャミン・リースもまたワッズワース説を唱
え、1861 年の戦時中のワッズワースの動向と関連付けてディキンスンの
「苦悩」を考察する (14–18)。ただし、ここでは "Master" の特定は目的と
しない。
　「マスター・レターズ」がディキンスン研究で注目を集めてきたのは、
マリエッタ・メスマーが述べるように、生涯で最も充実した詩作時期に書
かれているためである (130–135)。さらにここで注目したいのは、戦争へ
の気運漂う 1858 年から戦争勃発後 1861 年の期間に書かれているためでも
ある。手紙の下書き (L 233) では、まるで時代を反映するかのような弾丸
や血、噴火のイメージ、暴力的な表現が目立つ。

　　もし弾丸が鳥を撃つのを見るなら　自分は撃たれていないと彼が語るなら
　　あなたはその礼儀に涙するでしょう、けれどもその言葉を確かに疑うでし
　　ょう。

相手に挑む語り口と、自己卑下とが混在し、ひとつの手紙の中で感情の起伏が非常に大きい。鳥を男性代名詞で受けているが、雛菊 "Daisy" の苦しみへと続くことから、先の鳥が書き手の分身ではないかとさえ思えてくる。

> 血がさらに一滴傷口からほとばしりあなたのひな菊の胸を血染めにします
> ─それならあなたは信じますか。解剖へのトマスの信念は信仰への信念よりも強かったのです。

鳥から雛菊、雛菊から火山噴火へと、小さなものから壮大なものへとイメージが広がる。この飛躍の大きさ自体も暴力的といえる。

> ヴェスヴィオ山は語りません ─ エトナ山も ─ どれひとつも　一言も語りません ─ 千年前に、ポンペイはその言葉を聞きました、そして永遠に隠れたのです ─

全てを呑みこむ溶岩を火山は内に秘める。溶岩は苦悩というよりも怒りに近いものを表わすだろう。雛菊も鳥も、傷口を抱えているだけではない。その苦悩、或いは煮えたぎる思いはいつ突如外に流れ出てくるかわからない。小さな胸に秘めた怒りは、巨大な火山のマグマのイメージへと託されていく。この苦悩がどんなに小さなものであれ、暴力的なイメージへと発展していくうえで、戦争という動乱の時代の気配を感じさせる。

　この「マスター・レターズ」の宛先 "Master" について、リンダル・ゴードンは「夢想」とみなす──「私の感覚ではマスターの存在は、大部分は、刺激的な夢想であり、それだけいっそう興味をそそる。女であるというゲームをしながらも性的な術策には束縛されぬ情熱的な女性を明らかにするからだ。認識内の交友関係にある既婚者たちにそうした人物が存在するとは思えない──親切な牧師［ワッズワース］と使い古された韻律に夢中な3人の文学界の権威者たち［サミュエル・ボウルズ、ジョサイア・ホランド、T・W・ヒギンスン］──は彼女の欲望の対象という卓越した地位には適さなかっただろう」[98]。書簡の恋愛を「ゲーム」とするゴードンの解釈には賛同し難いが、「マスター・レターズ」は実在の人物に送るには

あまりにも赤裸々な感情が連なる。むしろ詩と同様に、送られることなく
下書きのまま置かれていたのではないか。先に見た、スターンズの死に触
れた手紙でも、ディキンスンは自分自身の悲嘆をほとんど書いていない。
ボウルズのように親しい相手であれ、自身の内面をありのまま見せること
を控えている。そもそも、ディキンスンが信仰告白を拒んだのは、会衆の
前で自分の内面を曝け出すことへの違和感もまた関わっていたのではない
だろうか。ディキンスンは、自分の弱さや心の奥の苦悩を人前で露わにす
ることにかなりの抵抗感を持っていたと思われる。

　苦悩の主題に戻るならば、ハベガー同様、リチャード・シューアルもこ
の主題に注目して、1862 年に書かれた詩のうち 366 篇が苦悩の主題であ
るとする――「もしハーバード版［ジョンソン版］の日付が正しいなら、
1862 年に彼女が書いた 366 篇は、どんなにその苦しみが大きくとも悲し
みに打ち伏さなかったことがわかる」[491]。

　ハベガーはさらに、戦争の時代の苦悩の主題を取り上げ、何度も登場す
る言葉 "hurt" を示唆する――「極限の苦しみという概念が、1859 年のい
くつかの詩に現れ、1860 年代前半には "hurt" の語（名詞・動詞共に）21
例のどれもが 1860 年から 63 年の間に現れている」[408]。ハベガーは、
この主題が、まさしく戦争の時代に集中した意味について、戦争故にもた
らされた特別な局面が「苦悩」の主題に繋がったものとする [Habegger
404]。

　確かに南北戦争期の 1860 年代前半、ディキンスンの詩には、内なる深淵
を見つめ、苦悩する魂を捉えようとするものが目立つ。冬の午後に射す光
に心の内なる疼きを覚える "There's a certain Slant of light," (F 320)、内面
の苦悩を人の表情に見出だそうとする "I like a look of Agony," (F 339)、自
身の葬式の場を想像する "I felt a Funeral, in my Brain," (F 340)、亡霊に遭
遇する恐怖を描いた "'Tis so appalling – it exhilirates –" (F 341)、大きなショ
ックを受け、目隠しされたような瞬間を経験する "The Soul has Bandaged
moments –" (F 360)、とてつもない出来事の後の「鉛の時間」を記す "After
great pain, a formal feeling comes –" (F 372)、過ぎた苦しみを振り返る "It
ceased to hurt me, though so slow" (F 421) など枚挙に暇がない。

　ヒギンスンに書いた手紙にいま一度戻るならば——「恐怖を感じていました　9月からです　誰にも話すことができませんでした」[L 261] ——「1861年秋」に実際に起きたとこととして、マーサ・アックマンは、1861年9月20日の出来事を挙げている。その日、「アマストの若者たち——学生たち、卒業生たち、住民たち——が出征した」[These Fevered Day 121-122]。100人の若者たちを町の人々が盛大に見送った。この具体的な日付からも、ディキンスンが抱いた「恐怖」を戦争と関連付けて考えることができそうだ。

　コーディ・マーズもやはり戦争自体が恐怖や苦しみを与えたと解釈する。苦悩を戦争ゆえの「恐怖」であると見做し、その「恐怖」を詩作に結びつけて説明する——「成熟した詩人としての起点は、甚大な戦禍をもたらした戦争の最初の冬と一致する」[122]。マーズの見解を参考に先の手紙を改めて読むと、「恐怖」を覚える死とは、戦争による死だろう——「だから歌うのです　少年が墓地でそうするように」(L 261)。本格的な詩人としての起点はこの時期になるだろう。先の章で見てきたように、1862年の戦況に導かれるようにヒギンスンに手紙を投函した。そしてこの時期に書いた詩を友人や知人に送るものと、手許に置くものとに分けていく。この峻別はその時期の詩作と密接に関わる。

　この2通目の手紙もまた、ヒギンスンに対する「詩人」としての姿勢の一例になる。マーズは、ヒギンスンに年齢を尋ねられながらも、「詩作の年齢」に摩り替えて答えていることを鋭くも指摘する (122)。ディキンスンがヒギンスンに望む文通とは、個人的な世間話ではなく、詩作に徹したものだったはずだ。こうしたディキンスン像は、2017年1月の『ニューヨークタイムズ』に掲載されたハロルド・コッターによる説明が、21世紀の読者には受け入れやすいだろう。コッターは、この頃の詩人の苦悩を友人関係と結びつけて解釈する——「1850年代は個人的な苦悶の時期であった。彼女の学校時代の友人たちは分散してしまった。何人かは結婚した。そのなかにスーザン・ギルバートがおり、彼女とは強い感情的な、知的な絆を作り上げ、自身の詩の最初の読者および編集者としても信頼していた」[New York Times 19 Jan. 2017]。

　もちろん「苦悩」にはいくつもの要因が蠢めいていたに違いない。ちょうどこの時期が20代後半から30代の女性として心理的にも、身体的にも微妙な年齢に差し掛かる。女友達の結婚や出産による疎外感・喪失感・孤独感。少女時代の延長でのつきあいは無理であると自覚しなくてはならない。個人的な悩みを相談していたらしい牧師チャールズ・ワッズワースはフィラデルフィアからはるか遠方サンフランシスコの教会に赴任し、折に触れ相談していたボウルズもまた健康が優れず、転地療法のため1862年4月にヨーロッパへ長期出掛けてしまう。そして、ディキンスンは4月にヒギンスンに手紙を書く。戦争の不穏な空気、いよいよ戦争が到来し、知人の若者たちが戦死する。戦争という悪夢のような状況下、神意への疑念と憤り。詩人としての自覚とこれからの展望とその不安——八方ふさがりの鬱積した精神状態にあったのは間違いない。恋愛、別離、死別、宗教的な疑念、精神的な苦悩、文学的な野心など様々な不安を抱えていた時に、戦争という途轍もない現実にたじろぐ。先にもみたように、ディキンスンは自身の内面をあからさまに他人に打ち明けることには抵抗感を抱いたものと考えられる。この時期にあって、詩という表現こそ内に秘めた思いを託すために不可欠なものになっていったのである。

「フレイザー・スターンズ」に通ずる詩

　ノースカロライナ州ニューバーンにおけるフレイザー・スターンズの戦死は、南北戦争中にディキンスンが体験したなかで最も衝撃的な死であった。戦争における「死」を正面から（斜めではなく）突きつけられた初めてにして最大の経験であり、この決定的な事件を受けて、戦争の正体を見据えつつ詩を生み出していったと考えられる。

　フレイザー・スターンズとディキンスンの詩の関係についてフェイス・バレットは次のように述べる——「ディキンスンの南北戦争期の詩ですべての道がフレイザー・スターンズに遡ると指摘するつもりはない。だが、スターンズ関連の文書と詩が相互に対応し、詩のテクストにさらに鮮明な焦点をあてる証左や細部の情報をもたらしてくれる」[*To Fight Aloud*

178]。先行研究でも、いくつかの詩がスターンズの戦死と、結びつけられて
きた。そのうえでスターンズにまつわる詩をここで改めて見据えたい。
実在の戦死者スターンズをめぐる手紙、追悼、説教を詩と照合していく。

　先で見たように、マサチューセッツ州歩兵隊第 21 連隊に参加した 21 歳
の若きスターンズの死を受けて、友人のサミュエル・ボウルズと、従姉妹の
ノアクロス姉妹の双方にディキンスンは手紙を書いた。それから半年ほど
を経て 1862 年の秋ごろに清書したのが "It dont sound so terrible – quite –
as it did –" (F 384) であった。

> It dont sound so terrible – quite – as it did –
> I run it over – "Dead", Brain – "Dead".
> Put it in Latin – left of my school –
> Seems it dont shriek so – under rule.
>
> Turn it, a little – full in the face
> A Trouble looks bitterest –
> Shift it – just –
> Say "When Tomorrow comes this way –
> I shall have waded down one Day".
>
> I suppose it will interrupt me some
> Till I get accustomed – but then the Tomb
> Like other new Things – shows largest – then –
> And smaller, by Habit –
>
> It's shrewder then
> Put the Thought in advance – a Year –
> How like "a fit" – then –
> Murder – wear!　　　　　　　　　　　　　　　　[F 384]

それは前ほど ― 恐ろしく ― 響かない ―
わたしは繰り返す ―「死んだ」脳が ―「死んだ」と。
学校時代に習ったラテン語に ― 置き換えてみよう ―

文法のもとだと ― それほど金切り声をあげないようだ。

向きを変えてごらん、少しだけ ― 面と向かうと
困難はひどく辛く見える ―
置き換えてごらん ― ほんのちょっと ―
「明日がこんなふうにやってくるなら ―
切り抜けられるだろう」と言えば良い

それはいくらかわたしを妨げるだろう
慣れるまでは ― けれどもそれから墓は
他の新しいものと同じで ― もっと大きく見え ― それから ―
習慣で、小さく見えるようになる ―

だから抜け目なく
考えを前もって ― 一年先に ― 進めておき
「ぴったり具合」を確かめる ― そうして ―
殺害の表現 ― を身に纏う

訃報に途方もなく動揺する。なんとか克服するために語り手は懸命に思案する。先述したボウルズ宛ての手紙 (L 256) とこの詩では、いくつかの表現が重複する――訃報が「脳」に与えた衝撃（手紙では “He says – his Brain keeps saying over ‘Frazer is killed’ – ‘Frazer is killed,’ just as Father told it – to Him.”）、鉛のように重くのしかかる言葉（手紙では “Two or three words of lead – that dropped so deep, they keep weighing –”）、途轍もない打撃から克服する方法を問う（手紙では “Tell Austin – how to get over them!”）、戦死を「殺人」(“Murder”) と表現する（手紙では “Frazer’s murder”）。類似した表現がいくつもありながら、手紙はボウルズに送られ、詩は誰にも送られていない。
　手紙と詩の決定的な違いは、手紙では兄オースティンが訃報から受けた動揺を報告しているのに対して、詩では語り手自身が受けた麻痺状態を物語っていることだ。手紙では「オースティンに教えてあげてください ― それを克服する方法を」とボウルズに請い、ディキンスン自身の悲しみに

は殆ど触れていない。一方、詩では語り手の苦悩の深さを明かしている。

　詩の語り手が受けた打撃は、破格の文法と韻律の乱れに結び付けて解釈できる。幾分は回復して「前ほど恐ろしくは響かない」と語りながらも、その余波は、文法の配慮を欠いた表現 "dont"（doesn't とすべきところ）2箇所で目に留まる。韻律も不安定で、基本的に強弱4歩格で進みながら、冒頭行で早速 "as it did" が付け加わり、次行 "'Dead', Brain – 'Dead'" において強強強と繰り返して5歩格になる。その後も突然、弱強格（第2連2行目）や強弱格に翻り（第2連最終行）、歩格も2歩格のみで途切れる（第2連3行目と第4連冒頭行と最終行）。

　衝撃を克服しようとする前向きな言葉とは裏腹に、形式は歩調を合せることが出来ない。最終連では、前もって心構えをして厳しい現実を受け入れようとする。が、それも解決には程遠く、韻律の破綻はなおも続く。第3連・第4連で頻繁にダッシュや副詞「それから」（"then"）が現れ、語り手の狼狽える口調を反映するかのようだ。23箇所でダッシュが入り、リズムに微妙な間が生じる。語り手は、打撃そのものを指示代名詞 "It" で言い表し、その後も代名詞（"it"）のまま進み、"Dead" の言葉が出てきてようやく読者は誰かの死を推測する。その後、語り手は自身に命令して心を立て直そうとするが、その試みが成功したとは言い難い。

　語り手の不安定な言葉は、スターンズの父が息子の死を受けて書いた言葉とはあまりにも対象的である。アマスト大学学長ウィリアム・オーガスタス・スターンズは息子の死を神意として受け止める。少なくとも、そのような態度をとっている。追悼録 *Adjutant Stearns* では、息子の生い立ち、家族に宛てた手紙、戦死を巡る数多くの新聞報道をまとめている。息子の死に殉教の意義を見出そうとする父親の思いも読み取ることができる。そもそも息子が「ピルグリム・ファーザーズたち」の子孫であり、先祖にトマス・ダッドリー、エドワード・ジョンソン、ジョン・オールデンの名を挙げて、その末裔である息子の「殉教」を神意の証として解釈する（*Adjutant Stearns* 7）。

　加護の祈りが聞き入れられなくとも、主がその智慧においてより良き目的

をお持ちであり、内なる力を願う祈りは叶えられた。「苦しみが増した時、慰めはさらに増した」からである。まさしく、イエスの信仰は、苦悩に抗う祈りにはほとんど励ましをもたらさず、苦悩に耐える力を大いに与えてくれるのである。　　　　　　　　　　　　　　　　[*Adjutant Stearns* 102]

父スターンズは、息子の死という「苦悩」に耐えるうえで、信仰に助けを見出す。この一冊は息子フレイザー・スターンズが辿った信仰の道筋を記したものと言っても良い。早熟なスターンズは、幼少のうちから信仰に目覚めるが、母の死をきっかけに信仰に悩みを抱く。自身の信仰の揺れから抜け出す糸口を求めるかのように、戦場で神意を探る姿が、父に宛てた手紙から浮かぶ。一方で巻末にまとめられたスターンズ戦死の報道は、どれも「キリスト教の兵士」[*Adjutannt Stearns* 148] として讃えている。

　ディキンスンがノアクロス姉妹に宛てた手紙でも、葬式で頭を垂れ、従順に運命を受けいれ、耐え忍ぶ遺族を報告している。

　　大勢の人々が彼にお休みの挨拶をしに来ました、聖歌隊は彼に向かって歌い、牧師様たちはどんなに彼が勇敢であるかを話しました、若き兵士の心を。そして御家族は頭を垂れていました、まるで風に吹かれる葦のように。
　　　　　　　　　　　　　　　　　　　　　　　　　　　[L 255]

遺族を囲むようにアマストの人びとが教会に集い、聖歌隊が歌い、次々と説教が行われた。葬式の翌日、アマストの教会で牧師J・H・シーリーは"The Soul's Remedy"と題する説教で人々に呼び掛ける、「なぜ生はそんなにも悲しみに満ちているのでしょうか、罪を全く犯していないのに。」キリストへの信仰へと人々を誘い、聖書の言葉を繰り返す——「キリストは立って叫ばれた、もし喉が渇くなら、私の許に来て飲みなさい、と」。シーリーが引用するヨハネ伝7章37節は、アマストの人々の心情に相応しい言葉であったのだろう。悲しみに暮れながらも、スターンズの死を神意として受け止めようとする。説教のタイトル"The Soul's Remedy"は、残された者の心の傷を手当てする「治療」を指すだろう。

　シーリーは兄オースティンの友人であり、ディキンスンの棺を墓地まで

担った親しい間柄にあった。ディキンスン自身もこの説教を聞いていたと思われる。シーリーの手書きの原稿冒頭には、この説教が読まれた場所と日付が手書きで細かく書き込まれている。1859 年から 1874 年の間にアマスト、ボストン、オールバニー、スプリングフィールドなど、少なくとも 25 回用いられたことが推測でき、戦争中の日付は 10 箇所にのぼる。アマストの人びとが、聖書の言葉に「治療」を求め、教会という公の場面でどのような表現がなされたのか、それを伝える顕著な例となる。

　それでは私的な場ではどうなのか。ディキンスンの周囲での私信を見るならば、3 月 14 日、サミュエル・ボウルズはスターンズの訃報を受けて、ディキンスンの兄夫婦オースティンとスーザンに次のように伝える。

> ニューバーンからの報せで残りの気力すべてが奪われた。ひと目見て、彼［フレイザー・スターンズ］を知る者全てにとって非常に悲しい事実を悟り、新聞を閉じて投げ棄てた。勝利など関心なかった──そんなときに［勝利など］関心ない。　　　　　　　　　　　　　　　　　　　[Leyda, II: 49]

ボウルズの愕然ぶりが伝わる。オースティン夫婦への手紙には死を直接表す言葉はなく、「非常に悲しい事実」と遠回しの表現である。その 4 日後、18 日には、ボウルズが主幹を務める『スプリングフィールド・デイリー・リパブリカン』（1862 年 3 月 20 日）において、ニューバーンの戦いの勝利を伝えている。見出しは死者 100 人、負傷者 400 人の情報とともに、「副官 F・A・スターンズ、アマスト大学スターンズ学長の息子が死者に含まれる」と個人名が記され、別格の扱いである。

　ディキンスンが書いた二通の手紙および詩になると、戦いの勝敗には全く触れていない。ディキンスンがボウルズに宛てた手紙では「オースティンはフレイザーの殺害にぞっとしています」と、"murder" の語が露骨に顔を出す。兄の反応を報告しながらも、"murder" の言葉は彼女自身が受けた打撃の度合いを反映する。

　さらに詩を見ると、最終行の "Murder" が大文字になっている。それまでディキンスンが経験してきた知人や親戚の「死」とはまったく異質のものであったのだろう。家族が死の床を見守る、予測可能な「死」とは異な

り、暴力的な形で、思いもかけないときに、これから人生を謳歌するはず
だった若者の命が突然もぎ取られる。フェイス・バレットもこの "Murder"
の語に注目する——「ディキンスンが "Murder" の語を使うことで戦争の
イデオロギー的コンテクストから個人の死を別扱いにしている。我々がこ
の詩を南北戦争の哀歌のジャンルに対応させて読むと、"Murder" の語は
戦時の死傷者という集団的なナラティヴを再構成する役目を果たし、失わ
れた個人の特異さ、死者を哀悼する者たちが感じる個人的な悲しみを強調
する」["Addresse" 164]。

　バレットはこの詩を「哀歌」と照らし合わせて捉える。「哀歌」について
アグニエズカ・サルスカは「歴史的そして実際的な理由で哀歌の明確な定
義はほとんど不可能である」としたうえで、エドワード・E・リバーマン
の *A Modern Lexicon of Literary Terms* の説明を引き、「哀歌は最終的な分
析では死者のためというよりは残された者のためにある」と位置付ける
(97–98)。*Princeton Encyclopedia of Poetry and Poetics* の「哀歌」("Elegy")
の項目では、「嘆き、賞賛、慰め」の 3 つの要素が並ぶ (215–216)。伝統的
な哀歌の特徴は、喪失による悲しみを訴え、故人のかけがえのなさを挙げ
てその思い出を語り、自然の移り変わりや形而上的または宗教的な慰めを
見出す。アマストでシーリーが行った説教が、残された人々にとっての
「治療」であるように、「哀歌」もまたそれに相当する。だが、ディキンス
ンの "It dont sound so terrible – quite – as it did –" (F 384) は、故人を偲ぶ
伝統的な哀歌には程遠い。この詩には、3 つの要素はどれも見当たらない。
アマストにおけるシーリーの説教とは異なり、語り手は宗教的な解決に一
切頼ることはない。神意にすらまったく触れず、その代わりに時間による
解決を模索する。だが、その方法さえ、比較級「より抜け目のない」
("shrewder") が置かれることよって懐疑的となり、結局、何ら有効な解決
には至らない。

　スターンズ戦死に先立つ 1861 年 12 月 31 日に、ディキンスンはアダム
ズ夫人の息子の死をノアクロス姉妹に手紙で伝え、夫人が受けた衝撃を報
告する。

アダムズ夫人はそれ以来、床から離れられずにいます。「新年」の足取り
はこうした戸口をそっと過ぎていくのです。「死んだとは！　ふたりの息
子とも！　ひとりは東部で海のそばで撃たれ、もうひとりは西部で海のそ
ばで撃たれて」（中略）キリストよ、慈悲を！（中略）哀れな未亡人の息
子は、今晩、暴風のさなか馬車で村の墓地に戻りました、そこで眠ること
になるとは夢にも思わなかったでしょう。夢とは無縁の眠りを。　　　[L 245]

スターンズの訃報を伝える手紙とはかなり異なる。劇中のせりふまわしの
ように、アダム夫人への同情の声が続き、強風が吹きすさぶ闇夜のなか、
遺体が運ばれる様子を描く。まるでドラマ仕立てで展開するかのようだ。
事実を率直に伝えるというよりは、文学的な効果を狙っているとさえ思わ
れる。セント＝アーマンドは、この箇所について、「ディキンスンの感傷
的な言葉はヴィクトリア朝のアルス・モリエンディ［往生術］の慣例に従
っている」と解釈する (105)。レイ＝アン・アーバノウィッチ・マーセリ
ンはこの手紙にいくつもの錯綜する声を読み込む。セント＝アーマンドが
指摘する典型的なヴィクトリア朝的な死の表象、エリザベス・バレット・
ブラウニングの詩「母と詩人」("Mother and Poet") の愛国的な詩人の独白
の声――息子たちは独立戦争で命を落とし、詩人は悲しみに打ちひしがれ
て大義など気に掛けていない。シェイクスピアの『ハムレット』の声。ア
ルフレッド・テニスンの詩 ("The Kraken") の海獣の声。「この手紙は戦争
についての数多くの声や態度を含むうえで重要である。それぞれの声の読
みは新たな意味の層を明らかにするように思われる」[Marcellin 66]。この
手紙の段階ではまだ、実際の「死」からそれほど壊滅的な衝撃は受けてい
ない。この 3 か月後、スターンズの運命をすでに知っている、私たち 21 世
紀の読者の視点からは、劇中では収まらぬ、本物の嵐の予兆にも読める。
　スターンズの戦死に直接影響を受けて書いたとされる詩として、バレッ
トは他の詩も取り上げており、戦場の記憶が繰り返し付き纏う "Over and
over, like a Tune –" (F 406)、戦死した若者と母親が天国で再会する場を思
い浮かべる "When I was small, a Woman died –" (F 518)、勇敢な戦死者に対
して、生きていることを後ろめたく感じる "It feels a shame to be Alive –"
(F 524) などの詩も関連付けている。

"My Life had stood – a Loaded Gun –" (F 764) もそのひとつであるが、この詩自体はこれまで様々な解釈がなされてきた。マーガレット・H・フリーマンが "A Cognitive Approach to Dickinson's Metaphors" (*The Emily Dickinson Handbook* 258–272) においてまとめているように、アドリエンヌ・リッチのフェミニストの視点の読みもある。江田孝臣氏はメタポエム的な解釈を行っている。「銃」と「所有者」はそれぞれ何を指すか、という問題についてここで独自な読みを提示することはしない。むしろ、この詩が1863 年頃の清書であることと、戦争の時代を反映しているとも思える語彙に注目したい。銃、敵、生死など戦いにまつわる語が全体的に散りばめられている。そもそも語り手自身が「装填された銃」の設定である。もうひとつここで気になるのは時制の変化であり、「大過去」「過去」「現在」の流れが、この語り手の状況を理解するうえで鍵となる。すでに準備が整った状態で目立たぬ場所で暮らしてきた「銃」が（大過去）、「持ち主」の目にとまり（過去）、「持ち主」との活動をおこなう（現在）。

> My life had stood – a Loaded Gun –
> In Corners – till a Day
> The Owner passed – identified –
> And carried Me away –
>
> And now We roam in Sovreign Woods –
> And now We hunt the Doe –
> And every time I speak for Him
> The Mountains straight reply –
>
> And do I smile, such cordial light
> Opon the Valley glow –
> It is as a Vesuvian face
> Had let it's pleasure through –
>
> And when at Night – Our good Day done –
> I guard My Master's Head –
> 'Tis better than the Eider Duck's
> Deep Pillow – to have shared –

To foe of His – I'm deadly foe –
None stir the second time –
On whom I lay a Yellow Eye –
Or an emphatic Thumb –

Though I than He – may longer live
He longer must – than I –
For I have but the power to kill,
Without – the power to die –   [F 764]

わたしの生は　装填された銃として部屋の隅に
これまで立っていた　ある日
持ち主が通り過ぎ　私を認めて
持ち去った

今わたしたちは王の森を歩きまわる
今わたしたちは雌鹿を狩る
その度毎にわたしは彼のために話し
山々はまっすぐに答える

わたしが微笑めば、真心のこもった光が
谷間で輝く
まるでヴェスヴィオ山のような顔が
喜びをあたりに散りばめるように

夜には　わたしたちの楽しい一日の仕事が終わり
わたしは主人の頭を守る
そのほうが　ケワタガモの柔らかな枕を
一緒に使うよりもいい

彼の敵にとって　わたしは恐ろしい敵だ
誰も二度と動かない
わたしが黄色い目でにらみ
指で脅かした者は

　　わたしは彼よりも　長生きするかもしれないが
　　彼は長く生きるべきだ　わたしよりも
　　わたしには殺す力はあるけれど
　　死ぬ力が　ないのだから

　第 2 連、3 連、4 連では "And" を重ねつつ「所有者」との日々の活動を記す。自分の存在を認めてくれた「所有者」と鹿狩りをする。「話す」("speak")も「笑う」("smile") も、銃の作動を表すだろう。銃声を発するとあたりに木霊し、銃光が煌めく。自身の力が周囲に反映し、語り手は躍動感を覚える。

　「敵」の反応にも自分自身の存在感を感じて、満足感さえ抱く。最後に語り手は、未来について語る。語り手「装填された銃」は、自分自身の方が主人よりも永く生きるかもしれないし、「主人」のほうが長生きするかもしれない。ここで語り手がはっきり認識しているのは、生死を巡る鍵において、弾丸の持つ殺傷力は、相手に働きかける他動詞 "kill" であっても、自動詞 "die" の力はないことだ。また銃の "the power to kill" も、あくまでも「主人」の作動があってのことであり、自身の力を意識しながらも、自身の限界もまた理解している。

　ウェンディ・マーティンも、この詩を戦争と関連付ける——「この詩では、語り手の生は可能性に満ちている——『装填された銃』は危険な潜在能力に満ちている。これは食物を確保するために動物を狩猟したり、戦争で人を殺したり、自殺の為の道具としても用いられる。銃は準備が整っていても詩の語り手は撃つかどうか、それがいつなのか、誰が引き金を引くのか、そして火薬で何を捕らえるかを決断しなくてはならない」[*Cambridge Introduction* 38–39]。だが、あくまでも引き金を引くのは「主人」である。一見、自分の力を確信しているようでいても、この銃は「装填された」("loaded") 受動態でその殺傷能力を持つ。様々な読みを許容するこの詩もまた送られることなく、手許に置かれている。

　戦時期に詩人は「送る詩」と「送らない詩」を峻別していた。戦争に影響を受けて書いた、或いはそのように解釈できる詩は手許に置いている。

実際に送られた書簡と並べて明らかになるのは、手紙では、彼女自身の悲しみ、動揺、衝撃を直接には語っていない。ボウルズ宛ての手紙で、ディキンスンは自身の悲痛な思いを吐露することはしない。むしろそれを敢えて差し控えていたと思われる。

　同じ主題を扱った "It dont sound so terrible – quite – as it did –" (F 384) の詩を送らなかったのは、重い悲しみ、底なしの苦悩を徹底的に扱っているためだろう。送られた手紙と送られなかった詩との開きは大きい。詩を手にした人がどう読むのか、友人たちにどう解釈されるのかということを気にせずに詩作するためにも必要な選択だったに違いない。実際、回覧することによって、戦況と詩が具体的に結びつけられる場合もある。或いは、思いもかけない読みへと拡大解釈される可能性もある。

母と息子の詩

　送られなかった詩の中には、戦死した若者について語る "When I was small, a Woman died –" (F 518) もある。母と息子の主題は当時の戦争詩によく見られる。フェイス・バレットは、新聞や雑誌に掲載された「母・息子もの」の主題をディキンスンも知っていたとする (*To Fight Aloud* 167–168)。

When I was small, a Woman died –
Today – her Only Boy
Went up from the Potomac –
His face all Victory

To look at her – How slowly
The Seasons must have turned
Till Bullets clipt an Angle
And He passed quickly round –

If pride shall be in Paradise –
Ourself cannot decide –
Of their imperial conduct –
No person testified –

But, proud in Apparition –
That Woman and her Boy
Pass back and forth, before my Brain
As even in the sky –

I'm confident, that Bravoes –
Perpetual break abroad
For Braveries, remote as this
In Yonder Maryland –　　　　　　　　　　　[F 518]

わたしが子どもの頃、ひとりの女性が死んだ
今日　その一人息子が
ポトマック河畔から昇った
満面に勝利を浮べて

彼女に会うために　どんなにゆっくり
季節が巡ったことか
ついに弾丸が一角をえぐり
彼は素早く回転して世を去った

誇りが天国にあるのかどうか
わたしたちには判断できない
皇帝のような彼らの行いについて
誰ひとり立証できなかったのだから

けれども、亡霊になって誇らかに
女性と息子は
行ったり来たりする、わたしの脳裏を
天国と同じように

わたしは確信する、喝采が
絶え間なく広まるのを
勇敢さを讃えて、ここと同じように
はるか彼方メリーランドにおいても

先の詩 "It dont sound so terrible – quite – as it did –" (F 384) では、訃報から受けた動揺を反映するかのようにダッシュが多く使われ、詩行が途切れがちであった。だが、この詩は句またがりで滑らかに進み、戦死した青年と、先に他界した母が天国で再会する場を思い浮かべる。まるで母と息子の再会の喜びを確信しているかのようである。滑らかな詩行は、これまで見てきた他の詩とは異質である。

　だが、繰り返しや回転、螺旋状の動き（昇天の動きと銃弾が体に入る動き）もまた目立つ。第2連の2行目 "turned" と四行目 "round" の押韻は、季節の巡りと、弾丸が若者にあたり、その体がよろめきながら回転し、昇天していく姿を連想させる。一見、滞りなく回転する巡りは、戦場での死を巻き込む。しかも、ゆっくり流れる歳月と、戦場で一瞬にして若者の命を絡めとるふたつの相反する回転が共存する。

　トマス・H・ジョンソンはフランシス・H・ディキンスンの戦死（1861年10月21日ヴァージニア州ボールズブラフの戦い）と結びつける。フランシス・H・ディキンスンは「アマストの町の割り当てで出征した兵士で最初の犠牲者」である (Johnson, *Poems* 457–458)。フランクリンは、この詩の清書の時期（1863年春ごろ）を考えると、ジョンソンの解釈は早すぎるとし、詩に出てくるメリーランド州ではその年の9月以前に戦闘はなく、戦死したアマスト出身者もいないと述べている (*Poems* 527)。

　この詩を、事実関係と結び付けた別の解釈として、フェイス・バレットはフレイザー・スターンズの一周忌に、或いは他の知人の兵士の死を知って書いたものとする。スターンズとの繋がりの根拠としては、第2連の3行目で弾丸が回転しながら体内に入る場面を、スターンズが犠牲となった最新式のミニエ式銃弾と結びつけている (*To Fight Aloud* 167–170)。確かにスターンズは1850年に最愛の母を病気で亡くしており、先述したように信仰のうえで深く苦しんだ経験がある (*Adjutant Stearns* 15)。

　それにしても、若者の戦死はここで仄めかされるだけだ。母親が「死んだ」("died") ことには触れても、息子の戦死は明示せず、"went up" や "passed" など遠回しの表現にとどまる。しかも、"It dont sound so terrible – quite – as it did –" (F 384) 最終行の衝撃的な言葉 "Murder" と較べると、

この詩では最終連の "Bravoes" および "Braveries" の語が、むしろ殉教死を讃えるかのように沸き起る。この詩は 1863 年春頃に作成のファシクル 24 に清書され、誰にも送られた形跡がない。一方、同じファシクルに入っている詩で、降り積もる雪が辺り一面を埋め尽くしていく "It sifts from Leaden Sieves –" (F 291) が 1862 年にスーザン・ディキンスンに、1871 年頃ヒギンスンに、1883 年 3 月頃編集者のトマス・ナイルズに送られている。また "Of Brussels – it was not –" (F 510) の詩は松葉を添えてノアクロス姉妹に（1863 年初め）送られている (Miller, *Emily Dickinson's Poems: As She Preserved Them* 250)[3]。しかし、この詩は手許に置かれたままだった。

　「母と息子もの」の主題としては、ウォルト・ホイットマンの詩 "Come Up from the Fields Father" (Whitman 253) があり、息子の訃報を受けた母の嘆きに焦点があてられる。手紙を受け取った娘の声が冒頭に響き渡り、オハイオの秋の田園風景が鳥瞰図のように広がり、集まってきた家族が訃報を読む。

> Lo, 'tis autumn,
> Lo, where the trees, deeper green, yellower and redder,
> Cool and sweeten Ohio's villages with leaves fluttering in the moderate wind,
> 　　　　　　　　　　　　　　　　　　　　　　　　　　　[Whitman 3–5]

> 見よ、秋だ、
> 見よ、木々が繁り、緑は深まり、黄や赤はいよいよ鮮やかになる、
> 涼しく甘美なオハイオの村々では穏やかな風に葉がはためく、

豊穣の秋に、家族は息子の訃報を知る。高みから見下ろす語り手の声は次第に降りてきて家族の許に近づく。母親の深くやり場のない悲しみから引き起される動作が、動詞の "-ing" 形 ("waking", "weeping", "longing", "longing") の連なりとなる。

> In the midnight waking, weeping, longing with one deep longing,
> O that she might withdraw unnoticed, silent from life escape and withdraw,
> To follow, to seek, to be with her dear dead son.　　　[Whitman 35–37]

真夜中に目が覚め、嘆き、心から追い求める、
ああ人知れずこの世を離れ、撤退できるなら、
大事な死んだ息子を追って、求めて、一緒になるために。

語り手は母親の心の内面へと入り込み、その心情を伝える。母親は、天国で息子と再会することを願い、自身の死を待ちわびる。"withdraw", "withdraw", "follow" など "r" や "l" の流音に導かれ、母の悲しみに寄り添うように詩行は滑らかに進んで閉じる。

　ホイットマンの詩では、母親の嘆きを描き、語り手は高みから降りてきて傍らで見守る。ディキンスンの詩 "When I was small, a Woman died –"（F 518）の語り手は、青年の戦死の場面からむしろ次第に遠ざかり、天国での母と息子の再会の憶測へと向かう。一見、息子の名誉の死を讃える詩として読める。が、その解釈を遮るのは、第3連で天国での栄光について差し挟まれる疑問の声である―― "If pride shall be in Paradise – / Ourself cannot decide –"（「誇りが天国にあるのかどうか／わたしたちには判断できない」）。そして "Of their imperial conduct – / No person testified –"（「皇帝のような彼らの行いについて／誰ひとり立証できなかったのだから」）と続き、一人称の語り手の代わりに、単数形と複数形の双方の性質を備えた "Ourself" が使われる。語り手自身があからさまに疑問を付すわけではない。個人の「私」と「国家的なイデオロギーを意味する集団的な私たち」[To Fight Aloud 131] とも異なる。誰とも固定せぬ人称によって、母と青年ふたりの再会が仄めかされる。

　このディキンスンの詩について、詩人ジェイ・ロゴフはイラク戦争を題材に詩を書いた見地から、ディキンスンの「主題への斜めの取り組み」[45] を示唆する。ロゴフは母に会いに行くため（"To look at her"）という青年の目的が果たして自発的なのか、つまりは戦場で命を捧げたのは自発的な行為なのか、その真相を問う――「彼の旅は自発的な性質とされているが、戦場での意図的な自己犠牲でもなかったことも、冷笑的に反響する」[48]。この含みある解釈を経て、さらに考察を進めると、むしろ、その本意でない戦死を批判的に見つめる眼差しに突き当たる。そのうえで、

レイ゠アン・アーバノウィッチ・マーセリンの指摘は鋭い。マーセリンは、最終行の "Yonder" の代案として草稿に書き込まれた "Scarlet" の語に注目し、兵士たちの流血を読み込む。一見、若者の殉教を讃えるようでいて、犠牲者の血に染まる戦場を前に、「怒れる会葬者」[Marcellin 71] の存在を、余白に付されたこの一語に見出す。抒情的な再会を推測し、栄光を讃える表層とは別に、一筋縄ではいかぬ疑問や怒りが潜む。ホイットマンの詩の語り手は、息子の訃報に接して自らも消えて行こうとする母の深い悲しみにひたすら寄り添う。一方、ディキンスンの詩はいくつもの疑問の声を余白に内包し、ひとりの青年の死を巡る様々な憶測、怒り、称賛の声を木霊させる。

　"When I was small, a Woman died –" (F 518) では、戦死というこの世の事実を語る部分と、目に見えない来世を推測する部分とでは明らかに表現が異なる。勇気ある行動に喝采があがっているのか、来世で母と青年が再会を果たしたかは、断定を避ける。「誰ひとり立証できなかった」、「わたしは確信する」が精一杯の言葉である。その意味で、ディキンスンなりの "oblique" な観点から語られている。つまりは、直接認知できないことについては、常套句で述べはしない。語り手の思考が及ぶ範囲で、「真正な声」[Vendler 239] で臨んでいる。

戦場の詩

　ディキンスンが誰にも送ることなく手許に置いた詩には、自身の認識をぎりぎりまで推し進めて戦場を想定した詩もある。1862 年 "The name – of it – is 'Autumn' –" (F 465) もそのひとつで、秋の紅葉の風景と戦場の流血とが重ねられている。この詩については、すでに第 2 章でジュリア・ウォード・ハウの詩との比較を通してみてきた。あまりにも鮮やかなニュー・イングランドの秋の風景を、血を思わせる強烈な色使いで描く。1863 年 "They dropped like Flakes –" (F 545) の白を基調とする戦場とは対照的である。苦悩、怒り、恐怖の念など感情をあらわす語は見当たらない。ハウの詩でも戦場の流血を秋の豊穣と結び付けている。ただし旧約聖書の怒れ

る神を全面に出した、ハウの宗教的な設定とは真逆に、ディキンスンにあっては、秋の風景に見立てて流血を描き、マクロの風景描写とミクロの体の細胞とが共存する。マウント・ホリヨーク時代、ディキンスンは生理学の授業でカルヴァン・カターのテキストを用いており、そこには血管が張り巡らされた身体図が載る (Lowenberg 42)。それを反映するかのように身体に関する用語を用いた冷徹な描写によって、流血の夥しさをより生々しくクローズアップする。非感情的な、それ故にグロテスクな筆致のために、この詩を人々に送ることを差し控えたのかもしれない。生理学の教科書の著者カルヴァン・カターは、外科医として実際に従軍し、奇しくもフレイザー・スターンズと同じ連隊にいた (Lowenberg 41)。

　この詩の背景についてはすでに先行研究で綿密な調査がなされている。いち早く、具体的な場面と関係づけたのがデーヴィッド・コーディであり、アマスト近隣の紅葉の名所ホワイトマウンテンの秋の風景として、当時の旅行書の記述と照合させている (“Blood in the Basin”)。タイラー・B・ホフマンは、戦況報道がディキンスンを促したものと指摘する。両軍総計26,000 人の死傷者が出たアンティータムの戦場で、折り重なる大勢の兵士の死体、血に染まった土壌など、1862 年 9 月 19 日から 10 月 23 日まで『スプリングフィールド・リパブリカン』が連日伝えた紙面と照合し、報道と詩の表現を結びつける。そのうえで “Autumn” の音が “Antietam” を暗示すると解釈する (8)。

　ミシェル・ケーラーは、この詩をジョン・キーツの “To Autumn” と比較する。キーツが平和な、豊穣の秋の実りを描くのに対して、ディキンスンのこの詩は血で染まる戦場であり、最終 2 行 (“Then – eddies like a Rose – away – / Opon Vermillion Wheels –”) の唐突な場面展開で、戦場から掛け離れた市民の安逸さを表すとともに、戦場から離れながらも否応なくその影響を受ける市民（女性）の存在をも認める (“The Ode Unfamiliar”)。

　この秋の詩とは対照的な色使いが用いられているのが、“They dropped like Flakes –” (F 545) の詩である。白薔薇の花片や雪片が散るように、大勢の兵士達が次々と倒れる。どちらの詩も、多数の犠牲者を出した戦場を、風景に読み込む。

They dropped like Flakes --
They dropped like stars –
Like Petals from a Rose –
When suddenly across the June
A Wind with fingers – goes –

They perished in the seamless Grass –
No eye could find the place –
But God can summon every face
On his Repealless – List.　　　　　　　[F 545]

彼らは雪のひとひらのように落ちた
彼らは星のように落ちた
薔薇の花片のように
突然六月を横切って
一陣の風が指で撫でながら　通るとき

彼らは縫い目のない草に朽ちた
どんな目もその場所を見つけることはできなかった
けれども神さまはどの顔も召集することができる
破棄されることのない名簿に。

フランクリン版で 1863 年の春頃の作に分類される。それにしてもなんと
静かな詩だろうか。殺傷が行われる戦場の獰猛な音や荒々しさは一切な
い。倒れる兵士を雪や星や白薔薇が散るさまと重ね、白の色調が場面を支
配する。夢想的な、淡い色調の中、“they dropped like” が繰り返され、兵
士の倒れるさまがスローモーションのように重ねられていく。各行のダッ
シュがその静寂さを確保するかのようだ。季節は「六月」、青々とした緑
がまばゆいはずが、冬の色、死の色である白が風景を支配し、薔薇の花を
毀す風がそのまま兵士たちの命を奪って立ち去る。
　一見、静かな詩ではあるが、倒れる兵士を美化するわけではない。夥し
い兵士たちが雪のように花片のように散る。彼らの死の証さえ留めること
なく、第 2 連目では兵士たちの亡骸の上を草が隙間なく生い茂り、墓標無

き墓となる。"seamless" は日々の縫い物の作業とも結びつくだろう。この単語と呼応するように響く "Repealless" はディキンスンの造語で「破棄されない」の意になる。地表では兵士の死について何ら跡を留めぬ。が、神はその生きた（そして死んだ）証となる「破棄されぬ」リストに基づいて、戦死者たちを天国で認めるだろうと思い浮かべる。早い時期からディキンスンと戦争との関係を指摘したトマス・W・フォードは、最後の2行で伝統的な宗教に立ち戻ると解釈し、クリスタン・ミラーは戦闘翌日の新聞に掲載される戦死者一覧と結び付ける (*Poems* 762n.258)。

　エライザ・リチャーズは冬の天候と戦争とを関連させる英詩の系譜に "It sifts from Leaden Sieves –" (F 291) の詩を置く ("Weathering the news")。リチャーズに倣うなら、この "They dropped like Flakes –" (F 545) もその系譜に置くことができそうだ。ただし、ここでは雪のイメージとともに青々と草が生い茂る「六月」の季節とが並置されている。倒れた兵士たちのうえを草が「縫い目もなく」覆いつくす。人間の死など無関心に季節が移り変わる様子は、繁茂する緑の力強さに見られる。

　リチャーズはまた、"They dropped like Flakes –" (F 545) について、平穏なニュー・イングランドの風景が戦場と化すことで、ディキンスンが「大殺戮の事実からの隔たり」を強調するものと捉える。リチャーズは "Whole Gulfs – of Red, and Fleets – of Red –" (F 468), "The name – of it – is 'Autumn' – " (F 465), "It shifts from Leaden Sieves –" (F 291) などの詩で戦場に近づくのではなく、むしろ戦場との「隔たり」を提示していると解釈する ("How News Must Feel" 170)。確かに、遠景に戦場を捉える点では物理的な「隔たり」とみなすこともできそうだ。だが、遠景ながらも、自然の再生のサイクルの中で、無念の死を、しかも大量虐殺を伝える詩でもある。この詩もまた誰にも送られていない。

　一方、次の詩では戦場の兵士は「死」を恐れずに立ち向かい、「死」のほうが兵士を怯む。

　　He fought like those Who've nought to lose –
　　Bestowed Himself to Balls

As One who for a further Life
Had not a further Use –

Invited Death – with bold attempt –
But Death was Coy of Him
As Other Men, were Coy of Death.
To Him – to live – was Doom –

His Comrades, shifted like the Flakes
When Gusts reverse the Snow –
But He – was left alive Because
Of Greediness to die –   [F 480]

失うものがなにもない者のように彼は戦った ―
弾丸に自身を差し出した
さらに生きても
使うことがないかのように ―

死を招いた ― 大胆に ―
けれども死は彼を恥ずかしがった
他の人々が、死を恥ずかしがるように。
彼にとって ― 生きることが ― 宿命だった

仲間たちは、雪片のように立ち去った
一陣の風が雪を裏返したときのように
けれども彼は ― 生き残った
死ぬことへの貪欲さゆえに。

　この詩もまた誰にも送られていない。戦場でのフレイザーの姿をここで思
い浮べても良いだろう。神意を確かめることが最優先であるかのように、
戦場での手応えを追い求めていた。「死」はまるでルネッサンス時代のソ
ネットで歌われる乙女のように「恥ずかしがる」。軍隊の仲間は、一陣の
風に煽られてはかなく散り、兵士は生き残る。
　次の2篇では戦場で戦う兵士自身の声となる。"If any sink, assure that

this, now standing –" (F 616) は兵士の死の瞬間を、そして "My Portion is Defeat – today –" (F 704) は戦いの後、戦場に横たわる兵士の言葉として読むことができる。どちらの詩もやはり送られた形跡はない。

> If any sink, assure that this, now standing –
> Failed like Themselves – and conscious that it rose –
> Grew by the Fact, and not the Understanding
> How Weakness passed – or Force – arose –
>
> Tell that the Worst, is easy in a Moment –
> Dread, but the Whizzing, before the Ball –
> When the Ball enters, enters Silence –
> Dying – annuls the power to kill –　　　　　[F 616]

> もし誰かが倒れるなら、こう確信しよう、これは、今は立っているが
> 彼らのように停止したのだ、と　そしてそれが昇ったと意識しよう
> 事実によって起きたのであり、理解によってではない
> どのように弱さが過ぎ　力が　生じたかということは
>
> 最悪も容易になると伝えよ、それも一瞬だと
> 恐れは、弾丸を前に、かする音にすぎない
> 弾丸が入ると、沈黙が入る
> 死とは　殺す力を無効にすること

語り手は弾丸が飛び交う戦場にいる。死と隣り合わせの場にあって、信仰の言葉は一切ない。同様の境遇を経験したフレイザー・スターンズは神に感謝した。その言葉から何と掛け離れていることか。死の捉え方そのものがこの詩では非常に即物的だ。人称代名詞は "Themselves" のみであり、"I" はない。いつ弾丸があたってもおかしくない局面で、語り手は、指示代名詞 ("this") で自身の体を指す。特定の個人の体としてではない。戦場で死はもはや "sink", "rose" のような物理的な動きで捉えるだけのものとなる。怖れさえ、弾丸が近づく音に集約される。戦場に立つ自身の存在を「殺す力」として表わす。"My Life had stood – a Loaded Gun –" (F 764) の「装填

された銃」の語り手とも結びつく表現である。「装填された銃」は詩の末
尾で、「殺す力だけを持つ」と語る。この語り手と共鳴するように、こちら
の詩においても、死ぬことによって人を殺す力を「無効にする」と述べる。

　クリスタン・ミラーはこの詩の場面で「ミニエ式銃弾」を読み込む——
「南北戦争の間ミニエ式銃弾がもっともよく攻撃手段で使われた型である。
比較的新しい発明品であり、この円錐形の、溝のある鉛の銃弾は素早く装
備し、正確に発砲することが可能であった」[*Emily Dickinson's Poems* 762n.
261]。そのうえで、この詩の語り手が死者であり、軍隊の命令的な暴力か
ら開放されたものと解釈する。ディキンスンが戦争詩で成した貢献とし
て、極度の苦しみと悲しみを描いたことを挙げる (*Reading* 172)。

　確かに、ディキンスンにはこの時期の詩で途方もない苦しみや悲しみを
歌った。しかし、この詩にあっては、苦しみや悲しみという感情すら超越
した、乾ききった言葉だけが響く。戦前の「戦いの詩」のように勝敗を問
うことすらない。殺伐とした声は、どこから聞こえてくるのだろう——兵
士の内面から沸き起こる声ではない。兵士が自身の運命を突き放し、他人
事のように隔たった眼差しで語る声である。この詩は、兵士に寄り添い、
同情する次元を遥かに超えている。新聞に掲載された記事を読んだのか、
死体が散乱する写真を見たのか、それとも体験談を聞いたのか、具体的に
何が引き金になったかは定かではない。

　ルネ・L・バーグランドは、南北戦争の戦場写真が人々に与えた影響に
ついて、『アトランティック・マンスリー』1863 年 7 月号に掲載されたオ
リヴァー・ウェンデル・ホームズの言葉を引用する。ホームズはアンティ
ータムの戦いの写真の威力を述べている——「戦争がどのようなものか、
知りたい人にはこれを見せればよい。（中略）ぞんざいに投げ出されて山
積みになった死体、埋葬のためにぞっとするように並べられた死体はつい
昨日までは生きていたのだ」["The Eagle's Eye" 143]。また、バーグランド
は、写真を見る者が被る痛みについても示唆する——「我々はアンティー
タムで殺されたわけではないし、そこで死体のなかを歩いたわけでもな
い。我々の痛みの経験は、時間的にも空間的にも隔たった出来事に参加さ
せるのだ」["The Eagle's Eye" 143]。新聞に掲載された写真を家庭で見る

ことによって、戦場を共有する、そうした場をバーグランドは取り上げる。ディキンスンも恐らく、同様の経験をした一読者であったはずだ。

　何かに突き動かされるように、ディキンスンは、死を目前に、張りつめた場面を想定する。ここで際立つのは、死の淵の極限の感覚を切り取って提示しているだけではない。銃を持つ語り手自身が「殺す力」を把握していることである。同じ境遇に置かれた敵の立場も包括する眼差しがある。戦場は遠景に退き、敵味方の区別さえ超えた、空漠とした内面世界だけが広がる。

　"My Portion is Defeat – today –" (F 704) では、戦場で「敗れた」死者が語る。フランクリンはこの詩を 1863 年後半に清書されたものと分類する。1859 年に書かれた "Success is counted sweetest" (F 112) と較べると、同じ瀕死の語り手でありながら、ふたつの詩の開きは途方もなく大きい。戦争前に書かれた、いわば「道徳劇」のような「戦いの詩」から、戦争中期のこの詩まで、年月にして 4 年ほどとはいえ、「戦い」の捉え方にはかなりの隔たりがある。"Success is counted sweetest" (F112) の詩は友人たちに回覧され、新聞に何度も掲載された。だが、"My Portion is Defeat – today –" (F 704) はそのまま詩人の手許に置かれた。ここでは戦場の光景が広がり、「骨や血痕」が散乱する。

　　　My Portion is Defeat – today –
　　　A paler luck than Victory –
　　　Less Paeans – fewer Bells –
　　　The Drums dont follow Me – with tunes –
　　　Defeat – a somewhat slower – means –
　　　More Arduous than Balls –

　　　'Tis populous with Bone and stain –
　　　And Men too straight to stoop again –
　　　And Piles of solid Moan –
　　　And Chips of Blank – in Boyish Eyes –
　　　And scraps of Prayer –
　　　And Death's surprise,

Stamped visible – in stone –

There's somewhat prouder, Over there –
The Trumpets tell it to the Air –
How different Victory
To Him who has it – and the One
Who to have had it, would have been
Contenteder – to die –　　　　　　　　　　　[F 704]

今日の　わたしの運命は敗北
勝利よりも青白い不運
賛歌も少なく鐘の音もわずか
太鼓は調べを伴わず　わたしに続くことはない
敗北とは　やや遅れてやってくるものを　意味する
弾丸よりも耐え難い

それは骨や血痕にあふれ
硬直して再び身を屈めることのない人々
重い呻きの積み重なり
少年らしい目には　空白のかけら
祈りの破片
死の驚きが
刻印されたのが見える　石のなかに

いくぶん誇り高いものがある、彼方に
ラッパがそれを空に告げる
勝利はどんなに異なるのか
勝利を手にする者と
それを手にしていたら
死ぬことに　もっと満足したかもしれない者とでは

戦闘後、死体が積み重なる戦場で、語り手の兵士は死を待つ。先述したル
ネ・L・バーグランドは、戦争中の技術革新によって、空中から撮影され
た鳥瞰図的な写真が詩人に与えた影響を論じる。この詩もその一例として

挙げ、戦いの後の、停止した場面に注目する──「戦場の写真はすべてを硬直させる。戦いを想像すると、動きを目にし、呻きを耳にし、眼差しをとらえ、祈りを分かち合う。だが、戦闘後の写真は徹底的に静止している。硬直して死んでいる」["The Eagle's Eye" 146]。静止した画面には違いない。第1連と第3連には比較級が並び ("paler", "Less", "slower", "More", "prouder", "Contendeder")、勝利した側と敗北した側とを比較する。

　ディキンスンの戦いの詩に「内面の戦い」[A Voice of War 55] を見出そうとするシーラ・ウォルスキーもまた、さすがにこの詩を「外界」の戦いとして認める [A Voice of War 56]。ディキンスンが党派に関わりなく常に敗者に共感する姿勢をこの詩においても指摘する (A Voice of War 58–59)。

　それにつけても "Success is counted sweetest" (F 112) における痛切な敗北感はこの詩にはまったくない。第1連と第3連でそれぞれ "somewhat" という語が繰り返されて、勝敗の比較の度合いが薄められ、どこか客観的な、他人事のような目線になっている。戦闘が終わった今、「彼方」の勝者の気配を感じながらも、兵士たちは一様に倒れ伏し、殺伐とした光景が広がる。

　兵士たちが人として尊厳ある死を迎えたとは言い難い。最新兵器による大殺戮の結果、多くの死体が容赦なく折り重なる。第2連の各行頭で "And" が羅列し、すべてが塵となり、祈りの言葉さえも紙屑のように「破片」と化す。ハーマン・メルヴィルの Battle-Pieces and Aspects of the War: Civil War Poems に収録された詩 "Shiloh: A Requiem" (Melville 63) においても戦闘後の戦場が描かれるが、そちらのほうがよほど人間味ある。敵味方に分かれて戦いながら、いまや一緒に横たわり、共に死を待つ──"Foemen at morn, but friends at eve –" (「朝は敵どうし、けれども夜には友となる」)。ディキンスンのこの詩には、敗者の美学もない。バーグランドが指摘するように写真に触発されて書いた可能性は高い。書かずにはおられない、訴えかけてくるような写真だったに違いない。場面を語る言葉は激したものではない。改めて最後に置かれた比較級 "would have been/ Contendeder – to die –" は、勝敗の差というよりも命を差し出した犠牲者の「満足度」を問い直す。

つながる、つながらない——ディキンスンの両面性

　ディキンスンは同時代に心情的にも懸命につながろうとしながらも、距離を置いて、自身の立ち位置を守ろうとした。そして抜き差しならぬ気持ちで人知れず、詩を手許に書きためていく——表向きには、戦争に協力的とはいえず、出征する兵士にも同情的であったとはいえない。1861 年 8 月にボウルズに宛てた手紙では奉仕の仕事で慌ただしい毎日に触れている。

　　　今年は冬がないでしょう　兵士たちのために忙しいのです　毛布を織ったり、ブーツをこしらえたりできません　いっそのこと冬を省略すれば良いのにと思います　　　　　　　　　　　　　　　　　　　　　　　　　[L 235]

兵士たちへの共感はなく、奉仕の針仕事で忙しくなることを負担として訴える。同じく 1862 年の夏にボウルズに宛てた手紙には兵士に対するむしろ冷ややかな眼差しもある。

　　　兵士がひとり昨日の朝、立ち寄り、花束を所望しました、戦いに持って行くためですって。我が家に水槽があるとでも思ったのかしら。　　　[L 272]

手紙の文面には冷笑的な気味もあり、ディキンスンが進んで兵士のために花束を作ったとは思えない。"Nosegay" は文字通り、鼻を楽しませる香りの良い花を束ねたもので、兵士は心安らぐ香りを戦場に携えて行こうとしたのだろうか。花束を求める要求に傲慢、もしくは自惚れをも感じたのか。その求めにディキンスンは決して同情的とは言えない。

　同じ手紙の冒頭では、奉仕活動に出掛けた妹ラヴィニアと兄の妻スーザンの行動にも触れている——「ヴィニーとスーは戦争に出掛けてしまいました」。すでに触れたように、この手紙では、戦場そのものだけでなく、戦争奉仕も総じて「戦争」と表現する。ディキンスンはふたりとは行動を共にせず、家に留まりこの手紙をボウルズに書いている。「戦争に出掛ける」こと、つまりは奉仕活動も含めて、戦争に何らかの形で関わることから距離をとり、家族や周囲の人々とは異なっていたに違いない。

　ボウルズにこの手紙を書いた頃、父エドワードは熱心に戦時協力を行っ
ていた。7月18日付『ハンプシャー・アンド・フランクリン・エクスプ
レス』では、アマスト住民の集まりが報告されている。志願兵に100ドル
の報奨金を授与することが、ディキンスンの兄オースティンの提案で可決
され、決議の場には父エドワードもいたとある (Leyda II 63)。さらに同じ
号で、エドワードがアマスト近隣で新たな中隊を組織する許可を州知事か
ら与えられたとの報告もある (Leyda II 64)。1863年2月頃には従姉妹の
ノアクロス姉妹宛てて次のような情報も記している。

　　　お父様は新しい道を作りました　我が家とスウィースターさんのお家の間
　　　の薪の山を巡るようになっています。その道を使って兵士用のシャツを作
　　　るために持って行くことができます。甘美なる詩も。誰も見つけられない
　　　でしょうよ、ハエか小さなひと以外は。　　　　　　　　　　　　[L 279]

どうやら、兵士用の備品調達のためにディキンスン家が積極的に関わって
いたらしい。兵士用のシャツに紛れて詩を友人に届けていたのだろうか
――クリスタン・ミラーによれば「ディキンスンの父と兄は積極的にアマ
ストの戦争努力に奉仕しており、軍服購入の寄付を募ったり、志願兵を勧
誘したりして、地域的な支えの水準を上げた」["Pondering 'Liberty'" 49]。
このような家族に囲まれながらもディキンスンは表面的には戦争協力から
距離をとっている。だが、従妹のルイザ・ノアクロスに宛てて次のような
気持ちも綴っている[4]。先にも挙げた手紙を、再び引用する。

　　　和らげてあげられない苦しみを見ると人は鬼になります。もし天使たちの
　　　銀の上着の下に心臓があるなら、彼等を嘆かせることになるでしょう。そ
　　　れにしてもなんと天国は冷酷なのでしょう！　神様はすべてを引き起こし
　　　ておいて、こんなに小さな願いを退けるなんて、親切とは思えません。神
　　　様の威光を傷つけることはないのに。（中略）天は下界で見つけた人々を
　　　追い回し、連れ去るのです。　　　　　　　　　　　　　　　　[L 234]

年下の従姉妹に宛てた手紙で、悲しむ人々を慮る気持ちを書く。天の配剤

と、冷酷さを非難する言葉も並ぶ。1863 年には吝嗇な神を商人 "The Mighty Merchant" に見立てた詩 ("I asked no other thing –" [F 687]) もあり、どうにもやり場のない気持ちを、神への不満や憤り、非難として、神を無慈悲な猟犬に喩える。同時に、人々の苦しみを軽くする手立てを持たぬやるせなさを抱く。途方もない悲しみ、克服できそうにない衝撃、底なしの苦悩、殺伐とした、枯れ切ったような感覚、「大義」に命を差し出した人々の内面を、どこまで詩の言葉にできるのか、その極限を突き詰めようとするかのように詩は凄みも帯びる。だが、戦争の激動期に書いたこうした詩は、同時代の人々と共有することを差し控えている。

　ここまで辿ると、戦時に掲載された「送られた」詩と、戦争中に書かれながらも「送られなかった」詩という、ふたつの詩群が、ある種の平衡感覚のようなものをディキンスンにもたらしていたのではないか、という考えにも辿り着く。戦争が突きつける現実に向き合い、彼女自身の内なる思いを追求しながら詩作し、誰にも送らずにそばに置く。同時に、人々と共有可能と判断した詩を、友人や知人たちに送る。実際、ディキンスンがヒギンスンに宛てた手紙には公的な性質があったことを、メイベル・ルーミス・トッドは指摘する――「私の考えでは、彼女［ディキンスン］は自分の詩が時には出版の日の目を見るかもしれないと思っていました。他人の手によってですが。手紙については異なります。ヒギンスン氏に宛てた手紙は、私的な性質のものではありません」[Eberwein, *Dickinson in Her Own Time* 87]。

　ディキンスン自身の両面的な社会とのつながりもまた浮かび上がる[5]。友人を通じて次々と広がっていく詩と手許に置かれた詩の双方が、詩人ディキンスンを支えていたのではないか。同時代の人びとに送り続けた詩と、戦時にあって、書かずにはおられず書き続けた詩との両方が、戦争中に次々と生み出されていく。同時代に読者がいたからこそ、心の闇を詩に象ろうとするディキンスンを支えていたのではないか[6]。ヒギンスンに送った 2 通の手紙には、ディキンスンの相反する態度を見出すことができる。第 3 通目の手紙（1862 年 6 月 7 日付）では、出版とは無縁の詩人として甘んじるかのように読むことができる。

> 「出版」を遅らせるようにとのご示唆には微笑んでしまいます。それ［出版］は私にはまるで無関係のことです、魚のヒレが空には無縁であるように
>
> [L 265]

一方で、第 2 通目の手紙（1862 年 4 月 25 日付）では、彼女の詩を所望する編集者がいることを仄めかす。このふたりの編集者とはサミュエル・ボウルズとジョサイア・ギルバート・ホランドだとされている (*Letters* 405)。

> ふたりの雑誌編集者が父の家に来ました、この冬のことです、そして心［詩］を分けて欲しいとせがみました。
> 私が「何故」と尋ねたところ、ふたりは私の心が狭いというのです　世のために使いたいのだそうです
>
> [L 261]

恐らくこの「雑誌編集者」の依頼で渡された数篇が、実際に新聞掲載へと繋がったのだろう。1863 年後半には出版を主題にした詩 "Publication – is the Auction" (F 788) を書いている。出版に対するディキンスンの姿勢は一筋縄で捉えることはできないが、「出版」そのものへの批判ではなく、買い手（読者）に即した価値づけを批判している。マリエッタ・メスマーは、慣例的な出版に批判的ではあっても、詩を友人たちに回覧している事実に目を向け、「テクストを一般の匿名の大衆が搾取する」のではなく、あくまでも個人的なやりとりで読まれる受容を理想とする姿勢として解釈する (Messmer 185–186)。エリザベス・ヒューイットは、この詩の経済用語は単なるメタファーではなく、父エドワードが鉄道の株主であり、ディキンスン自身もアマストの経済的な変遷に気付き、他人による価格付けを嫌い、またそうした価値づけを先送りにしているものと解釈する。

　先の 2 番目の手紙には、「世のため」に詩を差し出すこと、つまりは戦争協力として詩を提供することを渋っている。アマストにおいてディキンスン家の人々——父、兄、兄の妻、妹——は一同に戦争協力や奉仕活動に従事していた。当然、ディキンスンにもその期待は掛かっただろう。だが、彼女はそのような役目を避けた。手伝っても決して積極的ではなかった。或いは、「奉仕」として詩を差し出すときも、他人と共有することが

可能な詩を差し出した。名だたる詩人たちが雑誌や新聞に次々と「戦争詩」を載せた時代、ディキンスンは、戦争に触発されて書いた詩は手許に置いた。殺伐とした戦場の声を、瀕死の兵士の声を、我が身を情けなく感じる思いを。この営みを考えると、「送られた」詩群と「送られなかった」詩群とが、「平衡感覚」を詩人にもたらすどころか、むしろ、送られずに、手元に積み重ねられていった「戦いの詩」そのものが、計りしれないほど重くなっていったはずだ。それでも詩人は心の闇の声を、戦争の時期に次々と詩として書き留めていった。この時期を経てこそ詩人エミリ・ディキンスンは成熟していったのである。

注

(1) ミラーは「多数回覧された」詩の一例として "Safe in their Alabaster Chambers –" (F 124) を挙げており、「軽い調子と、生命力を祝福する第 2 連を伴っている」[*Reading* 174] と述べている。人々がどう解釈するかが案じられる詩は回覧を控えたと考えられる。

(2) ミラーは次の詩を挙げている —— "I felt a Funeral, in my Brain," (F 340), "After great pain, a formal feeling comes –" (F 372), "It was not Death, for I stood up," (F 355), "'Twas like a Maelstrom, with a notch," (F 425), "There is a pain – so utter –" (F 515), "Pain – has an Element of Blank –" (F 760)。

(3) "It sifts from Leaden Sieves –" (F 291) はこれまで戦争と関連付けて論じられることはなかったが、エライザ・リチャーズは、雪のモチーフで戦闘を表す英詩の系譜にこの詩を取り上げている。"Weathering the news in US Civil War poetry" を参照。

(4) ジョンソンはこの手紙を 1861 年と推定しているが、ジェイ・レイダ (Jay Leyda) は 1862 年 8 月後半に設定している (II 67)。手紙の文面から判断すると、やはりレイダの推定のように、戦争の犠牲者が多く出た 1862 年ととるのが妥当だろう。

(5) 始めてヒギンスンに手紙を送った 1862 年 4 月から 150 年を経て、2017 年の早春 1 月 20 日から 5 月 28 日の間、ニューヨークのモーガン・ライブラリィで "I'm Nobody! Who are you? The Life and Poetry of Emily Dickinson" が開催された。作成されたカタログのタイトルは *The Networked Recluse: The Connected World of Emily Dickinson* である。新聞や雑誌、人々との文通や会話など、あらゆる手段を駆使して時代と結びつこうとしたディキンスンは、同時に、社会から

距離を置き、微妙な均衡を維持しながら詩作した。通信網が加速度的に張り
巡らされる 21 世紀にあって、新たなディキンスン像に相応しいタイトルとい
える。

(6) クリスタン・ミラーは、同時代の「戦争のレトリックの独善的な要素」に批
判的な詩もあれば「戦時中に流行った救済の言説や感傷的な使用域」を用い
た例も挙げ、ディキンスンの戦争にまつわる詩が必ずしも「最良の詩」とはい
えないと解釈する。詩を手許に置くことに、ミラーは実験的な意味づけをす
る (*Reading* 149)。

第 5 章

戦争前の「戦いの詩」

Bless God, he went as soldiers,
His musket on his breast – (F 52)

　戦争詩のアンソロジーが 21 世紀の幕開けと共に相次いで出版され、ディキンスンの詩も収録されている。J・D・マクラッチ編集 *Poets of the Civil War*（2005 年）に 6 篇、フェイス・バレットとクリスタン・ミラー編集 *"Words for the Hour": A New Anthology of American Civil War Poetry*（2005 年）に 19 篇、ロリー・ゴールデンショーン編集 *American War Poetry*（2006 年）に 1 篇の詩が選ばれている[1]。社会から隔絶した隠遁詩人ディキンスン像が、21 世紀には、同時代の社会にも目を向ける詩人像へと変化した証といえよう。

　とはいえ、ここで問題となるのは、どのような基準でディキンスンの詩を「戦争詩」と見なすかである。*"Words for the Hour": A New Anthology of American Civil War Poetry* では、南北戦争前に書かれた詩も掲載され、「戦争詩」と判断した基準について何ら記載がない。他の 2 冊も同様である[2]。そもそも、最初のディキンスン詩集は詩人の死後 4 年を経た 1890 年に出版され、T・W・ヒギンソンとメイベル・ルーミス・トッドの判断に基づく編集だった。生前に雑誌や本に掲載された詩も、ディキンスンの了解をどの程度得たものかは定かではない[3]。自ら「戦争詩」を出版した同時代の詩人ウォルト・ホイットマンやハーマン・メルヴィルとは事情が大きく異なる。

　本書では、ディキンスンの詩をこれまで次の 3 つの観点から戦いの主題と結びつけてきた――戦いに関連した語やイメージが用いられた詩、南北戦争と関係づけることが可能な詩、南北戦争に具体的に触れた詩、もしくは実際に戦争に触発されて書いた詩。はたしてディキンスン自身が「戦争詩」を意識して書いたのか、その判断は難しい。少なくとも「戦争詩」として自ら発表することはなかった。彼女が戦争中に書いた詩を読み進めてきたが、ここで時間を遡り、戦争前に書いた「戦いの詩」を読んでみたい。

戦争前の「戦いの詩」

　シーラ・ウォルスキー著 *Emily Dickinson: A Voice of War* (1984) は南北戦争とディキンスンとの関わりを論じた先駆的な一冊である。社会の動向に無関心な隠遁詩人像を覆し、南北戦争を背景に一冊にまとめた功績は大きい。ウォルスキーは、南北戦争をきっかけにディキンスンが戦いの言葉を用いて内面の苦しみを表現するようになったと解釈する——「ディキンスンの内なる生の暴力性は戦争の文脈において駆り立てられて形を成した。戦争は彼女の世界を構成する苦しみと混乱を劇的に強めた」[*A Voice of War* 41]。ダニエル・アーロンもまた、「孤独は無関心を意味しなかった。南北戦争は彼女の想像力を焚きつけ、彼女の奥深い同情心に触れた」[Aaron 355] と述べ、早い段階でディキンスンの詩作と戦争との関わりを認めている。彼らに追随する形でディキンスンと南北戦争との研究が進められ、ウェンディ・マーティンもまた *The Cambridge Introduction to Emily Dickinson* において、南北戦争の影響からディキンスンが戦争に関わる用語を使い始めたとする——「国家の内戦はディキンスン自身が内面に抱えていた内戦の拡大モデルであった。彼女は戦争、戦闘、兵器類、死のイメージを、1863 年に作られた最も有名な詩 ["My Life had stood – a Loaded Gun –" (F 764)] で使っている」[*Cambridge Introduction* 37]。

　しかし、ディキンスンが戦いの用語を使い始めた契機は南北戦争ではない。フランクリン編集のディキンスン詩集に従って、戦争前に清書された詩（1858 年 43 篇、1859 年 82 篇、1860 年 54 篇）を読むと、実は戦争前からすでに戦いの用語を用いていた例を確認できる。具体的には、1858 年から 1860 年にかけてディキンスンが清書した詩で、次の 6 篇が主なものとしてある—— "All these my banners be." (F 29; 1858), "There is a word" (F 42; 1858), "Bless God, he went as soldiers," (F 52; 1859), "My friend attacks my friend!" (F 103; 1859), "Success is counted sweetest" (F 112; 1859), "Who never lost, are unprepared" (F 136; 1860),"To fight aloud, is very brave –" (F 138; 1860)。最初に掲げた "All these my banners be" 以外はどれも「戦い」が主題となっている。

　ディキンスンが戦いの用語を戦前に用いていたことは、すでにバート
ン・リーヴァイ・セント＝アーマンドとベンジャミン・リースが指摘して
いる。セント＝アーマンドはピューリタンの伝統を背景に、キリスト教の
殉教と尚武精神とが結びついたモチーフを挙げて、"Who never lost, are
unprepared" (F 136) を例に説明する――「ディキンスンは軍事的な比喩表
現を常に好み、初期の詩は威風堂々に満ち溢れている」[*Emily Dickinson
and Her Culture* 100]。また、ベンジャミン・リースは、聖書 (the King
James Version) やアイザック・ワッツの讃美歌など宗教的テクストから影
響を受けていることに注目し、ディキンスンの初期の詩に見られる "martial
imagery" を、戦争の気運が高まる世相と結びつける。その際、"Bless God,
he went as soldiers," (F 52), "Success is counted sweetest" (F 112), "To fight
aloud, is very brave –" (F 138) の詩を具体例に挙げている (67–70)。また、
アルフレッド・ハベガーもディキンスンの詩に顕著な軍事用語に言及し、
「私生活における決然とした態度」を表すものとして解釈する [369)]。こ
うした先行研究に依拠しつつ、戦争前に書かれた「戦いの詩」と南北戦争
期の「戦争詩」の双方とを照らし合わせてみる。

　まず、先回りして述べるなら、戦争前に書かれた「戦いの詩」はどれも
敗者への共感を示す、或いは敗者の立場から語る。戦いに勝敗は不可欠だ
が、敗者に焦点を当てた場合、戦いに関連した語やイメージはどのように
用いられるだろうか。この問いに直結した顕著な例として、1859 年に清書
された "Bless God, he went as soldiers" (F 52) がある。ディキンスンに典型
的な 4 行連を 2 つ重ねた 8 行からなる短詩であり、韻律もアイザック・ワ
ッツの讃美歌の影響を多分に受けた普通律で、4 歩格と 3 歩格が交互に現
れる。そして戦いにまつわる 7 語 "soldier" "musket" "charge" "martial"
"epauletted" "foe" "flight" が散りばめられている。

　　Bless God, he went as soldiers,
　　His musket on his breast –
　　Grant God, he charge the bravest
　　Of all the martial blest!

Please God, might I behold him
In epauletted white –
I should not fear the foe then –
I should not fear the fight!　　　　　　　　　[F 52]

神を讃えよ、彼は兵士たちのように出掛けた
マスケット銃を胸に
神よ彼に授け給え、祝福を受けた誰よりも勇敢に
突撃できる勇気を

神もし許し給わば、白い肩章をつけた
彼を目にして
わたしがそのとき敵を恐れませんように
戦いを恐れませんように

試練に向かう語り手の心情が、戦いのメタファーで表されている。第1連の「兵士達のように出掛けた」人物についてはキリストの姿を重ねることもできる。ベンジャミン・リースは、「兵士たちのように出掛けた」人物を1862年3月に戦死したフレイザー・スターンズの予示として解釈する (67–68)。1862年3月のスターンズ戦死の8か月前にあたる、1861年12月31日にディキンスンはノアクロス姉妹宛てて次のように書いている。

　　キリストよ、慈悲深くあれ！　フレイザー・スターンズはちょうどアナポリスを発ったところです。彼のお父様が今日、面会に行ってきました。紅色の顔が凍りついて帰宅することのないように願っています。　　[L 245]

ディキンスンはスターンズの動向を気にかけ、ときおりノアクロス姉妹とスターンズの消息を共有していたのだろう。どのような経緯で知った情報かはわからない。少なくとも文面から、直接、スターンズの父から、ディキンスン家の誰かがが聞いたのだろう。
　再び詩に戻ると、第2連は語り手自身が「戦い」に赴く不安を語り、最終2行で「恐れませんように」と繰り返し、自分のための祈りとも、鼓舞

する呟きともとれる言葉で詩は閉じる。この詩は必ずしも実際の戦争を想
定するものでもない。戦いの用語「敵」「戦い」を使って語り手が臨むの
は、人生の節目にあたる出来事や日々の不安、或いは日常の些末な諍いで
あるかもしれない。人がそれぞれ克服しなくてはならない「敵」や「戦
い」は日々の暮らしのなかに数多くある。

　「戦い」には勝敗がつきものだが、この時期に書かれたディキンスンの
詩のどれひとつとして結末で「勝利」に至ることはない。ベンジャミン・
リースは「戦争勃発数年前に書かれたディキンスンの初期の詩のいくつか
は、この世の試練を経た精神的な勝利を劇的に表現している」[67] と述べ、
この詩を一例に挙げている。けれども、「精神的な勝利を得る」詩である
とは言えない。讃美歌の普通律に則して、作られている。が、讃美歌の展
開とは裏腹に、勝利や報酬を得ずに詩は閉じる。

　アマストはコネチカット川流域の「ワッツの影響を受けた飛び地の中
心」[England 113] であり、アイザック・ワッツの讃美歌は人々の生活に浸
透していた。ワッツの影響を論じた先行研究は、韻律の影響についての考
察が多い[4]。先行研究を踏まえた上で、ここで特に注目したいのは、ワッ
ツに見られるピューリタン文学に特徴的な展開方法である。ワッツの戦い
の詩の典型的な例として、サミュエル・N・ウスター編の賛美歌集 *The
Psalms, Hymn and Spiritual Songs of the Rev. Isaac Watts* に収録された次の
詩行がある。

We love thee, Lord, and we adore;
Now is thine arm revealed;
Thou art our strength, our heavenly tower,
Our bulwark and our shield.　　　　　　　　　[*The Psalms* 78]

われらは汝を愛す、主よ、われらは崇める
いまや汝の御腕が示される。
汝はわれらの力、天なる塔
われらの砦われらの楯。

ワッツの詩では、信仰の拠り所とする神の存在を、要塞や武器に喩えた表現が目立ち、"bulwark", "shield", "arm", "triumphs", "foe" など戦いの語彙が多い。イングランドの伝記によれば、ワッツの父親は国教徒に改宗することを拒んで投獄され、宗教対立の渦中にワッツは生まれている。政治的な背景を持つ 18 世紀人ワッツに、イングランドは「普遍的な価値の確信」[124] を見出し、19 世紀人ディキンスンの「孤独の歌い手」[119] と対比させる。ワッツの言葉は、政治的な圧力に屈することのない、揺るぎない信仰のうえに成り立ち、一人称も、特定の個人「私」ではなく、普遍的な「私」となる。ワッツの詩をもう少し見てみよう。

> Forever blessed be the Lord,
> My Saviour and my Shield;
> He sends his Spirit with his word,
> To arm me for the field.　　　　　　　　　[*The Psalms* 275]

> 永遠に主の讃えられんことを
> 私の救い主であり私の楯
> 主はその精霊を御言葉とともにつかわす
> 私に戦いに赴く準備をさせるため

この讃美歌の「戦い」も実際の戦場ではなく、人生の局面における試練を意味するだろう。語り手は、信仰の助けを得て、苦しみや困難に耐えうる心の強さを神に求める。敵から守ってくれる「楯」としての信仰は、この特定の語り手だけではなく、信仰を持つ人々に普遍的に通じる。そうした人々の声が、一人称単数の代名詞に集約されている。

『天路歴程』と報酬

　ニュー・イングランドで広く読まれたピューリタン文学の代表格にジョン・バニヤンの『天路歴程』(*Pilgrim Progress*) がある。『天路歴程』にもまた信仰と戦いのモチーフが結びついた場面が数多くある。ディキンスン

家にも蔵書があり、ディキンスンはハーバード大学在学中の兄オースティンに宛てた手紙 (L 110) で、軽い調子の文体ではありながらも、信仰の道を守るうえで読むべき本として勧めている (Capps 71, 169)。ディキンスンと同世代の女性作家ルイザ・メイ・オルコットにも影響が多々見られる。

　オルコットの *Little Women* の各章は『天路歴程』の展開に基づいて進む。南北戦争中、従軍牧師の父親が不在の間、マーチ家の四人娘が様々な窮状に陥りながらも乗り越えて成長していく。巻頭には『天路歴程』第 2 巻のエピグラムがあり、冒頭章はその名も "Playing Pilgrims" となっている。『天路歴程』の主人公クリスティが "the City of Destruction" を脱出してから道中で受ける様々な試練を、マーチ家の姉妹は、南北戦争中の実生活を通して追体験していく。"Burdens," "Amy's Valley of Humiliation," "Jo Meets Apollyon," "Meg Goes to Vanity Fair" など一連のタイトルはふたつの物語の密接な影響関係を示す。さらに、クリスティが辿り着く「天の都」同様、*Little Women* の最終章は「収穫」と名付けられ、マーチ家の人々は人生の実り豊かな大団円を迎える。

　一方、ディキンスンの詩にあっては、リースが「精神的な勝利」と呼ぶ報酬は残念ながら見当たらない。この点で、バニヤンやオルコットの展開とは大きく異なる。戦争前に戦いの用語を使って書かれたディキンスンの詩は共通して、何らかの苦境にある人物が、最終的に勝利や報酬まで至らずに閉じる。先の "Bless God, he went as soldiers," (F 52) の後半で語り手は不安な心情を吐露する。この箇所で、語り手の口調に力がこもる。仮定法を含む祈願 ("might I behold him / In epauletted white –") が最終的に叶えられたのか、そして語り手が恐れずに「戦い」に赴いたかは不明のままだ。そもそも戦い自体、何の情報もない——「敵」とは誰か、どのような「戦い」なのか、「彼」とは誰であり、語り手とどのような関係にあるのか。ジェイ・レイダがディキンスンの詩の特徴として挙げる「省略された中心」[I: xxi] 故に、読者に状況をはっきり示す情報はない。

　詩の展開は、バニヤンやオルコットとは異なりながらも、讃美歌の韻律に基づいて作られている。しかし一見、普通律のようでありながらも、よくよく見ると、通例の弱強格が、神に対する祈願の部分では強弱格に裏返

る。苦境に立つ語り手の心情が、韻律の転換でより強く響く。詩句も、宗
教的な常套句のようでありながら、篤き信仰心の吐露とは異なる。むしろ
周囲に求められる信仰から逸れた場所に立つかのようでさえある。実際、
最後の感嘆符も語り手自身の弱腰の気持ちを自ら鼓舞するものとなってい
る。

ふたりのアマスト詩人

　ディキンスンの戦いの語彙と戦いの主題を、アマストのピューリタン的
な土壌に関係付けて考えるうえで、ディキンスンと同じ年にアマストに生
まれた詩人ヘレン・ハント・ジャクソン(1830–1885)は興味深い存在である。
　ジャクソンとディキンスン——まさに同時代を生きたふたりの詩人——
は共に「戦い」の主題で、非常に類似した詩をそれぞれ書いている。ふた
りの同時代人の「戦い」の主題には、宗教色の濃いアマストで生まれ育っ
た共通点と、詩人の個性ゆえの相違点がある。ジェイン・ドナヒュー・エ
バウェインは、アマストにおけるニュー・イングランドの宗教的な風土・
文化について詳述し、ワッツなどの讃美歌が日々歌われ、教会の教義、祈
り、聖書などが暮しの全般に渡って浸透していたことを強調する[5]。
　アマストに生まれ育ったふたりは戦いの題材を使って、ふたりの対照的
な「戦士」を描き、衆目認める勇敢な戦士と、誰にも悟られずに胸のうち
で戦う戦士を対置する。ディキンスンの詩 "To fight aloud, is very brave –"
(F 138) は 1860 年に清書され、ジャクソンの詩 "Triumph" は残念ながら制
作年は不明である。軍人であった最初の夫エドワード・ハント少佐が1863
年 10 月にブルックリンの海軍造船所で潜水艦の備砲に携わる実験中、爆
発事故に巻き込まれて事故死し (Leyda, II: 83)、続けて 1865 年 4 月に息子
ウォレン・ホースフォードがジフテリアのため 9 歳で死亡。独り残された
ジャクソンがその後創作を始めた経緯から、戦後の作として推定できる。
したがってジャクソンの詩 "Triumph" もまた戦争の高揚感から生まれた
ものではない。
　ディキンスンの "To fight aloud is very brave –" (F 138) では、英雄に触

れるのは冒頭一行のみで、残りの詩行はすべて心の内の戦士を歌っており、
語り手の共感は明らかに内なる戦士にある。

    To fight aloud, is very brave –
    But *gallanter*, I know
    Who charge within the bosom
    The Cavalry of Wo –

    Who win, and nations do not see –
    Who fall – and none observe –
    Whose dying eyes, no Country
    Regards with patriot love –

    We trust, in plumed procession
    For such, the Angels go –
    Rank after Rank, with even feet –
    And Uniforms of snow.　　　　　　　　[F 138]

    声高に戦うのはとても勇ましい
    でも、さらに勇敢なのは
    胸のうちで突撃する
    悲哀の騎兵隊だと、私は知っている

    その人が勝っても、国民は見ない
    負けても、誰も気がつかない
    その死にゆく目を、祖国の人々は
    愛国者への愛を抱いて見つめはしない

    私達は信じる、羽根飾りをつけ、
    そのような人のために天使たちが行進すると
    一列一列、足並み揃え
    雪の軍服を身につけて。

第 1 連「私は知っている」("I know") は、ひと知れず心の中で戦う戦士の

苦境を理解していることを示す。その共感を強調するかのように、第1連2行目 "know" と四行目 "Wo" が押韻し、語り手自身も同様の苦悩を経験したかもしれない、そんな可能性も仄めかす。

　語り手の人称を見ると、第1連の1人称「私」("I") が最終連で2人称「私たち」("We") に変化する。この変化は、語り手の個人的な思いが、人々の期待「私たちは信じる」("We trust")——地上での苦労が天国で報われる——に取って代わったことになる。その場合「私たち」とは誰を指すのだろうか。代名詞をどう解釈するかによって、詩の意味も大きく変わる。一般的な人々として解釈すると、最終連は、個人の声が集団の声に吸収され、宗教的な報酬を期待するものになる。ヘレン・ヴェンドラーは、第一連の "I" から最終連の "we" への変化は「宗教的な信頼へ転換することを可能とし、彼女の声はひとりの詩人の声というよりはむしろ国家の声となる」[49] と述べ、「『私』から『私たち』への変換は傑出ではなく、融合として際立つ」[49] と指摘する。

　しかし、仮に「私たち」を、語り手のような、内面的な苦悶を知る（或いは経験している）者と解釈すると、最終連はむしろ人々の切なる願いを反映することになる。人知れず戦う苦悩を知る者たちが、死後に天使たちの祝福をひたすら願う声となる。

　人称の変化だけでなく、動詞も "know" から "trust" に変化している。「私たち」が一般的な人々なら、その期待に対する語り手の懐疑心を伝えるだろう。ヘレン・ヴェンドラーは、「"trust" という言葉は常に疑いの混ぜ物を伴って訪れる」[49] と意味づける。しかし、「私たち」が、語り手を含めて、人知れず傷つき、倒れ、命を落とす者（最終連の "such" が指す存在）に共感を寄せるのであれば、最終連は肯定的な言葉 "trust" となり、内なる戦いが報われるように心から希求する声となる。語り手は内なる戦士に寄り添う声とも、語り手自身の境遇を歌ったものとも読める。もし後者の立場であれば、この詩は切ないほどに、願いを込めたものとなる。

　それにしても「悲哀の騎兵隊」("The Cavalry of Wo") とはどのような戦士なのだろうか。ウォルスキーはこの詩を「魂の内なる闘い」のタイプとして、次のように解釈する——「ここでは、他の詩と同様、戦闘はディキ

ンスンの内面の世界を見通すものである。内なる意味において、個々の一般市民は兵士であり、個々の兵士は心の内面の戦争を戦う。ディキンスンは詩人として軍事的戦略の特定の事実にほとんど興味はない。しかし『祖国の人々は／愛国者への愛を抱いて見つめはしない』戦いを、愛国心を認める戦いと対照させる。ディキンスンは内なる争いを客観的な戦場の争いのように見る」[*A Voice of War* 55–56]。

　クリスタン・ミラーはこの詩と、アルフレッド・テニスンの詩 "The Charge of the Light Brigade" と関連づけている (*Emily Dickinson's Poems* 746)。テニスンにおいてはクリミア戦争を舞台にした六百人の旅団の戦いである。常に旅団で行動し、大砲に数多くの兵士が倒れながらも、最終的に衆目認める栄光を手にする―― "All the world wondered."（「世界中の人々が驚異の目をみはった」）。しかし、ディキンスンのこの詩にあっては、誰にも知られずたった一人で孤独な戦いに耐える。テニスンの詩なら "Cavalry of War" と表現するところだが、ディキンスンのこの詩では "Cavalry of Wo" が相応しい。行間に詩人自身を認めてみたい誘惑も起こる――詩人が抱えた苦悩を、戦いの比喩で記したものと読むこともできるだろう。例えば、出版とは無縁に詩作する「戦う」姿なのかもしれない。この戦士の性別は代名詞に反映されておらず、ディキンスン自身も含め、人知れず詩を書く女性詩人の姿を投影することもできるだろう。

　テニスンの旅団とは異なり、ディキンスンにあっては、内なる戦士が最終的に祝福されるかどうかは定かではなく、祝福を希求する声だけが響く。冒頭1行の戦場の英雄と呼応するように、最終連の天使たちは「雪の軍服」に身を包み、軍隊のごとく「足並み揃えて」行進する。最終連では天使の旅団が祝福する。世に認められずに詩を書き続け、志半ばでいつ果てるとも知れず、最終的に（詩人としての）永遠の名声を約束されるのか、或いは忘れ去られてしまうのかもわからない。悲痛な「戦い」への報酬を求める、そうした願いをこの詩の最終連に見出すこともできそうだ。

　一方、ジャクソンの詩 "Triumph" はタイトルからして、報酬を予測させる。ここでも対照的なふたりの兵士が描かれている。ひとりは、敵と英雄的に戦って勝利し、その凱旋を人々が喝采して迎える。もう一方の兵士

は胸の内の敵と戦う。ジャクソンは冒頭 2 連で、誰もが勝者と認める人物
を次のように描写する。

> Not he who rides through conquered city's gate,
> At head of blazoned hosts, and to the sound
> Of victors' trumpets, in full pomp and state
> Of war, the utmost pitch has dreamed or found
> To which the thrill of triumph can be wound;
> Nor he, who by a nation's vast acclaim
> Is sudden sought and singled out alone,
> And while the people madly shout his name,
> Without a conscious purpose of his own,
> Is swung and lifted to the nation's throne;　　　[Jackson 151–152]

> 征服した都市の門を、
> 誇らかな軍の先頭に立ち、勝利のトランペットの
> 音に合わせ、威風堂々と進む者が
> 勝利の興奮渦巻く究極の高みを切望し
> 見出すのではない。
> 国民の大きな喝采が
> 突然彼を求めて選び出し
> 人々が半狂乱になってその名を呼び
> その決意とは無関係に
> 揺り動かされ、国王の座へ持ち上げられる人物でもない

凱旋の場面が、弱強五歩格で、ababb/cdcdd と規則正しい脚韻で進行する。
A・R・フィンチは、弱強五歩格がディキンスンの時代に至るまで「不断
の、ほとんど議論の余地のない基準として 500 年間用いられてきた型」
[168] と説明する。しかも「チョーサー、スペンサー、シェイクスピア以
降、この歩格が担ってきた権威よりもさらに重い権威をミルトンの『失楽
園』が与えた」[168] ために、より一層、父権的要素を帯びた韻律として
解釈する。権威的な重々しさを備えるジャクソンの韻律は、興奮した人々
が英雄を迎える場面に相応しい。だが、詩自体は英雄に始終するわけでは

ない。冒頭の否定語 "Not", "Nor" に促されて、読者は第 1 連、第 2 連から第 3 連冒頭 "But" に向かう。そして冒頭 2 連で見た勝者とは対照的な、内なる兵士に出会う。

> But he who has all single-handed stood
> With foes invisible on every side,
> And, unsuspected of the multitude,
> The force of fate itself has dared, defied,
> And conquered silently.
> 　　　　　　　　　　　　Ah that soul knows
> In what white heat the blood of triumph glows!　　[Jackson 152]

> ただ独り立ち続け
> 四方を目に見えぬ敵に囲まれ、
> 群衆にその存在すら知られず、
> 運命に挑み、
> そして黙して征服する者。
> 　　　　　　　　　　ああ、その魂こそが知っている、
> どんなに熾烈に勝利の血が輝くかを。

ディキンスンの詩では内なる兵士にひたすら重点が置かれるが、ジャクソンはふたりの兵士の明暗を描き、衆目の賛美を受ける兵士と、誰にも知られず戦う内なる兵士の対照的な姿を並置する。内なる戦士は、ジャクソンにあっては苦難の末に栄光を勝ち取る。ディキンスンの詩では戦士の性別は明示されないが、ジャクソンでは男性名詞である。結末も、アイザック・ワッツの賛美歌と同じく、神の教えに従う者に勝利が約束される。

　戦前にディキンスンが戦いの語を用いた詩では、どれも勝利や報酬が約束されずに詩が閉じ、何の報酬も与えられない。また、勝利を確信する者はひとりもいない。戦いに敗れた者、戦闘で命を落とす者に、語り手の眼差しは向けられる。一方、ジョン・バニヤンの『天路歴程』、およびこの作品を下地とするルイザ・メイ・オルコットの *Little Women* では、最終的な到達点が示される。報酬が待ち受けていることではジャクソンの場合

も同様である。

　ジャクソンとディキンスンとでは展開の仕方は異なりながらも、戦いの主題を対照的な立場を用いて描いたのは、偶然ではないだろう。ふたりともアマストで生まれ育ち、生い立ちもニュー・イングランドのピューリタニズムの宗教的土壌と深く関わる。ジャクソンの父ネイサン・ウェルビー・フィスクと母デボラ・ヴァイナル・フィスクは共に敬虔な信仰の持ち主であり、ネイサンはアマスト大学でラテン語、ギリシャ語、哲学を教え、さらに定期的に教会での説教も担当していた。健康が優れぬネイサンは、大学を休職して転地療法と聖地巡礼を兼ねてエルサレムへと旅し、そのまま客死してシオンの山に葬られた。信仰に篤い人物であったことが窺われる。

　ネイサンが、想像力豊かな娘ヘレンを案じた様子は娘への読書の指南によく反映されている。ジャクソンの伝記を著したケイト・フィリップスによれば、「彼［ネイサン］は娘に教育的なものか宗教的な文章、すなわち「頭」と「心」の両方を「進歩」させるような文書だけを読むように強く勧め、小説や詩を読まなくてはならないなら、シェイクスピアのような人本主義の作家——少なくとも1841年秋には崇拝し始めていた——はやめるべきで、ハンナ・モアのような道徳主義者の作品に集中すべきだ」[53]と伝えたという。父と娘の確執が、後にジャクソンのカルヴィン主義に対する懐疑へと発展したことは容易に想像できる。

　実際、ジャクソンは幼少期からすでにカルヴィニズムへの反抗心を抱えていたとフィリップスは記す——「幼少の頃から、ヘレンはカルヴィニズムの多くの教義に抵抗した。彼女の感情に『非常に嫌悪感』を与えたからである。『私は聖書の平易な英語を理解する前から懐疑的でした、聖書を疑っていました』と後にジャクソンはジュリウス・パーマー［ジャクソンの後見人］に説明している」[53]。

　ジャクソンは作家・詩人としての名声を確立した後、ニュー・イングランドからコロラドへと生活の基盤を移し、それを機に教会に行く習慣もやめた。ディキンスンもまた、家族のなかでひとり、信仰告白をせず、次第に教会から遠のいていく。同時代のふたりが、戦いのモチーフを使って類

似した展開の詩を書くとき、ワッツの讃美歌のような信仰を守る「戦い」
ではなく、内面の秘められた「戦い」を詩に書いているのは興味深い。チ
ェリル・ウォーカーは 19 世紀アメリカの女性詩人を *The Nightingale's
Burden: Women Poets and Americn Culture Before 1900* で論じ、「秘めた悲
しみ」を女性詩人に典型的なテーマとして読み込み、特に「禁じられた
恋」[91] をディキンスンとジャクソンの作品に分析している。ふたりの詩
における戦いが何であるか、具体的な分析をここではしない。だが、伝統
的なモチーフに留まらず、19 世紀を生きる女性として、それぞれが抱え
る苦しみを反映したものであることに間違いない。

　両者の詩が非常に似通っているために、ディキンスンからジャクソンへ
の影響関係を推測したくなるが、ディキンスンの詩 "To fight aloud, is
very brave –" (F 138) は誰にも送られた形跡はない。共通のモチーフは一
見、偶然のようだが、ふたりの生まれ育った土壌が作用してのことだろう。
先述したようにハーバード大学のユニテリアニズムに対抗して、ピューリ
タン信仰の「牙城」アマスト大学が建てられた。ディキンスンの祖父は創
立に尽力し、ジャクソンの父はそこで教えた。讃美歌や説教を通じて戦い
のメタファーが息づく土壌でふたりは生まれ育ち、教会に通う習慣をそれ
ぞれの人生の転機でやめながらも、ピューリタン信仰に根差した戦いのモ
チーフを受け継いだものといえる。ジャクソンの詩では衆目認める英雄と
内なる戦士の双方が最終的に報酬を手にし、ディキンスンの詩では敗者が
敵の勝利を、五感を通じて捉える。結末の報酬の有無の違いは、詩人とし
ての姿勢の違いと通底する。ジャクソンは同時代の読者を意識して、作品
を書いた[6]。フィリップスも言及しているように「読者に霊感と励ましを
提供するため」[132] であった。一方、ディキンスンの詩 "To fight aloud,
is very brave –" (F 138) は、まず敗者の心情を、声を持たぬ者たちの声を
書きつけることによって行き着いた、主題展開であっただろう。

逆説の展開

　戦争前にディキンスンが戦いの用語を使った詩には、逆説の展開が目立つ。"Who never lost, are unprepared" (F 136) の詩もそのひとつになる。この詩の語り手もまた、敗者に共感を寄せる。しかも敗者こそ勝利の音に耳を傾ける準備ができているという逆説の展開を進める。1860 年初期にスーザンに送られた原稿と、草稿集に清書された原稿のふたつがあり、ここでは草稿集に収められた版 (F 136 B) を見てみたい。

> Who never lost, are unprepared
> A Coronet – to find!
> Who never thirsted
> Flagons, and Cooling Tamarind!
>
> Who never climbed the weary league –
> Can such a foot explore
> The purple territories
> On Pizarro's shore?
>
> How many Legions overcome –
> The Emperor will say?
> How many *Colors* taken
> On Revolution Day?
>
> How many *Bullets* bearest?
> Hast Thou the Royal scar?
> Angels! Write "Promoted"
> On this Soldier's brow!　　　　　　　　　　　[F 136 B]

　負けたことのない者は
　冠を見つける備えができていない。
　喉の渇きを覚えたことのない者は
　細口瓶と冷たいタマリンドを見つける備えがない。

うんざりする距離を登ったことのない者
そんな足が
ピザロの岸辺にある
紫の領土を探索できるだろうか。

軍隊をいくつ征服すべきだと
皇帝は言うのか？
革命の日に
どのくらい多くの軍旗をとれと？

弾丸にどのくらい耐えるべきかと。
あなたは王の傷を負っているか
天使たちよ、「昇格」と書け！
この兵士の額に

　語り手は天使たちに報酬を訴える。その口調がかなり強引なのは、逆説の論理展開で進めているためである。聖書や史実に関わる語彙が並ぶのも強引さを助長する。フォーダイス・R・ベネットは、"Who ... thirsted"（第1連3行目）の箇所にマタイ伝（5章6節）との関わりを指摘する。"Royal Scar" は磔刑のキリストが受けた傷を、"Angels! ... 'Prompted'"（最終連3行目）は黙示録との関連を挙げている (F. Bennett 12)[7]。聖書の他に、史実に関する言葉も並び、インカ帝国を征服した 16 世紀スペインの軍人フランシスコ・ピサロの名前もある。第 2 連 1 行目 "Who never climbed the weary league –" はその強行軍で大勢の兵士たちが死んだ史実を思わせる。"purple" について、フォーダイス・R・ベネットは旧約聖書との関連を指摘するが、ピサロの史実で捉えるならば、インカ帝国の王家又は僧侶たちの衣の色を指し、「紫の領土」とはインカ帝国を指すだろう。聖書や歴史に登場する人々の労苦を徹底的に羅列したうえで、語り手は天使たちに報酬を強く要求する。畳み掛けるように次々と疑問形が並び、語り手の懐疑心もまた反映する。その口調が自暴自棄なのは、自分の要求が報われないものと半ばあきらめているからこそだろう。
　スーザンに送った原稿 (F 136 A) では、冒頭行 "Who never lost, is unpre-

pared"（下線筆者）で単数形の動詞 ("is") が用いられている。清書された
原稿 (F 136 B) では複数形 ("are") になり、個人の境遇から普遍的な設定
へと変化する。感嘆符も 2 箇所で付け加えられ、さらに強い語調になる。
戦いのモチーフは、人生で経験する内面的な戦いを表わすだろう。

　それにしてもこの語り口はかなり強引である。"Who never" を 3 度繰り
返し、"How many" の疑問形も 3 度重ね、「戦い」で苦労した者への報酬
を天使たちに強く迫る。1891 年に出版された第一詩集では、皮肉にも
"Triumph" というタイトルがつけられている。最終的に語り手が報酬を手
に入れたかどうかは不明であるものの、伝統的な主題の枠で分類されたた
めだろう。フレッド・D・ホワイトはこの詩の主題として、人間には神意
を把握できないものと解釈する——「ディキンスンは抽象的な聖書の智慧
を例に挙げ、軍隊の類比を用いて、その智慧を人間のトラウマの経験とし
て根付かせる。そうすることで人間の領域はどの点から見ても神聖なもの
と同じくらい活力に満ちていると表現する。実際、本当には把握すること
はできず、経験的に置き直されてようやく把握できるものを、ディキンス
ンは示唆している」[35]。ただし、詩の後半で矢継ぎ早に質問と感嘆符が
羅列しているために、語り手が神意を理解できず、それ故に自身の苦境に
対する苛立ちもまた強く伝わる。

　"Success is counted sweetest" (F 112) も逆説の展開が際立つ。1859 年夏
頃の清書と推定され、戦争前に書かれながらも戦争詩としてアンソロジー
に収録されている。草稿集に清書された形をここで引用する。

　　Success is counted sweetest
　　By those who ne'er succeed.
　　To comprehend a nectar
　　Requires sorest need.

　　Not one of all the purple Host
　　Who took the Flag today
　　Can tell the definition
　　So clear of Victory

As he defeated – dying –
On whose forbidden ear
The distant strains of triumph
Burst agonized and clear!　　　　　　　[F 112 C]

成功はもっとも甘美なものとされる
一度も成功したことのない者たちによって。
ネクターの味を理解するには
激しい渇きが必要だ

今日勝利を治めた
紫の軍の誰一人として
勝利を定義することは
できない

打ち負かされた　瀕死の者ほどは
その禁じられた耳に
遠方の勝利の歌が
はっきりと轟き、苛まされる！

"To fight aloud, is very brave –" (F 138) そして "Who never lost, are unprepared" (F 136) の詩と同様、この詩も敗者の立場から勝利を見つめる。味覚、視覚、聴覚などあらゆる感覚を通して相手の勝利を、つまりは、自分自身の敗北を否応なく突きつけられる。第 1 連ではギリシャの神々の飲みものネクターの甘さ、第 2 連ではアクキガイの染料で染めた紫衣が翻る。権力者がまとう象徴的な紫色が鮮やかに目に焼き付き、さらに第 3 連では、凱旋の歌が痛いほど耳に響く。

　受け身の "forbidden" の語は、「勝利を禁じられた」敗者の立場を強調する。マーガレット・ホマンズは、この語の解釈をさらに推し進めて、瀕死ゆえに聞くことを身体的に「禁じられた」("forbidden") 状態として読み込む。つまりは、敗者はまったく音として認識できない状態にある。勝者よりもさらに深い認識を敗者は得るという、「この詩の見せかけの教訓を転覆する」[Homans 177]。したがって敗者は徹底的に何も得ることがない。ホマ

ンズのこの解釈は、冒頭から勝利と敗北の二項対立のうえに積み重ねてき
た逆説の展開そのものが、最終行の一語「禁じられた」("forbidden") に及
んで、いとも簡単に崩れてしまうことを鋭くも読み解く──「ディキンス
ンは相対立する概念を崩すことを目指して詩作する」[Homans 177]。

　敗者は何ら報酬を期待できない。そのアイロニーを、動詞の受動態が連
続して強く伝える。第 1 連冒頭に "counted", 第 3 連には "defeated",
"forbidden", "agonized" と動詞の受動態が続く。能動的な機能を失った今
際の際にあって、強制的とも言えるほど「勝利」を徹底的に、たとえそれ
を認識する身体能力を失ってはいても、見せつけられる受け身の境遇を示
す。

　語り手は「敗者」の立場にあるが、この詩自体は出版のうえでは「成
功」した例である。1859 年夏にスーザンに、1862 年 7 月にはヒギンスン
に送られたために、それぞれのネットワークを通じて、生前に何度も出版
された。この詩が南北戦争中、1864 年 4 月 27 日『ブルックリン・デイリ
ー・ユニオン』に掲載されたことについては後で詳しく見る。マーサ・ネ
ル・スミスは、スーザンと親交のあったリチャード・ソルター・ストーズ
が、自身が編集を手掛ける新聞に掲載したと解釈する (*Open me Carefully*
86)。また、ヒギンスンを通じて、ヘレン・ハント・ジャクソンの手にも渡
っている。その結果、匿名の詞華集 *A Masque of Poets* (1878) に、"Success"
というタイトルで掲載された[8]。ジャクソンがこの詩を収録した時、最終行
の "agonized" を受動態から能動態 "agonizing" に変えている。この修正は
読み手の立ち位置を示すだろう。文法的には主語が "strain" であり、動詞
"burst" の主格補語として "agonizing" の形が適切である。しかしこの詩の
4 種類の版──スーザンに送った版 (A)、恐らくスーザン経由で『ブルック
リン・デイリー・ユニオン』に掲載された版 (B)、草稿集に清書された版
(C)、そしてヒギンスンに送った版 (D) ──のどれにおいても "agonized"
である。瀬死の者と立場を共有するからこそ、「苛まされる」受け身が不
可欠となる。

言葉の力

　これまで見てきた戦争前の「戦いの詩」とは根本的に異質な詩として
"There is a word" (F 42) がある。勝者と敗者、誰もが認める勇者と内なる
戦士など、相対する立場がこの詩にはない。1858 年頃の作とされるこの
詩は言葉の力を歌う。"sword" や "an armed man" など戦いにまつわる単
語が目立ち、神の言葉を刃に喩える黙示録的な表現が冒頭から飛び出す。
この詩は戦前の作であるにもかかわらず、2016 年制作の映画 *A Quiet
Passion*（日本では邦題『静かなる情熱　エミリ・ディキンスン』2017 年
夏公開）では、南北戦争の激戦の映像とともに朗読されている。池澤夏樹
は戦争を背景にこの詩が「とてもうまく働いている」と言及している（「詩
のなぐさめ 65 映画の中のエミリ・ディキンスン」[62]。

　　　There is a word
　　　Which bears a sword
　　　Can pierce an armed man –
　　　It hurls it's barbed syllables
　　　And is mute again –
　　　But where it fell
　　　The saved will tell
　　　On patriotic day –
　　　Some epauletted Brother
　　　Gave his breath away!

　　　Wherever runs the breathless sun –
　　　Wherever roams the day,
　　　There is it's noiseless onset –
　　　There is it's victory!
　　　Behold the keenest marksman –
　　　The most accomplished shot!
　　　Time's sublimest target
　　　Is a soul "forgot"!　　　　　　　　　　[F 42 A]

剣を帯びた
言葉がある
武装した男も突き刺せる
鏃付きの音節を投げつけると
再び黙る
それが落ちた場所で
命拾いをした者が語るだろう
愛国記念日に、
肩章をつけた仲間が
息を引き取ったと。

息を切らして太陽が走るところ
昼間がぶらつくところで
音のない攻撃があり
勝利がある
鋭利な狙撃兵を見よ
最も熟練した射撃を。
時の至高なる的は
「忘れられた」魂なのだ。

言葉は武器の威力を持つ。ひとの心をえぐり、一生消えぬ傷を残し、人生を左右することさえある。致命傷にもなる。その影響の大きさを "word" と "sword" の押韻で強調する。これまで見てきた戦争前の「戦いの詩」はどれも敗者の側に立つように、この詩も、言葉の攻撃を受ける立場にある。最終2行では、神の言葉という剣の攻撃から「救われ」て、一見、安全を確保したように見える。けれども、「（神から）忘れられた」と解釈するならば、（神から）見放されたことになり、教会の枠では救いのない境遇となる。ここでも語り手は報酬受ける立場とは対極にいる。

　この詩では言葉に鋭利な刃の威力を捉えており、聖書のヨハネ伝や黙示録との関連は、第1連7行目の "The Saved" や第2連最終行の "a soul 'forgot'" に見られる (F. Bennett 3)。この詩が作られた1858年は、ディキンスンが草稿を作成し始めた頃でもある。詩人としての意識を持ち始めたディキンスンが、言葉に武器の手応えを感得する。しかも「武装した男」

を相手に、弱者である女性でさえも、言葉の武器で刺し貫く。となると、定冠詞のついた「鋭利な狙撃兵」とは詩人を指すかに見える。だが、最終行に至ると、語り手は、言葉の威力に脅かされる側に立ち、神の恩恵からは程遠い[9]。この時点で「鋭利な狙撃兵」は、神の存在にすり替わる。つまりは、恩恵を受けるどころか、神から追われる身となる。「狙撃兵」の意味が変遷するにつれて、追う側と追われる側の関係がメビウスの輪のように巡る。

戦争前夜のディキンスン

　1858 年から 1860 年の時期にかけて、ディキンスンが戦いの語彙を用いて作った詩は、どれも敗者や弱者の声を持つ。トマス・H・ジョンソンの表現を借用するならば、まさにこの時期、「エミリ・ディキンスンは真剣に詩作に興味を持つようになった」[*Letters* 332]。その様子は 1859 年 1 月頃に、12 歳年下の従妹ルイザ・ノアクロスへの手紙でも窺われる。共に詩人になる誓いを立てた日（1858 年の秋）を次のように回想する。

> しばらくあなたのことを伺っていません、あの十月の朝から。皆がドライヴに出掛けているとき、食堂で一緒に著名になろうと決心しましたね。「偉大」になるのはすばらしいことです、ルウ、あなたとわたしで一生頑張っても、達成できないかもしれない、けれどもわたしたちが［その目標を］見つめるのを誰も止められません、歌えない人はいても、果樹園は鳥たちでいっぱいで、わたしたちは皆聞くことができます。いつかわたしたちも自力で［歌う力を］身に付けるかは、誰にもわからないでしょうね。
> [L 199]

ふたりが目指そうとした「著名な」、「偉大な」立場とはどのようなものだったのか。ディキンスンがこの段階で詩の出版による名声を想定していたのかはわからない。しかし、何らかの形で人々に認めてもらいたいという願望が前面に出ている。この手紙から 3 年後にスーザンに宛てた手紙でも「もしあなたとオースティンに誇らしく思ってもらえたら、まだかなり先

のことですけれど」[L 238] とも書いており、何らかの名声を念頭に詩作に励んでいたと考えられる[10]。ただし、「著名に」なること以上にここで強調するのは、「歌うこと」(詩を書くこと) への情熱だ。詩作を鳥の囀りに見立てた喩えはささやかなようでいて、「誰も止めることはできません」と強い意志が響かせる[11]。否定的な予測を "no" を用いながらも、すぐその後で "but" で打消す。この繰り返しから、たとえ障害があったとしても、それも乗り越えようとする、詩作への弾むような前向きな気持ちが伝わってくる。家族の留守中に密やかな野望を語る行為を、ハベガーは「ディキンスン家に育った者なら誰にとっても、女性が偉大になるという考えは物事の基本的な秩序を脅かすことだった」[388] と述べ、ふたりのやりとりがいかに大胆であったかを指摘する。

　この「大胆な」誓いを秘かに一緒に立てたルイザ、その妹フランシス・ノアクロスとの文通では、家族の近況に加えて、文学の話題が目立つ。従姉妹のふたりとは詩作への真剣な思いを共有していた。もちろんヒギンスンやホランド夫妻に宛てた手紙でも詩の話題を取り上げている。だが、ノアクロス姉妹への手紙ではもっと早い段階から率直な言葉で語っている。例えばノアクロス姉妹宛の先の引用箇所では、果樹園に集う鳥の歌声に耳を傾ける行為を詩作に重ねている。その後ディキンスンの詩作が充実していった証として、先にも引用したように、3 年後、ヒギンスンに宛てた次の表現に結びつく。

> 果樹園に突然射す光、あるいは風のなかに新しい様式に出会い、心の注意力が波立ち　麻痺を覚えました、ここで詩作がまさに楽にしてくれるのです。
> [L 265]

ディキンスン家の裏手に広がる果樹園に光が射すのを見て、心が動揺する。その微妙な心情を整えるために、詩が不可欠なものになっていく。やはり先のノアクロス姉妹宛ての手紙には「わたしたちが［その目標を］見つめるのを誰も止められません」と、詩人を目指す強い意志をはっきりと伝える。しだいに詩人としての自負心が深まっていった、さらなる証とし

て、ヒギンスン宛の別の書簡に次の言葉がある。

　　恐らくあなたはわたしのことを笑うでしょう。だからといって止めること
　　はできないのです　わたしの仕事は円周なのですから　　　　　　[L 268]

ノアクロス姉妹は後にコンコードに住み、ラルフ・ウォルド・エマソンや
ルイザ・メイ・オルコット、ウィリアム・エラリー・チャニングたちと文
学的な交流を重ね、コンコード・サタデイ・クラブの読書会にも参加して
いる。文学を愛する彼女たちとの気の置けないやりとりではディキンスン
の弾むような言葉に出会う[12]。しかもヒギンスン宛ての手紙における、本
意をカモフラージュするかのような微妙な言葉遣いとは異なり、ふたりに
は率直な書き方をしている。
　従妹のルイザに先の手紙 (L 199) を書いた頃、ディキンスンはエリザベ
ス・ブラウニングの *Aurora Leigh* を熱心に読んでいた。女性詩人誕生の道
程を歌ったブラウニングは、ディキンスンにとって目指すべき女性詩人の
モデルであったに違いない。その証として、1861 年にエリザベス・ブラウ
ニングが死去したのを受けて、エレジーを 3 篇書いた── "Her – 'last
Poems' –" (F 600), "I think I was enchanted" (F 627), "I went to thank Her –"
(F 637)。すべて戦争中 1863 年の作である。*Aurora Leigh* には（女性）詩
人論として解釈できる詩行に多々出会う。同時代の声を代表すべきとする箇
所──「彼女たちの唯一の仕事は時代を代表すること／自分たちの時代で
あって、シャルルマーニュ皇帝の時代ではない ── この活気ある、鼓動す
る時代を」[Book V: 203–204] そして、同時代の人々に受け入れられない
のなら、未来の人々に託すべきとする箇所──「手から手へと、さらに手
から手へと受け継がれ掴むまで」[Book V: 265–266] がある。
　ジャック・L・キャップスによれば、ディキンスン家蔵書の *Aurora Leigh*
は、ディキンスン自身のものと思われる版（ニューヨークの C. S. Francis
and Co. から 1859 年出版）と、隣家に住むスーザンのものと思われる版
（同じ出版社のもので 1857 年出版）があり、引用したノアクロス姉妹宛の
手紙を書く頃にはすでに読んでいたものと推測できる (167–168)。1855 年

にウォルト・ホイットマンが出版した *Leaves of Grass* が新たな時代のアメ
リカ男性詩人の名乗りであるとするならば、翌1856年にエリザベス・ブ
ラウニングが出版した *Aurora Leigh* はいわば新たな女性詩人誕生の名乗
りに相当する[13]。この頃のディキンスンはすでに、人知れず草稿集を作り
始めていたことは先述してきたとおりである。

　戦争勃発直前のアマストの様子も一瞥しておくと、ピューリタン信仰の
牙城としてディキンスンの祖父たちが創立したアマスト大学の礼拝では、
戦争の意義について教師たちが説教をしている。アマスト大学学長ウィリ
アム・A・スターンズが1861年4月1日に行った説教もその顕著な例で
ある。

　　北部の私たちは本質的に正しく、目前の問題についてもそう言えますが、
　　私たちは尊大で、自分勝手で、神を忘れた者たちであったために、罰を受
　　けなくてはならないのです。私たちは神の正義を達成するために兄弟に向
　　けた<u>神の刀</u>となるのです、戦争の不幸は私たちにも重く降りかかるに違い
　　ありません。私たちも罪を犯したからです。　　　［Le Duc 17、下線執筆者］

南北戦争期におけるニュー・イングランドの宗教観について、アン・C・
ローズは、人々が戦争遂行を神の意図と結びつけた思考方法を指摘する。
スターンズ学長の説教もまた、戦争遂行を神意として捉えている。先の
"There is a word" (F 42) の語り手は、（神によって）「忘れられた」境遇に
いた。スターンズの父の説教では「神を忘れた者たち」を意識したうえ
で、受けるべき罰を説く。そして「神の剣」となって、文字通り、武器を
手にして、「兄弟」が南北に分かれて戦う内戦への参加を促す。スターン
ズの息子フレイザーが、やがて「神の剣」となり、学徒兵として従軍し、
1862年のニューバーンの戦いで命を落とした経緯はすでに見てきたとお
りである。

　このような南北の亀裂から戦争へと向かう社会の動向が、ディキンスン
の戦いの語彙にも間接・直接に影響しているだろう。1854年にカンザス・
ネブラスカ法案が成立し、反奴隷制勢力が結集して共和党を結成。1856
年には南部のプレストン・ブルックス上院議員が奴隷制廃止論者チャール

ズ・サムナーを杖で乱打する事件が起こり、ジョン・ブラウンがカンザ
ス、ポタワトミーで奴隷所有者を虐殺する事件が起きている。1857 年に
は奴隷は国民ではなく財産だとするドレッド・スコット判決が言い渡され
る。ディキンスンが戦いの用語を用いて詩を書いた 1858 年から 1860 年頃
を見ると、1858 年にはエイブラハム・リンカンとスティヴン・A・ダグラ
スの討論、1859 年にジョン・ブラウンの襲撃と処刑があり、1860 年のリ
ンカン大統領当選を受けて、サウスカロライナ州が連邦を離脱するなど、
南北の軋轢が一層高まり、戦争到来の暗雲が刻一刻と立ち込める。ディキ
ンスンの父エドワードはこの時期、連邦議会を舞台に政治家として国政に
携わっている[14]。

　戦争中にジュリア・ウォード・ハウなど同時代の詩人たちは、戦争遂行
の主旨を詩に歌い、ピューリタン的土壌に根差した語彙を用いた。ディキ
ンスンもまた戦争前に「戦いの詩」を書き、ニュー・イングランドのピュー
リタン的土壌に根ざしたモチーフを用いていることから、同時代の詩人
たちと同様の語彙を共有していたともいえる。しかし、ディキンスンの詩
には、人知れず苦悩する者、戦いに敗れて瀕死の状態の者、武器の威力に
慄く者、試練に向かう者が登場し、報酬を手にすることなく、成功とは無
縁に終わる。報酬を前提とする、典型的な展開はディキンスンにあっては
見事に突き崩される。詩人ディキンスンの語り手は、報われない敗者の側
にあり、注目されることのない境遇、歴史に残らず、人々に記憶されるこ
となく消え去る運命、誰にも気づかれずに胸の奥深くで抱える苦悩を語
る。これから戦いの火蓋がまさしく切られる、すでにその前段階におい
て、詩人としてあるべき下地が整っていたのである。

注
(1) J・D・マクラッチ編集 *Poets of the Civil War*（2005 年）では 6 篇収録 "Of
　Bronze – and Blaze –" (F 319), "If any sink, assure that this, now standing –"
　(F 616), "It feels a shame to be Alive –" (F 524), "When I was small, a Woman
　died –" (F 518), "My Portion is Defeat – today –" (F 704), "He fought like those
　Who've nought to lose –" (F 480), フェイス・バレットとクリスタン・ミラー編

纂 *"Words for the Hour": A New Anthology of American Civil War Poetry*（2005 年）
では 19 篇収録 "To fight aloud, is very brave –" (F 138), "Unto like Story –
Trouble has enticed me –" (F 300), "I like a look of Agony," (F 339), "After great
pain, a formal feeling comes –" (F 372), "The name – of it – is 'Autumn' –" (F 465),
"He fought like those Who've nought to lose –" (F 480), "When I was small, a
Woman died –" (F 518), "It feels a shame to be Alive –" (F 524), "One Anguish –
in a Crowd –" (F 527), "They dropped like Flakes –" (F 545), "If any sink, assure
that this, now standing –" (F 616), "The Battle fought between the Soul" (F 629),
"No Rack can torture me –" (F 649), "My Portion is Defeat – today –" (F 704),
"My Life had stood – a Loaded Gun –" (F 764), "Color – Caste – Denomination –"
(F 836), "Dying! To be afraid of thee" (F 946), "My Triumph lasted till the
Drums" (F 1212), "I never hear that one is dead" (F 1325), ロリー・ゴールデン
ショーン (Lorrie Goldensohn) 編集 *American War Poetry* (2006) には 1 篇収録
"It feels a shame to be Alive –" (F 524)。先の 2 つのアンソロジーは南北戦争に
関わる詩のみ、ゴールデンショーンのアンソロジーでは "The Colonial War" か
ら "El Salvador, Bosnia, Kosovo, Afghanistan, and the Persian Gulf" までアメリ
カが関わった戦争を題材にした詩が収録されている。

(2) 2015 年 8 月 7 日から 9 日にかけてマサチューセッツ州アマストのアマスト大
学で開催された Emily Dickinson International Society Annual Meeting にて、
"Words for the Hour": A New Anthology of American Civil War Poetry を編纂した
クリスタン・ミラーとフェイス・バレットの両氏に戦前の詩を収録した理由
を質問した。編集主責任者バレット氏によると、戦前とはいえ戦争の気配が
漂う時代に作られたために選んだとのことだった。

(3) 生前、ディキンスンの意図とは異なった操作がなされた典型的な出版例として、
"A narrow Fellow in the Grass" (F 1096) の詩がある。スーザンからボウルズに
渡され、*Springfield Daily Republican* および *Springfield Weekly Republican* に掲
載された。ヒギンスンへの手紙でディキンスンは次のように書いている――
「あなたが私の蛇に出会って騙しているとお思いにならなるといけないので。
それは私から盗まれたのです。3 行目に句点を打たれたうえに挫かれました。
3 行目と 4 行目はひとつながりです」[L 316]。詳しい背景として Thomas H.
Johnson, *Poems* pp.713–714 を参照。

(4) ワッツのディキンスンへの影響研究について、シーラ・ウォルスキーが "Rhetoric
or Not: Hymnal Tropes in Emily Dickinson and Isaac Watts" (1988) にまとめてい
る。ウォルスキーの情報も踏まえてまとめると以下のようになる。ジョンソン
版出版前の研究としてジェイムズ・デーヴィッドソン (James Davidson) "Emily
Dickinson and Isaac Watts" (1954) があり、「正統的な」ワッツの言葉をいかにデ
ィキンスンが捩じって使用しているかを論じている。トマス・H・ジョンソン

は評伝 *Emily Dickinson* (1955) においてディキンスンの韻律がワッツの讃美歌に基づくとの基本的見解を確立。オースティン・ウォレン (Austin Warren) の *Emily Dickinson* (1957) はジョンソン版詩集出版を受け、ワッツについて簡単に触れている (570)。マーサ・ウィンバーン・イングランド (Martha Winburn England) の "Emily Dickinson and Isaac Watts" (1966) では讃美歌についての確かな知識を裏付けとしながら両者の詩を徹底的に照合。ただし、ディキンスンと戦争との関係をある程度認識した現在の読者には残念ながら受け入れ難い解釈も目立つ。ブリタ・リンドバーグ＝セイエスティッド (Brita Lindberg-Seyersted) の *The Voice of Poet* (1968) では押韻や文法の観点から議論を展開。ウェンディ・マーティンの *An American Triptych* (1984) ではディキンスンがワッツの "pious certainties" を嘲笑していると解釈する。メアリ・ドゥ・ジョング (Mary De Jong) "Watts, Issac" (1988) はディキンスンがワッツの讃美歌を引用、言い換え、パロディ化することでワッツから離れた独自の方法を展開していると論じる。ベンジャミン・リースは *Emily Dickinson's Reading of Men and Books* (1990) においてダッシュの多用をワッツの影響とみなし、彼女自身が目指す創造を実現させる踏み台としてワッツを用いているとする。そのうえで具体的な讃美歌とディキンスンの詩を照合させている。一方、ジュディ・ジョー・スモール (Judy Jo Small) は *Positive as Sound* (1990) においてワッツの影響を認めつつも、ワッツとディキンスンふたりの詩型を緊密に結びつけることに疑問を呈している。

(5) ディキンスンが生きたニュー・イングランドの宗教的な風土・文化については、ジェイン・ドナヒュー・エバウェイン (Jane Donahue Eberwein) を参照。ワッツなどの讃美歌、教会の教義、祈り、聖書、信仰復興運動など、その影響は暮しの全般に渡る ("Is Immortality True?")。

(6) ディキンスンとジャクソンそれぞれの出版市場に対する考えの相違についてはベッツィ・アーキラ (Betsy Erkkila) 著 *The Wicked Sisters: Women Poets, Literary History & Discord* を参照。また、ジャクソンが市場をいかに意識して執筆したかについては Susan Coultrap-McQuin 著 *Doing Literary Business: American Women Writers in the Nineteenth Century* を参照。

(7) 黙示録 7 章 3 節から 8 節 ("[T]he name of God is written or sealed upon the foreheads of the "Promised")。

(8) 1878 年にロバート・ブラザーズ社 (Robert Brothers) から出版された匿名シリーズ *A Masque of Poets* にはジャクソンの計らいで、ディキンスンの "Success is counted sweetest" (F 112) が掲載された。ディキンスンの他にもブロンソン・オルコット、ルイザ・メイ・オルコット、ヘンリー・デーヴィッド・ソローなどの詩も全て匿名で掲載された。

(9) 言葉の戦いという主題としては "My Life had stood – a Loaded Gun – " (F 764)

の詩も挙げられるだろう。この詩を詩作のメタファーとして江田孝臣氏は解釈している。語り手は創作過程にある詩となっている。

(10) この時期 1861 年後半に "I'm Nobody! Who are you?" (F 260) も清書しており、"Somebody"(ひとかどの人)になることへの冷笑的なスタンスも表している。

(11) "The Robin's my Criterion for Tune –" (F 256) でも、詩作を鳥の歌声に喩えている。7 行目に "we're Orchrd sprung –"(「わたしたちは果樹園育ちです」)とある。

(12) ノアクロス姉妹の文学的な活動についてはマーサ・アックマンの解説 "Norcross, Louisa" を参照。

(13) エリザベス・ブラウニング、シャーロット・ブロンテ、ジョージ・エリオットなどイギリスの女性詩人・作家たちがディキンスンに与えた影響についてはパライック・フィナティの "Transatlantic Women Writers" およびベッツィ・アーキラの *The Wicked Sisters: Women Poets, Literary History & Discord* (68–79) を参照。

(14) ベッツィ・アーキラは父エドワードの政治的変遷をディキンスンの詩作と結びつけて論じている。その際、父の政治的斜陽を理解していたと考察している。"Dickinson and the Art of Politics" を参照。

第6章

声なき者たちの声
——ディキンスンと「殉教者たち」

Through the Straight Pass of Suffering
The Martyrs even trod – (F 187 C)

　ディキンスンの詩の声は時として揺らぎ、途切れ、逸れる。この顕著な声について、クリスタン・ミラーは詩人の人生観、世界観として捉え、ポール・クラムブリィは社会の規範への反抗として読む[1]。ミーガン・クレイグは戦争を背景に、エマニュエル・レヴィナスと並べて見せる。19世紀南北戦争中に「アマストの部屋の閉じた空間から」詩を次々と生み出したディキンスンと、「1940年から1945年に収容されたドイツの強制労働収容所から」思想を生み出したレヴィナス、ふたりの途切れる文体の意味を問う——「両者とも戦争を作品の明確な主題とはしていないが、にもかかわらず彼らの思考は暴力と破壊の消すことの出来ぬ痕跡を帯びる。中断は彼らの作品の重大な主題であり、両者の執筆体型の支配的な特徴である——どもり、停止する詩行や散文はディキンスンのダッシュやレヴィナスの震動する文法では本能的なものとなる」[Craig 208–209]。クレイグの考察は、ディキンスンの揺らぎの特徴を、彼女が詩作した閉じられた部屋と、戦争の時代とを結びつけるうえで示唆に富む。

　ここで、ディキンスンの詩の声の揺らぎを戦争前夜、特に1859年12月2日に遡って捉えてみたい。奴隷解放論者ジョン・ブラウンの処刑がなされたときである。当時の詩人や作家たちが「殉教者」ジョン・ブラウンの処刑に触れる際、デーヴィッド・S・レノルズの表現を借用するならば、"meteor-metaphor" を用いた。レノルズによると、「11月15日、ブラウンが刑の執行を待っていると、天空の異常な出来事が北東の空で起きた」[383] と述べ、実際の流星出現が、作家・詩人たちが用いたメタファーの

背景に位置付ける。ウォルト・ホイットマンは "Year of Meteors" で、ハーマン・メルヴィルは "The Portent" でブラウン処刑を描き、両者とも流星のイメージを戦争の予兆とする[2]。

　H・D・ソローもまたブラウン処刑後 12 月 5 日の日誌で「彼の後半の仕事は——この 6 週間のことだが——流星のようであり、我々が生きている暗闇を煌めいて通過した」[*Journal* 13:6] と記す。翌日の日誌にも再び "meteor" が現れる。

> 横たえられた遺骸はなんという移動をしたことだろう。絞首台の横木から刈り取られてそのままにだ。フィラデルフィアを通過して、土曜日の夜にはニューヨークに到着したと読んだ。流星のように遺体は南部から北上して北部を通過したのだ。
>
> [*Journal* 13:10]

レノルズに先立ち、ケント・リュンキストが、1858 年 11 月 15 日の流星とブラウン処刑を作家たちの表現に関係づけて分析している。ホイットマン、メルヴィル、ソローの 3 人が「同じ自然現象に形而上的な意味を与えて反応した」[675] とし、詩人や作家の表現を報道と綿密に関連付けている。ディキンスンの詩 "Through the Straight Pass of Suffering" (F 187) もまたブラウンの事件と共振するかのように "meteor" と "martyr" の語を含みながら、詩行が揺らぎ、途切れ、逸脱する。その後の「詩人」ディキンスンの成熟を確認するうえで、この語彙を通して、声の揺らぎと途切れを時代と結び付けていく。

ディキンスンとブラウン

　1861 年にディキンスンは "meteor" と "martyr" の語を詩で用いている。時代の周縁とも言える場で詩を書いていたディキンスンもまた、"meteor-metaphor" の語彙を通して同時代の詩人や作家たちと多少の時間差はありながらも繋がる。語彙 ("meteor", "martyrs") の選択は単なる偶然ではなく、同時代に連なったものとして見る価値があるだろう[3]。「処刑」にまつわる語 ("crucifix", "rack", " gallows", "scaffold") もまたこの時期に集中的に現

れ、特に 1861 年から 1863 年に目立つ。"Unto like Story – Trouble has enticed me –" (F 300), "This World is not conclusion." (F 373), "No Rack can torture me –" (F 649) が顕著な例になる。

　確かにディキンスンはブラウンと直接の接点はない。けれどもディキンスンを取り巻く人物達は確実にブラウンに繋がる。その意味で、全く無関係に見えるふたりを伝記的に結びつけたデーヴィッド・S・レノルズの功績は大きい[4]。ユニオニストの父エドワードが「反ブラウン集会」を支持し、その一方で娘エミリはトマス・ウェントワース・ヒギンスンに手紙を送っていたことは先に見た。彼女がヒギンスンに手紙を送った行為そのものを別の角度からみると、政治的に父とは反対の立場の人物を「師」と仰いだことになる。ヒギンスンはブラウンをサポートした「秘密の六人」の一人であり、黒人連隊を率いた「アメリカで最もラディカルな男」[450] であった。ディキンスンとヒギンスンの「ふたりは反抗的な精神を共有していた」[451] とレノルズは断ずる。そして、ディキンスン自身をもまた人知れず「最もラディカルな女性」[451] と見做し、父エドワードに対する「反抗」を家庭内の父娘関係に留めず、さらに時代の大きな見取り図に設定する。

　レノルズは、ディキンスンの「師」ヒギンスンが、トランセンデンタリストとブラウンを結ぶ存在であったことを重要視する――「彼女の師ヒギンスンが、ブラウンとトランセンデンタリストたちを結ぶ強力な接点であったことは恐らく偶然ではないだろう。エミリ・ディキンスンは、アメリカの兵士達についてトランセンデンタリスト的な見方をして、ジョン・ブラウンの意義を拡大し、南北戦争全体を考えたのだ」[*John Brown, Abolitionist* 452]。ただし、ディキンスンがトランセンデンタリストたちと同じブラウン観であったかは定かでない。ディキンスンは詩や手紙でブラウンに直接言及してはいない。

政治を語るディキンスン

　ディキンスン家が購読していた『スプリングフィールド・ディリー・リパブリカン』は、"Serious Troubles at Harper's Ferry, Va. The U.S. Arsenal

seized by the mob" の見出しで 10 月 18 日に、ブラウンの攻撃の第一報を
大きく伝える。

> 深刻な［事件］勃発がヴァージニア州ハーパーズ・フェリーで日曜日にあ
> り、夜間そして翌日も絶え間なく続いた。騒ぎの性質はまだ十分には説明
> されておらず、奴隷制反対者たちと黒人によるとの報告もあれば、軍隊の
> 不満分子によって反乱が構成され、黒人たちは関与していないという報告
> もある。反乱の人数も 250 人から 700 人と様々言及されている。
>
> [*Springfield Daily Republican* Oct. 18, 1859]

この記事が書かれた段階では事件の全容はまだ把握されていない。ブラウ
ンの名前もなく、反乱に加わった人数の情報にも混乱が見られる。
　事件直後、北部では、暴力に訴えたブラウンを「狂気の沙汰」とする批
判が一般的であった。だが、次第に同時代の文学者たちはブラウンを「殉
教者」として扱うようになっていく。その経緯についてベティ・L・ミッ
チェルは、暴力に訴えたブラウンの行動に対して、当初、北部では一般的
に批判が多勢であったが、次第に変化していく過程を詳説する。南部が有
罪評決を目論んで性急に司法手続きを進める様子や、裁判で陳述する際
の、ブラウンの沈着な態度が報道されると、北部のブラウン批判は南部に
対する怒りへと変化していく[5]。奴隷制反対の立場をとる各紙も当初はブ
ラウンを批判していたが、その呼び方も「殉教者」へと変化する。例えば
『リベレーター』も最初は「ブラウンの善意を認めながらも、『誤り導か
れ、野蛮で、明らかに正気の沙汰でない』」[Mott II: 46] と非難していたが、
やがて「殉教者」("martyr") と記すようになる。ディキンスン家で購読し
ていた『スプリングフィールド・リパブリカン』も当初は "mob" として
報告していたが死刑後は "martyr" となっている。
　ディキンスン自身は党派的な声を残していない。シーラ・ウォルスキー
の見解を引きつつクリスタン・ミラーも次のように述べる、「ウォルスキ
ーが別のコンテクストで挙げているように、ディキンスンは戦争、勝利、
敗北、戦闘についての詩では敵味方の言及をしていない。誰が誰を殺した
かはせいぜい伝記的・歴史的コンテクストからしか推測できない」

["Pondering 'Liberty'" 55]。ただし友人や親戚との文通、周囲の人々との関わりから、政治や社会問題に日々触れていたことはこれまで見てきたとおりである。

　ここでブラウン事件がどのように扱われたかを、ディキンスンの周囲で確認してみよう。ディキンスン家の人々が通っていたアマストの第一会衆派教会でも、ブラウン処刑を数日後に控えた感謝祭の日曜礼拝で、大勢の参列者を前に牧師エドワード・ストロング・ドワイトがブラウンを主題に説教を行った。説教は「アマストにおける謝恩祭」[*Hampshire and Franklin Press* Dec. 2, 1859] の見出しで報道されている──「わが町の住人たちは感謝祭の安息日に大勢出席した。どの教会でも礼拝がおこなわれた。第一会衆派教会ではドワイト氏が説教し、ジョン・ブラウンの事件を主題にした。ブラウンの意図は純粋であると信じるも、刑罰は正当であると彼は考えていた」[1]。ドワイト家とディキンスン家は家族ぐるみの付き合いがあり、ディキンスンの父も恐らく同じ意見であっただろう。ディキンスンもこの説教を聞いていたのではないか。少なくとも、ブラウンの話題は彼女の周りでやりとりされていたものと考えられる。

　ディキンスンはドワイト牧師の説教にかねてから感服しており、兄オースティン宛ての書簡（1853 年 6 月 5 日付）ではドワイトを称賛している──「ドワイト氏の説教が終ったところです。彼に留まるように頼むかは今のところまだわかりません。皆魅了されました。きっと彼は招待を受けるでしょう。彼の半分ほども気に入る説教を聞いたことがありません。スージーも彼が好きです、私たち皆がそうです。彼が説教をするときはいつでもあなたにいて欲しいものです」[L 123]。ドワイトがアマスト第一会衆派教会を 1860 年に辞した後は、それが原因のひとつかどうかは議論の余地があるにしても、ディキンスン自身、教会から遠ざかっている (Rowena Revis Jones, *Encyclopedia* 90–91)。

　ブラウンの件に限らず、政治の話題が飛び交う環境にディキンスンがいた様子は、若い頃の書簡からも伝わる。後に兄の妻となる親友スーザン宛ての手紙（1852 年 6 月 11 日）もその一例である。

　　　どうしてわたしはホイッグ党大会への代表になれないのかしら。わたしが
　　　ダニエル・ウェブスターや関税のことや法律を知らないとでも？　そうす
　　　れば、スージー、あなたに会うことができる、会期の中休みにね　この国
　　　が本当に嫌い。　　　　　　　　　　　　　　　　　　　　　　　　[L 94]

　政治家の娘として、普段から国政の話題を家庭で共有しているディキンス
ンは、娘として、女性として政治の場から外されている不満を冗談めかし
つつも、押しの強い表現で訴える。
　ディキンスンへの政治的な影響を考えるうえで、弁護士・政治家であっ
た父エドワード、『スプリングフィールド・リパブリカン』編集長サミュ
エル・ボウルズ、そして文芸批評家であり戦争中に黒人連隊を率いたトマ
ス・ウェントワース・ヒギンスンの3人の存在は大きい。3人ともそれぞ
れタイプは異なるものの、動乱の時代に自身の信念に従って行動した点で
共通する。
　とりわけ父エドワードの影響は重要だろう。奴隷制を巡って南北の確執
がまさに生じていた時期、下院議員として国政に関わっていた。エドワー
ドの政治的な立場およびディキンスンとの関わりについてはコールマン・
ハッチンソンとベッツィ・アーキラが詳細に論じている[6]。ハッチンソン
は父エドワードの政治家としての存在が娘エミリの「政治的・詩的姿勢と
立場」[3] に大いに影響したとして、両者に共通する「亡命のナラティヴ」
[5] に注目する。ハッチンソンに依拠したアーキラの説明によれば、「ニ
ュー・イングランドの旧きエリートの秩序」であったホイッグ党にエドワ
ードは忠誠心を捧げるも、政治の勢力図の変遷期に、その政治力を失って
いく。ディキンスンの詩や手紙において父エドワードへの共感を分析して
みせる。両者ともディキンスンの隠遁を「親類縁者、地位、愛情の旧き牧
歌的な秩序へ隠遁することへの望み」["Art of Politics" 142] と解釈する。
アーキラが引用する書簡と、ディキンスンの「隠遁」の時期はかなりずれ
ているため、検証に用いるには問題があるものの、政治的な背景からディ
キンスンを理解しようとする両者の試みは示唆に富む。
　ふたりの分析から浮かび上がる父エドワードは、南北戦争へ向かう時期

にあって、「公的権能が失われたフェデラリストおよび保守的なホイッグ党員のエリート階級」[Erkkila, "Art of Politics" 135] の政治家として、国政の舞台では斜陽の境遇にあった。南北の軋轢が深まっていく時代に、奴隷制の案件で 1854 年のカンザス・ネブラスカ法案に反対するも、法案は成立。また「逃亡奴隷法」廃案の請願書をとりまとめて提出するが、こちらも結局は実を結ばずに棚上げとなり、失敗に終わる。奴隷制自体には反対であっても、急激な変化に懐疑的であり、政治的にラディカルなトランセンデンタリストたちとは異なり、ブラウンを批判している (Bingham, *Emily Dickinson's Home* 244–245)。先述したように、ブラウン処刑後、12 月 6 日にボストンのファニエル会館で開催された "Union meeting"（反ブラウン集会）を支持する手紙をエドワードは送っている (Leyda I: 375)。また、1860 年 9 月にベル・エヴェレット党のマサチューセッツ州大会でエドワードが副知事候補にノミネートされながらも辞退した際、皮肉交じりの見解が新聞掲載されている。『スプリングフィールド・デイリー・リパブリカン』1860 年 9 月 21 日には "Warrington's" なる人物がボストンからの通信文にこう書いている――「ディキンスン氏が副知事候補のノミネートを辞退するのを知り喜んでいる。おそらくジョン・ブラウン主義に突き進まなくてはならぬにしても、彼は巻き込まれるのを最低限にしたいのだろうし、彼の魂には反乱の罪を抱えたり、ドイルズ家やハーパーズ・フェリーの犠牲者の血で必要以上に自分の手を汚したくないと考えたのだろう。」エドワードの辞退を責任逃れとして捉えている [Leyda II: 17]。

　1860 年 9 月中頃、父エドワードが副知事候補にノミネートされ、政治的決断を迫られていたまさにその時期、娘のディキンスンは、ボストンでエドワードと共にいたノアクロス姉妹に手紙を書いている。父を取り巻く政治の話題を、彼女自身を中心に摩り替える。

　　ファニーは私の代わりに「ベルとエヴェレットの党」によろしく伝えて下さらない？　学校に行く途中でその団体の前を通るなら。聞いた話だと、あの人たちはわたしを副知事の娘にしたいのですって。あの人たちが猫だったら尻尾を引っ張りたいところだけれど、ただの愛国主義者たちだから、そのお楽しみは控えておきます。　　　　　　　　　　　　　　　[L 225]

ここに当事者エドワードの名はない。エドワードが出張先から家に送る手紙では、政治の話題は常に息子オースティン宛てであり、娘エミリに送る手紙は、家事や教会、天気など身の回りの話題だった。息子オースティンと娘エミリでは話題が異なる点をミリセント・トッド・ビンガムが指摘する（*Dickinson's Home* 386）。父からの書簡とは対照的に、ディキンスン自身は女友達、従姉妹など、身近な女性たちへの手紙で、政治の話題に自身の姿を置き、自分の声を響かせる。

　また、1860 年 10 月中旬頃とされる兄宛てのメモ書きに「オースティン、あなたがフランク・コンキーにこづかれたとお父様が言っていましたよ」[Leyda II: 18] とある[7]。ジョンソンの註に拠ると、「フランク・コンキー」とは父の政敵イサマー・フランシス・コンキーであり、その政敵に兄がこづかれたものとディキンスンは茶化す。父は兄への政治的な影響も心配しており、父や兄をめぐる政治的な人間関係をよく把握している[8]。

　1858 年から家族ぐるみの付き合いがあったサミュエル・ボウルズもまた政治的な影響をディキンスンに与えたに違いない。『スプリングフィールド・リパブリカン』の編集長にして、奴隷制反対者、女性の権利主張の擁護者であり、自身の党派的な意見を新聞に反映させ、ブラウンについても多くの記事を載せている。ボウルズとの文通は主に文学や個人的な悩みの相談として論じられてきた。だが、1860 年 8 月初め頃の手紙においては、政治的な影響もまた窺い知ることができそうだ。ディキンスンが人種問題に触れた珍しい例である。具体的な背景は不明だが、人種問題に関して軽率な態度をとり、ボウルズにその謝罪をしているものと推測できる。

　　本当に情けない思いです。今晩わたくしは不躾な振る舞いをしました。消えて無くなりたいくらいです。あなたの小さな友人ではなくなって、ジム・クロウ夫人になるのでしょうか。女性達に微笑んだりしなければ良かった。本当のところ、神聖な女性たちを尊敬しています、フライ夫人やナイチンゲール嬢のような方々を。もう二度と浮ついたりしません。どうぞこの場で許してください。小さなムクドリモドキをもう一度振り返ってください。
　　　　　　　　　　　　　　　　　　　　　　　　　　　　　　　　　[L 223]

この頃アマスト大学卒業式関係のパーティがあり、ボウルズは取材のために滞在していた (Leyda II: 13)。手紙の文面からディキンスン自身の政治的信条を判断することはできない。それでもボウルズから、同時代の社会が抱える諸問題や、それに対する配慮の仕方を学んでいたのだろう。ボウルズの妻メアリからは奴隷制反対主義者セオドア・パーカーの本 *The Two Christmas Celebrations* を 1859 年のクリスマスに贈られている (Leyda I: 376)。隣家の兄の許に奴隷制反対論者ウェンデル・フィリップスが滞在したのも恐らくボウルズとのつながりだろう。奴隷制批判の話題をディキンスンが共有していたことは十分推測できる。

　ブラウンを批判したエドワードやボウルズとは異なり、トマス・ウェントワース・ヒギンスンは「秘密の六人」としてブラウンを支援したことは先にも述べた。ブラウン逮捕後もヒギンスンは逃亡せずに堂々とブラウン擁護を続け、その毅然とした態度は際立つ。父エドワード、ボウルズ、ヒギンスンの 3 人に共通するのは、それぞれの活動領域でアクティヴィストであったことだ。ディキンスンの父エドワードの活躍ぶりは、アマストの内外を問わず幅広い。アマスト大学の財務を 38 年間担当、州議会の代表、1842 年と 1843 年に州議会の上院議員、また 1854 年と 55 年には連邦下院議員に選出されている。地元においても禁酒協会、農業協会の熱心な会員、アマスト・アカデミーの評議員、畜牛品評会や町民会の議長などを歴任。第一教会教区の委員会および精神病院委員会において活躍。1853 年にはアマスト・ベルチャータウン鉄道の誘致、戦争中は軍隊の編制にも尽力している。

　ボウルズもまた『スプリングフィールド・リパブリカン』を通じて政治的な見解を次々と発表した行動の人であった[9]。早々にブラウン支持を表明した H・D・ソローに対して、『ニューヨーク・トリビューン』や『リベレーター』などと同様『スプリングフィールド・リパブリカン』もまたソローを "fanatic" と揶揄しており、ボウルズの見解を反映していると思われる (Meyer "Thoreau's Rescue" 309)。ヒギンスンは逃亡奴隷アンソニー・バーンズ救出のために実力行使に参加し、戦争中は黒人連隊を率いたことはすでに見てきたとおりである。

　このような人物たちとの繋がりから、ディキンスンは、兄が父から受ける期待や信頼からは、娘であるがゆえに自分は無縁であることを強く自覚していたのではないか。いかに自分が "Nobody" であるかをこの時代により一層、痛感したに違いない。"How dreary – to be – Somebody!"（「なんて退屈なんでしょう！　偉い人でいるのは」[F 260]）と揶揄しながらも、自身の存在の手応えをなんとかして掴みたい、そんな魂の叫びを手紙に、詩に潜り込ませていく。戦争の時代、出征していく同世代の知人や友人たちを見送り、友人の訃報を受け取る。隣家のスーザンや妹ラヴィニアが奉仕活動に出掛ける。その一方で家に残り、自分自身の「仕事」について思案する姿があったのではないか。

「殉教者」の歩み

　"Through the Straight Pass of Suffering" (F 187) は戦争中、ディキンスンが何度も立ち戻った詩だ。1861 年にスーザンに、次いで 1862 年にボウルズに送り、その後 1863 年に草稿集に清書している。クリスタン・ミラーは、「おそらくこの詩が最初に書かれたのは、殉教一般あるいは初期の戦死を考えてのことだろう。戦死者が増加し、戦争が続行するにつれて、彼女にはさらに重要な詩になったのだろう」と述べている[10]。

　一見、この詩は天国を一心に目指す「殉教者たち」を歌っているかに読める。だが、殉教者たちの歩みを辿っていくうちに、場面が何度も変化しては途切れ、韻律も翻り、殉教者たちの信仰の堅固さとは矛盾する。

　ここで使われている "martyrs" の概念を確認しておくと、バートン・リーヴァイ・セント＝アーマンドは、ディキンスンの詩の軍事用語をピューリタニズムの伝統を背景に、「キリスト教信仰を殉教と軍国主義に結びつける長い伝統」[100] として解釈する。セント＝アーマンドの説明はディキンスンの初期の詩についてであるが、"Through the Straight Pass of Suffering" (F 187) の「殉教」の主題を考えるうえでも有効だろう。

　エードリアン・チャスタイン・ウェイマーはアメリカの歴史における、初期ピューリタンの殉教に基づいて "martyr" を論考している。古くは信

仰故に命を落とす人物の意味が、時代とともに変遷し、信仰の理由で人を
殺す兵士も "martyr" の範疇に入っていたと指摘する (5)。この広義の意味
で "martyr" を捉えるならば、戦争の時代には、数多くの人々が「殉教者」
に仕立て上げられていく。殺し、殺される双方が「殉教者」となるのだか
ら。ポリー・ロングスワースによると、当時人口三千人のアマストにおい
て、「384 人のアマスト大学の学生たちが南北戦争に出征した。そのうち
38 人が従軍牧師として、47 人が軍医もしくは軍医の助手としてであった。
31 人の命が奪われた」["Brave among the Bravest" 31]。そのひとりが、本
書で何度も取り上げたフレイザー・スターンズであり、戦前の「殉教者」
としてはジョン・ブラウンもそのなかに入るだろう。

　"Through the Straight Pass of Suffering" (F 187) の詩は、殉教者たちの姿
で始まる。彼等は最終目的地の神から視線を逸らすことなく歩み続ける[11]。

> Through the Straight Pass of Suffering
> The Martyrs even trod –
> Their feet opon Temptation –
> Their foreheads – opon God –　　　　　　　　　[F 187 C]

> 苦しみの狭き道を通り
> 殉教者たちはなおも歩む
> その足は誘惑の上を
> その額は　神に向く

殉教者たちの歩みがいかに堅固な信仰に支えられているか、それを示すよ
うに、"Straight Pass" はマタイ伝 (7 章 13 節) の「狭き門」を暗示する。第
1 連では弱強格の韻律が比較的規則正しく続き、その確かさを "trod" (2
行目) と "God" (4 行目) の押韻で強調する。この韻律はそのまま第 2 連
1 行目 "A Stately – Shriven Company –" (「罪が償われた威厳ある一団」) ま
で句またがりで続く。けれども突然、第 2 連 2 行目で確かな足取りは途絶
え、場面は殉教者たちから一気に宇宙へ、北極の空間へと広がる。

> Convulsion playing round –
> Harmless as Streaks of Meteor –
> Opon a Planet's Bond –
>
> 変動がまわりで起ころうと
> 流星の光線が惑星の軌道に
> かかろうと害はない

この第2連2行目で弱強格は強弱格に入れ替わる。が、再び第3連3行目で弱強格に戻り、場面は殉教者に立ち返る——"Their faith the Everlasting Troth – /Their Expectation – sure –"(「彼らの信仰は永遠の誓約/彼等の希望は確かなもの」)。しかし、結びの2行で読者はまたも「北極の空」("Polar Air")へと導かれ、最終行で韻律も強弱格に反転する。

> The Needle to the North Degree
> Wades so – through Polar Air –
>
> 北の角度を指す針が
> 北極の空をそのように渉る

場面が何度も途切れ、韻律も所々で反転する。この度重なる変化と殉教者たちの信仰の堅固さは釣り合わない。この揺れは何だろうか。ディキンスンはこの時期に限定的に "martyrs" "meteor" の語を使っている。1859年のジョン・ブラウンの処刑後、ブラウンをキリスト磔刑に準えて、"martyr" とする表現が報道で広がっていたことは先に見た (Reynolds, *John Brown, Abolitionist* 406)。ディキンスン家が購読していた新聞『ハンプシャー・アンド・フランクリン・エクスプレス』にもブラウン処刑当日12月2日に同様の表現が見られる。
　また戦死した兵士についても "martyr" の表現が使われている。O・B・フロシンガムという牧師による追悼文もその一例であり、「我等の殉教者とその復活」のタイトルで寄稿したものが、1862年3月29日の『スプリングフィールド・デイリー・リパブリカン』に掲載されている。最初の地

上戦ビッグ・ベセルの戦い（1861 年 6 月 10 日）で戦死したセオドア・ウィンスロップを悼んだものだ[12]。行動的であることが理想とされた時代、無名の若者が、「大義」のために武器を手に戦ったことをフロシンガムは称賛する。

> 自由の精神が力と真実を増大し、その量と純度は、若い殉教者たちの魂によってさらに増大している。彼らはその屍を、彼らを生み出した土壌に与えて、命を国に捧げる。彼らの思いはその滋養となり霊感となる。
>
> [*Springfield Daily Republican* 29 March 1862: 2]

フロシンガムは国家のための自己犠牲を賛美する。戦死した若者たちを殉教者たちとして記し、「種」に喩えている。

> 気高い若者たちが戦闘で死に、最初の訃報に接して身震いした、なぜこのように生命を痛ましくも無駄にしなくてはならないのか疑問に思う。そんなにも多くの勇敢な棺が音をたてて開き、実り豊かな人類の土壌へと新たな国家と生命を宿す種を落とすのだ。
>
> [*Springfield Daily Republican* 29 March 1862: 2)]

フロシンガムによる追悼文のタイトル「復活」とは、来世で永遠の生を得る「復活」ではなく、この世で、新たな「殉教者」を促すための「復活」なのである。兵士と種子のメタファーは、フレイザー・スターンズにも用いられている。父ウィリアム・オーガスタス・スターンズが息子の追想録 *Adjutant Steans* の表紙に掲げたエピグラフはヨハネ伝 12 章 24 節からの引用であった──「一粒の麦、地に落ちて死なずば、唯一つにて在らん、もし死なば、多くの果を結ぶべし」[13]。息子の戦死に神意を結びつけることで、その死を無駄にしたくない親心が感じられる。フロシンガムにしてもスターンズの父も同様に、ブラウンや倒れた兵士たちを表す「殉教者」たちを、さらなる「殉教者」を導く「種」として描く。

　戦争中の詩人たちの詩には戦死を秋の収穫に重ねたり、死者が「種」として土壌に蒔かれ、再生を待つ詩が多く見られる。ジョン・グリーンリーフ・ホイッティアーの詩 "The Battle Autumn 1862" (*Atlantic Monthly*,

October 1862) もそのひとつである。

> She knows the seed lies safe below
> The fires that blast and burn;
> For all the tears of blood we sow
> She waits the rich return.

> 自然はその種が無事にあるのを知っている
> それを爆破し燃やした火の下に。
> 私たちが蒔いた血の涙全ての代償に
> 自然は豊かな報酬を待つ

　“martyr” に続いて、“meteor” の語を見ると、先述したように、ホイットマンやメルヴィルなど同時代の詩人たちは、ブラウンの襲撃・処刑前後の巨大流星を戦争の予兆として用いている[14]。ブラウン関連の報道と流星の騒ぎとがこの頃の紙面を賑わせ、ディキンスン家が購読していた『スプリングフィールド・リパブリカン』も流星出現の翌日に “Items by Telegraphs” で報告している。

> 大きく明るい流星がニューヨーク市街の上空を、火曜日の午前、北から南へと通り過ぎ、太陽が明るく輝いていたにもかかわらず、公衆の注目を引いた。　　　　　　　　　[*Springfield Daily Republican*, November 16, 1859]

ディキンスンが “martyr” と “meteor” を用いたのは単に頭韻の効果のみならず、他の詩人たちと同様、時代の言葉に敏感に反応したためでもあろう。彼女の周囲でブラウンが話題になった可能性は先にも見てきたとおりである。

　“Through the Straignt Pass of Suffering” (F 187) の詩では、宇宙の突発的な出来事に脇目も振らず、殉教者たちは黙々と歩み続ける。流星の出現にも揺るがぬその一途さに、詩の声は皮肉な気味さえ帯びる。ヘレン・ヴェンドラーはこの詩が過去形で始まり、最終的に現在形 “wades” で終わることに注目する。過去の殉教者の歩みは現在に連なる。ヴェンドラーは

"needle" が殉教者たちの「内なる羅針盤・方位磁石」であり、北極圏探検を意識して、水夫の羅針盤さながらに海を進むものと解釈する (57–59)。

　それにしても "Through the Straignt Pass of Suffering" (F 187) の語り手は一体どこにいるのだろうか。その声は、はるか遠くから響く。私たち読者は詩の表層にその存在を見つけることはできない。語り手を探すうえで、最終連の "needle" とそれを受ける現在形の動詞 "wades" に手がかりを求めると、ひたすら神の許を目指す殉教者たちの歩みが、常に北を指す磁石の針 "needle" で表されている。だが、それを受ける動詞は何故 "wade" ではなく、"wades" なのか。一糸乱れぬ "martyrs" の動きを単数形 "needle" としているためか。ここでヴェンドラーの解釈に導かれて、3 人称単数の現在形の動詞 "wades" に語り手自身の歩みを探してみる。つまりは、この現在形の動詞 "wades" に至っては、主語は、いつのまにか "martys" から、語り手に入れ替わっているのではないか。これまでその姿すら見せずにいた語り手は、「現在」を生きる。仮に "needle" の意味として、羅針盤の針と重ねて、女性が縫物に用いる縫い針を、さらには、姿を見せない詩人の存在を見出してみてはどうか。ディキンスンは縫物の作業を、詩人の仕事に準えた詩をいくつも書いている。"A Spider sewed at Night" (F 1163) もそのひとつである。

　　A Spider sewed at Night
　　Without a Light
　　Opon an Ark of White –　　　　　　　　　　[F 1163]

　　蜘蛛が夜縫物をした
　　光もなく
　　白の弧のうえで

詩を書く営みを、蜘蛛が糸を紡ぐ作業で示す。"Through the Straight Pass of Suffering" (F 187) の詩とは異なり、この詩の韻律は揺れもなく、蜘蛛は一心に糸を紡ぎ、戸惑いとも無縁だ。ヴェンドラーは、「蜘蛛の完璧な自立をディキンスンが羨ましがっている——彼女は（少なくとも初期は）

義姉スーザンや友人のトマス・ウェントワース・ヒギンスン、或いは他の
人々が自分の作品をどう思うかを気に掛けていた」[419] と付言する。こ
の蜘蛛の詩が 1869 年に清書される頃には、ディキンスンの詩作の姿勢も
定まっていたに違いない。

　さらに 1863 年に清書された "Don't put up my Thread & Needle" (F 681)
の詩では、針仕事と庭仕事と詩作が同列に並ぶ。ここで "stitch"（縫い目）
の語は音声および視覚的に "stich"（詩行）を、そして "sow"（種を蒔く）は
"sew"（縫う）の語義も訴え掛けてくる。

> Dont put up my Thread & Needle –
> I'll begin to Sow
> When the Birds begin to whistle –
> Better stiches – so –　　　　　　　　　　　　　　[F 681]

> わたしの針と糸を片づけないで
> 種蒔きを始めるのだから
> 鳥たちが囀り始めるときに
> もっと上手なかがり縫いで　そうします

"needle" の背景には詩人がいる。"Through the Straight Pass of Suffering"
(F 187) の詩における "needle" を、針を持つ人、さらにペンを持つ詩人の
換喩として捉えると、それを受ける動詞 "wades" は縫い針が布地を縫い進
み、ペンが紙を進む動きにもなる。

　詩作の営みは容易ではなく、決して真っ直ぐ ("straight") には進まない。
ディキンスンのウェブスターの辞書で "straight" を確認すると、第 1 義と
して、数学的な意味で "direct passing from one point to another by the
rearest course" とある。しかも "not deviating or crooked" とある。狭き道、
しかもまっすぐな道を揺るぎなき信仰で歩む殉教者たちが過去形で表わさ
れ、連を経るにつれて、いつのまにか語り手のうねりながら進む現在形
の、まさしく蛇行する「斜めの」("oblique") 歩みにすり替っている。

　ディキンスンは、家の中での詩作を、人の姿も稀な荒涼とした空間へと

押し広げて、果てしない広漠とした空間での、極めて孤独な作業に喩える。"I stepped from Plank to Plank" (F 926) では、語り手は未知の世界を進むぞくぞくした感覚「経験」について語る。詩作とは、宇宙空間が頭上に広がる中、一歩ずつ進む作業になる。また "I tried to think a lonelier Thing" (F 570) でも、詩人は話し掛ける人すらいない北極で、孤独に詩作に向かう。閉じられた部屋のなかから広大な空間へと言葉を放つ。

　ディキンスンの詩の政治性を論じたポール・クラムブリィは、家庭の領域でいかに政治的な意味を持つ行為ができるか、その可能性と関連させてディキンスンの詩作を解釈する。

> 　ディキンスンの詩の構成方法が示唆するのは、彼女の目的が、詩や語り手が解決すべき苦境を提示するだけでなく、主権と同意のドラマを設定することなのである。それによって、家庭領域でなされる選択という政治的意義について読者に自律的に考えるように促す。　　　　[*Winds of Will* 34]

クラムブリィは「政治的意義」について具体的に説明してはいない。だが、クラムブリィの指摘は、ディキンスンの詩の持つ社会性の一面を突いている。物理的に閉じられた家で創作することが、社会と結びつき、ときには、その社会すらも飛び越えて、さらに広大な空間へとつながっていく。"Through the Straight Pass of Suffering" (F 187) の詩もまたそうした魅力へと読者を誘う。ディキンスンが詩作・思索する場である家は、社会から閉ざされた空間では決してない。

　ディキンスンは 1862 年初期にこの詩をボウルズ宛ての手紙に付して送っている (L 251)。手紙の文はやがて詩へと移り変わり、彼女自身の歩みを示すものとして伝える[15]。したがって手紙では、三人称単数形の動詞 "wades" の主体はディキンスン自身となる。

　　　Dear friend
　　　　　If you
　　　Doubted my Snow –
　　　for a moment – you

never will – again –
I know –
Because I could not
say it – I fixed it
in the Verse – for
you to read – when
your thought wavers,
for such a foot as
mine –
Through the strait pass
of suffering – [page break]
[blank space]
The Martyrs – even – trod.
Their feet – opon Temptation –
Their faces – opon God –
　　　　A stately – shriven –
Company –
Convulsion – playing round –
Harmless – as streaks
of meteor –
Opon a Planet's Bond –
　　　　Their faith –
the everlasting troth –
Their expectation – fair –
The Needle – to the North
Degree –
Wades – so – thro' Polar Air!　　　[Mitchell, *Measures of Possibility* 129–130]

親愛なる友へ
　　　　もしあなたが
わたしの雪を疑ったとしても
ほんの一瞬でも
二度と　そうすることはないでしょう
私にはわかります
うまく言うことが
できないので　それを

詩の形に整えました　あなたが
読むように
あなたの気持ちが揺らぐときに備えて
私の足のように
揺らぐ足のために
苦しみの
狭き道を通り
殉教者たちはなおも歩む
その足は誘惑の上を
その額は　神に向く
　　　　罪が償われた威厳ある
一団
変動が まわりで起ころうと
流星の
光線が惑星の軌道に
かかろうと害はない
　　　　彼らの信仰は
永遠の誓約
彼等の希望は 確かなもの
北の角度を
指す針が
北極の空を　そのように　渉る

　この手紙で目を引くのは、散文ではうまく思いを伝えられず、詩の形に切
り替えていることだ。1862 年 6 月 7 日にヒギンスンに宛てた手紙でも、
「私にはサクソン語が思いつきません」[L 254] と書き、その直後に詩を続
けている。散文では伝えられない思いを、詩の形に託し、場に応じて表現
方法を使い分ける。ディキンスンにおける詩の役割を考えるうえでも、先
の 4 章で見てきた、送られた手紙と送られなかった詩にも通底するだろ
う。送るか送らないか、の選択以前に、思いを表現できる型であるかどう
か、ということからも詩は不可欠なものとなっていたことが、このボウル
ズ宛の手紙からもわかる。
　ボウルズ宛ての手紙のメッセージは中断せずにそのまま詩行へと移り変

わっていく。メッセージは語り手（ディキンスン）自身の歩みとなり、詩行が揺れるように歩みも揺れる（"waver"）。手紙の言葉自体も、細長く縦に伸び拡がりながら、揺れる思考、躊躇いから生じる余白をダッシュで確保する。ピリオドで立ち止まることなく、句またがりでうねるように、まるで運針のように進む。

　ボウルズ宛ての手紙に付されたこの詩について、ドーナル・ミッチェルはインデントの幅を定規で測り、手紙と詩が意識的に区別されているとする。つまりは、散文の形で述べることと詩の形で表現することをディキンスンが区別していると解釈する (*Measures of Possibility* 129)。アレクサンドラ・ソカリデス も同様に、ディキンスンがインデントによって、手紙と詩の区別を明確にしていると解釈する。ソカリデスは、ディキンスンが書簡に詩を引用するときの、インデントの取り方に注目する――「ディキンスンは注意深く詩として記す。例えば 1862 年初期の手紙 (L 251) の原稿が示すように、スタンザごとに出だしをインデントし、"Through the strait pass of suffering" の各詩行を損なわずに保持する。行を折り返さなくてはならない場合も、残りの行をブランクのまま残している」[56]。確かにスペースがあるために、詩行が散文に埋没することはない。

　それでは手紙と詩が一体化した形では、詩の解釈はどう変化するだろうか。ボウルズに送られた形では、子音の響きが視覚的に強く伝わる。詩行の折り返し部分で "Convulsion", "Company" の "K" の頭韻、そして最後の "faith", "troth", "North" の "th" の音が繰り返され、「信仰」と「歩み」と、目指すべき方角「北」が音で連なる。音の効果もさることながら「揺れ」が際立つ。そもそもここで言葉は書き手（ディキンスン）の歩みとなって揺れる。殉教者の過去の歩みはやがて、現在を生きる語り手へとすり替わり、語り手の歩みは天体へと向かう[16]。本来なら、殉教者たちが向かうのは天国の神の許のはずである。だが、最終的に表れるのは磁石の針 "the needle" であり、それを、19 世紀を生きる語り手自身が手に持つ。ボウルズ宛ての手紙では、過去形の「殉教者たち」に続いて、詩人ディキンスン自身が「殉教者」となり、その歩みが詩行の揺れとなる[17]。詩人はまさに詩作という「殉教」に携わるのである。

「殉教詩人」の仕事

　「殉教」としての詩人の歩みは、戦前の詩 “Success is counted sweetest” (F 112) および “To fight aloud, is very brave –” (F 138) にも遡ることができる。他人に知られることのない内なる戦いをディキンスンが戦争前に書いていたことは先に見てきた。そもそも “martyrs” の語源は “witness” であり、ウェブスターの辞書では、「死を以て福音の真実の証人となるひと、その行為または態度は人々の注視を意図してなされる」とある。衆目の場の行動があってこそ殉教となる。戦前に書かれたこれらの詩では心の内面で人知れず戦う。内なる「戦い」は戦場での戦いと対比して描かれてきた。けれども、戦争中に書かれた “The Battle fought between the Soul” (F 629) では、今まさに、起きている戦闘のひとつとして内面の戦いそのものが中心に記される。

> The Battle fought between the Soul
> And No Man – is the One
> Of all the Battles prevalent –
> By far the Greater One –
>
> No News of it is had abroad –
> It's Bodiless Campaign
> Establishes, and terminates –
> Invisible – Unknown –
>
> Nor History – record it –
> As Legions of a Night
> The Sunrise scatters – These endure –
> Enact – and terminate –　　　　　　　　[F 629]

　　魂と、人ではない存在との間で
　　戦われる争いは
　　いまおこなわれている争いのうちのひとつで
　　はるかに大きい

その報道は外では手に入らない
無形の戦いが
生じ、終局する
目に見えず　知られることもない

歴史も　記録しない
夜の軍勢を
太陽が追い散らしても　持ちこたえ
上演して　終了する

コールマン・ハッチンソンは、斜陽の政治家父エドワードの「戦う」姿を
ここに読み込み、政治的な詩として説明する──「この詩は個人的、政治
的そしてイデオロギー的な戦いを厳粛に黙想する。これらの戦いは、アメ
リカ南北戦争という物理的な戦いをひき起こし、その戦いに付随する戦い
なのである」[20]。「戦い」の場から締め出されてきたディキンスンが敢
えて父をモデルに詩を書くだろうか。この詩に相応しいのはむしろ詩人ディ
ィキンスンの姿ではないだろうか。実際の戦闘では、兵士たちの肉体が戦
場で殺し合う。しかし、この詩は、表舞台には出ることのない ("Nor
History – record it –")、報道されることのない ("No News of it is had
abroad –")、兵士たちが体を張って戦うのとは異なり、「無形の戦い」
("Bodiless Campaign") ──詩人の記録である。夜の静寂に詩人は懸命に
格闘する。歴史の表舞台には決して浮かび上がることはない。だが、この
戦いもまた、巷の戦闘のひとつであり、しかも「はるかに大きなもの」と
なる。

　一方、表舞台で武器を手に勇敢に戦い、命を落とした「殉教者」に対し
て、罪悪感や羨望さえ抱く語り手が登場する詩もある。先にも見た "It feels
a shame to be Alive –" (F 524) もその一例である。

It feels a shame to be Alive –
When Men so brave – are dead –
One envies the Distinguished Dust –
Permitted – such a Head –　　　　　　　　　[F 524]

　　生きていることが恥ずかしく思える
　　とても勇敢な人々が　死んだときに
　　そのような墓標が許された
　　気高い亡骸を人は羨む

　フェイス・バレットはこの詩の歴史的背景として 1863 年 3 月にエイブラ
ハム・リンカンが発令した人身保護令を解釈する (“Drums off” 119)。クリ
スタン・ミラーも同様に「この詩では徴兵を避けるために支払われた「ド
ル紙幣」として生命がプラグマティズム的に測量されている」[“Pondering
‘Liberty’” 57] と述べ、徴兵を避けて人々が払った代金をも読み込む。

　歴史的背景に加えてさらに注目したいのは、命を捧げる人々に対して語
り手が抱く引け目や羨望である。一人称複数形 (“we”) は非戦闘員の女性
たちとも解釈でき、国家の危機にあっても、家で案じながら待つしかない
(“as we wait”)。戦いで命を捧げる者たちと、そうした経験をせずに生きる
者たちとの対比は、最初の連での “Alive” と “dead” の対比、そして最終連
での “live” と “die” の対比で繰り返される。

　しかし、冒頭連の “Distinguished Dust” を今一度見ると、戦場に倒れ、
「殉教者」となる空虚さもまた暗示する。大文字の 2 語は、名誉ある (“Dis-
tinguished”) 死が羨望の的となりながらも、死んでしまえば所詮 “Dust” で
しかない虚しさとして “D” の頭韻を響かせる。それまでの複数形の主語
「私たち」が最終連で単数形「私」となり、“I think” として個人の考えが
最後に残る。

　ここで最終連の “unsustained” をどう解釈すべきだろうか。この言葉の
後に “by” を補うと、その後には明らかに “God” の語が続き、神によって
守られずに戦死した人々を指すことになる。すると、戦死した人々が「神
性」を帯びるのも矛盾する。この矛盾も含めて錯綜する視点がこの詩には
共存する。つまりは、一見、冒頭連では、殉教した兵士たちを羨み、戦時
に生きていることの引け目を歌うかのようでいて、最終連では「守護され
ない」境遇、それ故に大殺戮のなかで命を失った兵士たちへの追悼の言葉
ともなる。

　戦争の時代、アクティヴィストとして行動する男性たちに囲まれたディ

キンスンが、自分自身の存在の意味を考え、詩人であることの意義を手繰り寄せて書き続けて到達したのが、"The Martyr Poets – did not tell –" (F 665) の詩になるだろう。先の "Through the Straight Pass of Suffering" (F187) の詩の延長線上にこの詩を置くとひとつのストーリーが浮かぶ。"The Martyr Poets – did not tell –" (F 665) は 1863 年に清書されたものと推定される。

> The Martyr Poets – did not tell –
> But wrought their Pang in syllable –
> That when their mortal name be numb –
> Their mortal fate – encourage Some –
> The Martyr Painters – never spoke –
> Bequeathing – rather – to their Work –
> That when their conscious fingers cease –
> Some seek in Art – the Art of Peace –　　　　　[F 665]

> 殉教詩人たちは　語らなかった
> 自分たちの苦悩を綴りで記した
> この世の名声が感覚を無くしても
> この世の彼等の運命が　誰かを励ますようにと
> 殉教画家たちは　話さなかった
> むしろ後世へと　作品に託した
> その意識の指が止まっても
> 誰かが芸術に　平和の術を求めるようにと

「殉教詩人たち」は自身の苦悩を大声で主張する代わりに、詩の言葉に託す。ここで詩人と画家は表現者としてほぼ同義で用いられている。シーラ・ウォルスキーはこの詩で目立つ対比の要素――"public/pri-vate", "selfhood/self-denial", "declare/deny", "assertion/renunciation", "utter-ance/revocation", "assertion/denial" and "claim/ disclaim" ――を挙げ、二項対立の狭間に立つ詩人を見出す ("Public and Private" 125)。なるほど "not", "but", "not", "rather" と進む詩行は肯定と否定の反復がなされ、対極のベクトルが引き立つ。

　"martyr" の語を、人々に「目撃・立ち合い」をさせるという原義で捉えるならば、人々の前で戦う姿を見せてこそ "martyr" となる。では公に語らずして、殉教者でいることは可能だろうか。この問いを考えるうえで時間軸をこの詩に意識してみたい。"The Martyr Poets – did not tell –" (F 665) の詩では時間に関わる単語が目立つ。そもそも語り手は過去を「現在」の視点から振り返り、詩人の過去の行いを記す。2 度出てくる "mortal" は、人として死すべき運命にあることを示す。同時代にあって、多くの「殉教者たち」が戦況や訃報に登場する。そのような人々を詩にあらわし、発表する詩人たちもいる。だが、「殉教詩人たち」は自らの戦いを未来の読者に伝えようと詩の言葉に託す。複数形の「殉教詩人たち」にはディキンスン自身も含まれるだろう。

　「殉教詩人たち」は "mortal" な身で、"immortal" なメッセージを残すことに専念する。第 1 章で引用した詩 "Essential Oils – are wrung –" (F 772) もまた詩人の "mortal" な要素と詩の "immortality" な要素を取り上げた詩人論・詩論になる。ウォルスキーはこの詩の殉教を「自己否定としての自我」["Public and Private" 125] として見据える。そのうえでディキンスンの出版拒否を次のように解釈する──「自分の詩を手紙で回覧したり、草稿集で保管したりしながらも、ディキンスンは出版を拒否して劇的に制定した。この否定には恐ろしいほどの重荷があり、詩が切に訴える聴衆を容赦なく分離する」["Public and Private" 125]。ここで、ウォルスキーは、執筆時点での同時代の出版を考慮しており、過去形から現在形（或いは未来）への時制の変化については触れていない。この詩で重要なのは、出版の拒絶のメッセージよりはむしろ、未来の読者を意識する視線であろう。

　話をこの章の冒頭に戻すならば、「殉教者」ブラウンについてソローは次のように賞賛する──「揺らぐことのない目的に関しては、自分自身よりも大きな経験と知恵の他には思いとどまるはことない。気まぐれや衝動にもなびかず、人生の目的を果たす」[*Journal* 12:420]。「行動」を重視するソローならではの言葉である[18]。ディキンスンの "The Martyr Poets – did not tell –" (F 665) の詩では、語り手は未来の読者を意識し、詩を綴る「行動」をとる。その意味で、詩人は未来の、未知の読者に対する「殉教者」

となる。そのとき、"Poets,""Pang,""Painters"と"p"の頭韻を響かせながら"Pang"が詩人や画家の手を経て最終的に"Peace"へと到達する。

　先述したように、ベッツィ・アーキラは、ディキンスンの声を特権階級の女性の声とみなし（"Art of Politics" 144）、ジェフリー・サンボーンもまたディキンスンが、社会的に下層の女性たちに無頓着であったと示唆する。アイフ・マリーは、アイルランド移民マーガレット・マハーがディキンスン家で働いた時期とディキンスンの詩作が充実した時期が合致していることに注目し、マーガレットの家事の助けが創作に大いに貢献したものと考察する。

　確かにディキンスンが詩を送ったのがボウルズ、ヒギンスン、ホランド夫妻、ヘレン・ハント・ジャクソンなどの著名人であった。だが、苦悩を扱った詩、戦争と関わりがある詩を友人や親戚に送ることをディキンスンが差し控えた事実もまたこれまで見てきたとおりである。"The Martyr Poets – did not tell –"（F 665）の詩もそのひとつであり、送られた形跡はない。歴史に記されることない「苦しみ」を、その「戦い」を、その場限りの「戦争詩」ではなく、「針／ペン」で仕立て、未来へ届けることを「殉教詩人たち」の使命とする。

　戦争の時代における、このような「殉教者」を、"I died for Beauty – but was scarce"（F 448）の詩にも見出すことが可能だろう[19]。冒頭連のみを引用する。

　　　I died for Beauty – but was scarce
　　　Adjusted in the Tomb
　　　When One who died for Truth, was lain
　　　In an adjoining Room –　　　　　　　　　　[F 448]

　　　わたしは美のために死んだ　けれども
　　　墓に納められてまもなく
　　　真理のために死んだ者が
　　　隣の部屋に横たえられた

清書されたのが 1862 年。実際に戦いに赴いた「殉教者」への意識は十分
にあるだろう。"die for" という表現には、戦争の時代に使われた常套句を
用いた感もある。ヴェンドラーは、さらに戦死との違いを指摘する——
「『私は美のために死んだ [失敗した]』という用語は、行動を表す強変化
動詞の代わりに、不行動を表す弱変化動詞を用いる。『私は美のために戦
った』や『私は美のために意見を述べた』とは異なる」[217]。ディキン
スンもまた、同時代の人々に詩を送らないという、いわば「不行動」を通
して、「殉教者」の役目を果たしたといえる。ジョン・ブラウンやフレイ
ザー・スターンズたちは、「真理」のために武器を手に戦いに出掛け、時
代の「殉教者」として歴史にその名が刻まれた。「殉教詩人」は「美」の
ために、未来へと詩を遺す。時代に埋もれ、消えていった声なき声を、詩
人は掬い上げていく。そのメッセージは、揺れ——この世を生きるうえで
誰もが経験する迷い、不安、ためらい、疑念——を経ながら綴られ、空間
と時間の枠を超えて、未来の読者の許に届けられる。

注
 (1)　クリスタン・ミラーはこの特徴は「古英語の詩の根本的な有機的な本質」で
　　　あり 17・18 世紀の "plain style" の詩に顕著なものと説明する。形式上の分断を
　　　意味上の分断と結び付けて解釈する——「特に形式上の中断が文化的に押し
　　　つけられる型とは異なる型であるとき、その中断は、世界は調和しておらず、
　　　人生は道理的でも安楽でもなく、混沌の脅迫から安全だとする自然あるいは
　　　神の計画など存在しないという信条を語る」[A Poet's Grammar 46]。ポール・
　　　クラムブリィは「反抗的な声」にダッシュを意識して捉える——「ダッシュ
　　　という手段でディキンスンが合図する声の領域を意識するならば、数多くの
　　　反抗的な声を抑えることを拒むものとしてその詩を理解できる。調和を強い
　　　る保守的な社会的圧力にも関わらず、その声は、彼女の心の中にすでに表れ
　　　ている」[Inflections 20]。ふたりの論はディキンスンの信条と表現の相互関係
　　　を導き出そうとする。本論のダッシュや揺らぎの捉え方は両者の解釈に負う
　　　ところが大きい。
 (2)　ウォルト・ホイットマンの "meteors" に関しては、11 月 15 日の流星とは別の
　　　流星を扱った可能性もある（Donald D Kummings ed. *Routledge Encyclopedia of
　　　Walt Whitman* "Years of the Meteor" を参照）。また、マイケル・ムーン (Michael

Moon) はこの詩の注で 1833 年 11 月 13 日の流星群と 1858 年 11 月 12 日から 13 日にかけての流星群との関わりにも言及している (*Leaves of Grass and Other Writing* 200)。

(3) ディキンスンが "martyr" の語を用いた詩は次の 3 篇である―― "By such and such an offering" (F 47), "Through the Straight Pass of Suffering" (F 187), "The Martyr Poets – did not tell –" (F 665)。また "meteor" の語に関しては "Through the Straight Pass of Suffering" (F 187) と "One of the ones that Midas touched" (F 1488) の 2 篇がある。*Emily Dickinson Lexicon.* [http://edl.byu.edu] および S. P. Rosenbaum の *A Concordance to the Poems of Emily Dickinson* を参照。

(4) "It feels a shame to be Alive –" (F 524) 及び "Much Madness is divinest Sense –" (F 620) がジョン・ブラウンに触発されて書かれた可能性をレノルズは示唆している (John Brown, 451–452)。

(5) Betty L. Mitchell "Massachusetts Reacts to John Brown's Raid" を参照。

(6) Coleman Hutchinson "'Eastern Exile': Dickinson, Whiggery and War" および Betsy Erkkila "Dickinson and the Art of Politics" を参照。

(7) ジョンソンはこの手紙 (L 240) を 1861 年頃のものと推定する (*Letters* II 381)。

(8) アーキラはこの逸話を "A Burdock twitched my gown" (F 289) の詩と関連付けて解釈している ("Art of Politics" 137–138)。

(9) シャノン・L・トマス (Shannon L. Thomas) "'What News must think when pondering' Emily Dickinson, the *Springfield Daily Republican*, and the Poetics of Mass Communication" を参照。

(10) ディキンスンが何度もこの詩に立ち返った事実について、クリスタン・ミラーは筆者への返信にこの見解を示してくれた [July 17, 2016]。

(11) この詩は、スーザンに送った版 (A)、ボウルズ宛ての手紙に入れた版 (B)、草稿集に清書した版 (C) の 3 種類があり、ここでは C の版を用いる。

(12) セオドア・ウィンスロップの戦死についてはランダル・フラー (Randall Fuller) が詳説している (27)。

(13) 翻訳は『舊新訳聖書』（日本聖書協会）に拠る (211)。

(14) ホイットマンの場合 "meteors" と複数形であり、別の時期の彗星も解釈の対象となり得る。注 (2) を参照。

(15) 引用はドーナル・ミッチェルがディキンスンの手紙を書き写した形に従う (*Measures of Possibility* 129–130)。1861 年にボウルズに送られた形では、詩の冒頭部分は "the strait pass" となっている。後に 1863 年後半にファシクルに清書された際に "the Straight Pass" に変えられている (Franklin, *Poems* I 221–223)。

(16) 戦争の時代には天体観測の技術も発達した。ルネ・L・バーグランドは *Maria Mitchell and the Sexing of Science* において天体観測の成果を当時の女性教育の

観点から論じた。ディキンスンとほぼ同時代を生きた女性天文学者マリア・ミッチェル (Maria Mitchell; 1818–1889) の評伝であり、当時の女性の科学教育を知るうえで大いに参考になる。

(17)　ベンジャミン・リースもこの詩をボウルズ宛ての手紙の中で解釈する。『スプリングフィールド・リパブリカン』に掲載された "Our Martyrs" (1862 年) と関連づける。そのうえでこの詩をジェイムズ・モンゴメリ (James Montgomery) の讃美歌の書き換えとみなし、後に帰国したボウルズとの面会を拒否したディキンスンが「讃美歌の書き手としての自分の仕事」(＝詩人の仕事) を見出したものと解釈する (25)。だが、この詩が書かれたのは 1861 年であるため、『スプリングフィールド・リパブリカン』との関係は時期的に矛盾する。

(18)　マイケル・ギルモア (Michael T. Gilmore) はソローが重視する "doer" と "sayer" の両面について、戦争前の時代を背景に考察している (62–63)。

(19)　この詩はジョン・キーツの "Ode on a Grecian Urn" と関連づけられることが多い。だが、クリスタン・ミラーはエリザベス・ブラウニングの詩との符合を指摘する——"These were poets true/ Who died for Beauty, as martyrs do/For truth – the ends being scarcely two." (「正しき詩人たちがいる／美のために死んだ人々であり、殉教者たちが／真のために死んだように — その目指すところはほとんど同じだ」)。ミラーはスーザン所蔵のブラウニング詩集にディキンスンによると思われる書き入れを指摘している (*Emily Dickinson's Poems* 757–758n.204)。

第 7 章

言葉の軌跡

And so around the Words I went –
Of meeting them – afraid – (F 719)

　南北戦争の時代、ディキンスンは、「私」と「公」の領域を行き来しながら詩の言葉を探っていた。家族以外のひとびととは距離を置く暮らしに向かいつつ、親戚や友人へは詩を回覧し、ときには彼らを通じて詩が新聞に掲載される。戦況を新聞で追いながらも、苦悩と戦争を主題にした詩は手許に置いておく。そうした暮らしのなか、1864 年と 1865 年に 2 回にわたり、眼科治療のためアマストを離れて、ボストンに長期滞在している。戦争末期、空間的な移動を経験して詩作したと考えられ、この時期の創作の軌跡をたどる。

「苦悩」の記録

　「恐怖を抱えていました ─ 9 月からです」[L 261] ──先に見たヒギンスン宛ての手紙では、1861 年秋頃から何らかの深い苦悩を抱いていたことを伝える。恋愛によるものなのか、戦争にまつわる不安なのか、まさにこの時期、ディキンスンは、苦悩を主題にした詩を次々と象っていく。
　しかし自身の内面に埋没してしまうことはない。社会の第一線で行動するヒギンスンと文通を始めると同時に、次第に、戦争の様々な局面、その刹那を描くようになっていく。これらの詩には、ディキンスンが戦前に書いた、勝敗にまつわる視点はない。戦いに関わる言葉があっても、勝敗自体は主題ではない──勝利が訪れた時にはもはや死を待つばかりで、神の倹約ぶりに不満をぶつける "Victory comes late," (F 195)、奈落の底に危うく落ちそうになる危機の瞬間を振り返る "That after Horror – that 'twas *us* –" (F 243)、訃報に衝撃を受け "It dont sound so terrible – quite – as it did –"

(F 384)、戦死した青年と母親の天国での再会を思い浮かべる "When I was small, a Woman died –" (F 518)、生きていることに罪悪感を抱く "If feels a shame to be Alive –" (F 524)、戦闘の最中、飛び交う銃弾の中で死を分析する "If any sink, assure that this, now standing –" (F 616)、戦場に折り重なる亡骸を見つめる "My Portion is Defeat – today –" (F 704)。北部支持の党派的な態度は見られない[1]。戦争の大義を説く言葉もない。英雄的な行為や自己犠牲的な美談もまた皆無である。

　前章で見た "The Battle fought between the Soul" (F 629) もそのひとつになる。戦中に書かれたこの詩は、心の内面の戦いを歌ううえで戦前の "Success is counted sweetest" (F112) とはまったく異なる。"Success is counted sweetest" (F112) では、勝者と敗者の対比を鮮明に強調しながら、敗者の美学ともいえる主題を扱う。だが、戦中の "The Battle fought between the Soul" (F 629) では、勝敗は問題ではない。また勝者と敗者の比較もない。報道されることなく、歴史や記録に残ることのない「戦い」に焦点をあてながら、人びとの目に触れぬ闇の部分を掬い上げる。

　主題の取り上げ方では、同時代の男性詩人ウォルト・ホイットマンやハーマン・メルヴィルとも異なる。ホイットマンとメルヴィルは共に、終戦後に相次いで戦争詩集を出版した。ホイットマンの *Drum-Taps* は 1865 年に、メルヴィルの *Battle-Pieces and Aspects of the War* は 1866 年に出版された[2]。どちらも戦争中の具体的な出来事を詩で扱う。もちろん、人々の内面に迫る視点は共通する。ただし、ホイットマンの詩のタイトルは、場面や出来事が発端となる――戦争開始の 1861 年をタイトルにした "Eighteen Sixty-One" (236–237)、太鼓を打ち鳴らし、人々を戦いへと誘う "Beat! Beat! Drums!" (237–238)、独立戦争を経験した老人が語る "The Centenarian's Story" (247–251)、若い兵士の通夜を歌う "Vigil Strange I Kept on the Field One Night" (*Leaves* 255–256)、敗退の途中、野戦病院となった教会の惨状を描く "A March in the Ranks Hard-Prest, and the Road Unknown" (256–257)、野営地で明け方に見た死体について語る "A Sight in Camp in the Daybreak Gray and Dim" (257)、そして負傷者や病人の看護にあたった経験を語る "The Wound-Dresser" (259–261) などが並ぶ。

　ホイットマンの詩集が「戦争の真只中でしたためられた本」であるなら
ば、メルヴィルの詩は、戦争を振り返り、回想として時系列で並ぶ。戦争
前の不穏な事件ジョン・ブラウンの処刑を描いた "The Portent (1859)" か
ら始まり（目次にはこのタイトルは記載されていない）、ピクニック気分
で若い兵士達が戦闘に出掛け、惨状に終わる "The March into Virginia,
Ending in the First Manassas (July 1861)" (22–23)、出征する若い兵士達を
詩人が見送る "Ball's Bluff. A Reverie. (October, 1861)" (28–29)、日曜日に教
会のそばで行われた戦闘の後、瀕死の兵士たちの上を燕が飛ぶ "Shiloh. A
requiem. (April, 1862)" (63)。メルヴィルの詩のタイトルには、戦いの進行
に従って日付も添えてある。開戦当時、ホイットマンは 41 歳、メルヴィル
は 42 歳、徴兵に微妙に差し掛かる年齢にあって、ふたりとも従軍はしな
かった。しかし、それぞれの方法で戦争と関わり、ホイットマンは、病院
を巡って兵士たちを励まし続け、メルヴィルは戦況を求めて *The Rebellion
Record* を徹底的に読みあさり、軍人であった従弟の伝を頼って前線を見学
している[3]。ふたりの詩人は、基本的に歴史の表舞台の戦争に呼応しなが
ら詩作を進めている[4]。

　ディキンスンは新聞や雑誌の記事を熱心に辿りながらも、時にして、戦
況とは別の「速報」に目を向ける。先で見た詩 "The only news I know" (F
820) もまた独自の報せをとりあげている。

　　The only news I know
　　Is Bulletins all Day
　　From Immortality.

　　The only Shows I see –
　　Tomorrow and Today –
　　Perchance Eternity –

　　The only one I meet
　　Is God – The only Street –
　　Existence – This traversed

If other news there be –
Or admirabler show –
I'll tell it You –　　　　　　　　　　　　　[F 820]

わたしが知る唯一の報せは
永遠から終日届く
公報のみ

わたしが見る唯一のショーは
明日と今日と
おそらく永遠の劇

わたしが唯一会うのは
神 ― 唯一の道 ―
存在 ― これを渡ってきた

もし他の報せか
もっと素晴らしいショーがあるなら
あなたにお話ししましょう

　戦争の時代に発展した通信網の恩恵で、最先端の速報を日々手にする。
1861 年にアマストにも電報会社の電線が設置され、父エドワードは、ア
マストと電報会社の交渉の中心にいた (Quinn 71)[5]。その一方で、この詩で
は、別の「報せ」に注視する。そもそも "bulletin" とは、ウェブスターの辞
書の定義、第一項目では「士官から上官への公務上の報告」とあり、「公」
の性質を持つ。戦況に関心を払い、社会に繋がりつつも、同時に、新聞報
道とは別の、自身の感覚を通じて捉えた宗教的ともいえる啓示、さらには
詩のインスピレーションへと思いを広げる。
　この詩はディキンスンがボストン滞在中に作ったものとされる (Miller
767, n.331)。アマストを離れ、都会のボストンの雑踏にあって、むしろよ
り一層詩人の意識は形而上的な世界へと向いたのだろう。この世における
意識は、来世への意識によって支えられている。そうした目に見えないも

のへの気付きを伝える詩である。"only" の語は、日々、意識を張りつつ暮らす、隔絶とした詩人の佇まいを窺わせる。

　やはり「報せ」に耳を傾ける主題の詩 "The Birds reported from the South –" (F 780) は 1863 年後半に清書されている。南から吹く風、南からやって来た鳥たちから報せ ("A News") が届く。冒頭連のみ引用する。

> The Birds reported from the South –
> A News express to Me –
> A spicy Charge, My little Posts –
> But I am deaf – Today –　　　　　　　　　　　　　　(1–4)

> 鳥たちが南からやってきて報告した
> わたしへの至急便を
> 芳しい突撃、わたしの小さな急使たち
> でもわたしは耳が聞えない　今日は

語り手の自然との接触が歌われている。鳥たちの報告を受け容れることができず、背を向ける。第 1 連最終行の代案として "you must go away"（「あっちへ行きなさい」）、そして第 2 連最終行の代案には "harass Me – no More –"（「これ以上私を悩ませないで」）が書き込まれ、小さな鳥や野の花々からのメッセージを語り手は繰り返し撥ね付ける。過ぎ行（逝）く夏を弔う「会葬者」("a Mourner") として一見、季節の変化を撥ねつけるようだが、微妙な気配、風のそよぎ、光の一瞬の煌めきに、目に見えない何らかの変化をも察知する。容赦ない変化を伝える「報告」への反発、気持ちの揺らぎ。見慣れた情景に異質な何かを感じ取る。眼に見えず、はっきりと確かめられぬものに息を殺し、五感を研ぎ澄ませながら、その気配を言葉に移し替えていく。

　この "The Birds reported from the South –" (F 780) の詩では、"Charge"（突撃）、"posts"（急使）"A News express"（至急便）など戦場と関わる語も目立つ。コーディ・マーズは、同時代の他の詩人の詩と同様、戦争の時期に作られたディキンスンの詩において、風は時として戦地に関わるものと

して解釈する——「比喩的に戦争を風と結びつけることで、ディキンスン
は自分の詩を、天気にこだわる他の多くの南北戦争詩に関係づけている」
[138]。マーズの指摘を受けて、この詩でも戦場から吹く風を想定してみ
たい。南北戦争の主要戦地は、マサチューセッツ州から南にある南部、ヴ
ァージニア州、テネシー州、ノースカロライナ州、サウスカロライナ州、
ジョージア州、アラバマ州、ミシシッピ州などに分布している。この詩は
フランクリンの推定で 1863 年に清書されており、同年 7 月にはゲティス
バーグの激戦があった。ペンシルバニア州ゲティスバーグもまたマサチュ
ーセッツ州から南に位置する。南の激戦地から飛んできた鳥たちが伝える
ニュースは、新聞などマス・メディアが不特定多数の人々に大量に伝える
情報とはまったく異なる。無名の兵士がひとり最後に発した言葉の端切
れ、あるいは死の瞬間にふと思い浮かべた故郷の風景かもしれない。語り
手は、不穏な気配をふと感じて怯む。受け容れるには悲惨な場面を直観と
して突き付けられる。陽射しの加減で目の前の風景の印象がからりと変化
するように、鳥の報告はいくつもの物語を許容する。

　もうひとつ "The Morning after Wo –" (F 398) もまた、鳥たちの「報告」
が重い囀りとなって響く。第 3 連のみ取り上げる。

　　　The Birds declaim their Tunes –
　　　Pronouncing every word
　　　Like Hammers – Did they know they fell
　　　Like Litanies of Lead –　　　　　　　　　　　(9–12)

　　　鳥たちは自分たちの節を暗唱する
　　　ひとことずつ発音される言葉は
　　　金槌のようだ　鳥たちは知っていたのだろうか
　　　まるで鉛の連祷のようにそれらが落ちるのを

執拗に繰り返される鳥の囀りは心を波立たせ、耳障りなほど響く。冒頭行
"The Morning after Wo –" は、語り手にとって何かしら悲しみがあったこ
とを推測させる。"Morning" の単語は "mourning" の音も響かせ、親しい

人の死を想像させる。

　苦悩を抱える語り手は、鳥の囀りを耳にして、いよいよ気持ちが重くなる。しかも「連祷」は、司祭が唱える祈りを会衆が唱和する形式で、繰り返し唱えられる。金属音のような鳴き声が果てしなく、まとわりつくように繰り返され、それを耳にする者の心を圧迫する。金槌の音は、棺桶の蓋を打ち付ける音も連想させる。さらに「鉛の連祷」("Litanies of Lead") は、第2章で見たサミュエル・ボウルズ宛ての言葉「鉛の言葉がふたつみっつの深く落ちて、重くのしかかるのです」[L 256] も思わせる。この手紙ではフレイザー・スターンズの訃報を受けて、押し潰されるような感覚を鉛の重さに喩えていた。スターンズに致命傷を与えた「ミニエ式銃弾」の金属的な肌触りが「鉛の重さ」にも繋がるだろう。それまで意識せずにいた苦悩が、「報告」に接して初めて、「悲哀」となって浮上し、はっきりと自覚したのかもしれない。「公的」な報せによって、自身の苦悩の意識に気づかされるのだろう。

戦争中のボストン滞在

　先の詩 "The only news I know" (F 820) は、第1連のみ1864年6月、ヒギンスンに (L 290) ボストンから送られた。この時期、ディキンスンは眼科治療のためにボストンに2回長期滞在をしている。総計14か月に及ぶボストン滞在で、特に1回目（1864年4月から10月まで）が、南北戦争の時期と重なっていたことの意味は大きい。アマストの自宅とはまったく異なる視点を、詩人ディキンスンにもたらしたに違いない。

　人口3,000人ほどのアマストでは、ほとんどの人々が顔見知りであったのに対して、1865年の時点でボストンの人口は192,318人。母方の従姉妹のノアクロス姉妹が暮らす下宿にディキンスンは滞在した。フランシス・ノアクロスとルイーズ・ノアクロスは両親を相次いで亡くし、母ラヴィニアは1860年に、父ローリンは1863年に病死した。家を維持できなくなったふたりはケンブリッジポート、オースティン・ストリート86番地のバングズ夫人の下宿に移ったばかりだった。姉妹の下宿は商業地区の繁華街

に面しており、大都市でのディキンスンは、社会の動向を肌で感じながら
暮らしていたといえる[6]。

　ボストンからアマストのスーザンに宛てた手紙では、ボストン暮らしな
らではの話題を伝える。1864 年 11 月 8 日リンカン再選を祝う行進を報告
している——「沈黙の男［リンカン］のために太鼓が鳴り続けています」
[L 297]。ジョンソンによれば、この日、「ケンブリッジのリンカンクラブ
が昨晩松明を灯した行進をおこない、サミュエル・フーパー氏を招いて演
説をしてもらった」[436] と報せており、リンカン再選を祝って太鼓が叩
かれたらしい。また、時事的な事件を家族と共有するものとして、1865
年 5 月中旬に妹ラヴィニアに宛てた手紙では、南部連邦大統領であったジェ
ファソン・デービスを話題にしている (L 308)。逮捕時にジェファソン
は女装しており、その写真を兄オースティンに送るかどうかで、ノアクロ
ス姉妹を諌めた話など、様々なニュースを下宿と実家との間で盛んにやり
とりしていた様子が伝わる。

　ディキンスンはここから、アーリントン・ストリート 15 番地のヘンリー・
W・ウィリアムズ医師の許へ通った。ディキンスンがいた頃はオースティ
ン・ストリート 86 番地であるが、鵜野ひろ子氏の綿密な調査によると、そ
の後の番地変更のため、1873 年作成の地図では 124 番地に相当する。ここ
から 1 ブロック歩くと、メインストリートを境に商業地区となり、ヘイマー
ケット・スクゥエア（現在はセントラル・スクゥエア）になる。鉄道馬車
のターミナルから鉄道馬車に乗り、2 マイル離れたウィリアムズ医師の家
に通ったことになる。その具体的な道筋を現在の地図を頼りに辿ると、ヘ
イマーケット・スクゥエアから鉄道馬車に乗り、そのままマサチューセッ
ツ・アヴェニューを進み、ハーヴァード・ブリッジを通ってチャールズ川
を渡り、コモンウェルスに到着する。医師の家はコモンウェルス・アヴェ
ニューとニューベリー・ストリートの間のブロックにある、アーリントン
15 番地に位置する。この道筋を、どのくらいの頻度で通ったのか記録はな
い。だが、7 か月ほどの滞在を二度重ね、14 か月の滞在中、戦争中のボス
トンの町を何度かディキンスンは行き来したことになる。

　眼科までの道中、ディキンスンはまさしく社会の動きに身体的に触れな

がら移動したことになる。ボストンの商業地区から、他の乗客と共に馬車に乗りこみ、チャールズ川を渡る。ふと、雑踏を離れ、空へと、形而上の世界へと向く、そんな意識のもとで作られたのではないか。"The only news I know" (F 820) の第3連は次のようになる。

The only one I meet
Is God – The only Street –
Existence – This traversed　　　　　　　　　(7–9)

わたしが唯一会うのは
神　唯一の道
存在　これを渡ってきた

ボストンの雑踏を馬車で進みながら神の存在を意識する。それは自身が辿ってきた「道」であり、「存在」である。ここで "God"（神）、"The only Street"（唯一の道）、"Existence"（存在）の語が、同格としてダッシュで間をとって配置されている。「神」に「道」をイメージとして重ね合わせ、そのうえで「存在」の重みをずっしりと捉える。この三つの大文字の単語をつなぐダッシュと、それによって生じる間は、馬車が走る速度とは異なり、詩人自身の緩やかな意識の流れから生じたものだろう。これを "this" で受けて、過去形で「渡ってきた」("traversed") 自らの経験として実感する。"Traverse" の意味として *Oxford English Dictionary* の第一義は「門を通過したり、川や橋を渡ること、あるいは境界をなすほかの場所を通る行為」とある。それこそボストンを流れるチャールズ川を渡りつつ、これまでの経験を振り返り、現世から来世へと思いを馳せる、そんな瞬間に生まれた言葉ではないだろうか。

　ヒギンスン宛の手紙にはこの詩 (F 820) の第1連のみ書き込み、ボストンで不自由な生活を送りながらも詩作を続けていることを強調する。改めて引用すると

　9月から具合が悪かったので、4月からボストンでお医者様の治療を受け

ております。お医者様は外出させてくれませんが、わたしは牢獄で仕事を
して、お客様をもてなしています。カルロは来ませんでした、牢獄で、死
ぬかもしれないからです、山も持ってくることはできませんでした、神々
だけ持ってきたのです。「牢獄」で仕事をして、お客様のおもてなしをし
ています。　　　　　　　　　　　　　　　　　　　　　　　　[L 290]

医者に鉛筆を取り上げられてもなお詩を作り続ける。眼帯をすることを求
められ、目が不自由な状況下、眼に見えないものへの意識をよりいっそう
強く持つ。そして都会ボストンの下宿の「牢獄で」、詩神ミューズを「お
客様」としてもてなす。
　次の詩も 1865 年に清書された詩であり、クリスタン・ミラー編集の詩
集では "Sheet Forty-Six" として分類された紙に清書されている。フランク
リン版では 807 番の詩になる。

　　Away from Home are some and I –
　　An Emigrant to be
　　In a metropolis of Homes
　　Is easy possibly –

　　The Habit of a Foreign Sky
　　We – difficult acquire
　　As Children, who remain in Face
　　The more their Feet retire.　　　　　　　[F 807 C]

　　ある人々とわたしは故郷から離れている
　　家々から成る大都市で
　　移住者であることは
　　おそらく易しい

　　異郷の空の習慣を
　　身に付けるのは難しい
　　まるで子供たちが、その顔は留まりながらも
　　足は遥かに退いているように。

トマス・H・ジョンソンは 1864 年 4 月にディキンスンがケンブリッジに
到着してすぐこの詩を書いたと推定し、スーザン宛に送ったものとする。
一方、フランクリンは、友人エリザベス・ホランドに送ったものと修正
し、クリスタン・ミラーもその解釈を採用している。第一連の "metropolis"
は、マサチューセッツ州の州都ボストンを思わせる。"some and I" とある
ように、都会は語り手自身だけでなく、故郷を離れた人々が多く住まう。
2 行目で "Emigrant" という語が大文字で使われ、クリスタン・ミラーは
この詩の註として、当時ボストンでアイルランドからの移民がピークに達
していた事実を指摘する (*Poems* 772n.56)。冒頭 1 行目の "some and I" が、
第 2 連では一体化して複数形 "We" となる。

　家をかけがえのない拠り所として暮らしていたディキンスンにとって、
都会暮しは心身共に苦労が多かったに違いない。それでも第 1 連では都会
に住まう方が "easy" であり、第 2 連で「異郷の空」おそらく天国の習慣
に慣れる方がよほど「難しい」とみなす。第 2 連後半は、故郷の人々、又
は遺族の記憶に（或いは写真として）面影は残ってはいても、この世を離
れた境遇にいる状況を連ねている。アマストにあってはこれまでは友人や
親戚たちを見送る立場にあったディキンスンが、こうして自宅を離れてボ
ストンに暮らし、自分自身が思い出される側となる、そうした視点の転換
をこの詩に読み込むことができる。

詩の記録と回覧の変化

　ボストン滞在前後の時期は、詩の記録の仕方・回覧方法に大きな変化が
あることでも重要といえる。1858 年頃、ディキンスンが詩を清書し、糸
で綴じた草稿集（ファシクルズ）を作成し始め、戦争中もその作業は続く。
1864 年の段階で第 40 番目の草稿集に到達し、そこで作業は止まる。批評
家たちのなかには 1864 年を、ディキンスンの創作におけるひとつの区切
りと見做す声もあり、クリスタン・ミラーもそのひとりである (*Reading*
180)。

　最後の 40 番目のファシクルについて、ポール・クラムブリィは「内省

的な精神状態」[*Dickinson's Fascicles* 194] の詩が集められていると指摘す
る。アルフレッド・ハベガーもまた、1864 年を詩人ディキンスンの移行期
として捉える——「1864 年に我々が見るようになる詩は、若さゆえの奮
闘と初期の成熟期が終わることを感知した記録である」[*Dickinson's Fasci-
cles* 482]。これ以降、ディキンスンは、糸で綴じる草稿集の代わりに、紙片
「セット」("set") に詩を書くようになる[7]。1865 年以降は、清書自体を止め、
代わりに使用済み封筒や領収書などの紙片に詩を書くようになる (Miller,
Reading 187)。

　この時期に糸で綴じる作業を止めたことについて、外的な要因も関係し
ていると思われる。先に見てきたように、眼科治療のため、ディキンスン
は長期間アマストを離れている。南北戦争時期に少なくとも 3 回ボストン
に出掛けている。1 回目は 1864 年 2 月 4 日にボストンの眼科診察で出掛
けている (L 287)。この時の滞在期間については記録がなく不明であるが、
それほど長期ではなかったと思われる。2 回目は 4 月から 11 月 21 日まで
の 7 か月間 (L 287, L 297)。そして 3 回目が 1865 年 4 月から 10 月までの 6
か月間である (Leyda, II: 98; L 302, L 306, L 308, L 309, L 310)。ボストン長
期滞在とファシクル作成の停止との相互関係を論じた先行研究はなく、今
後綿密な調査が必要であろう。戦争時期にアマストを離れ、ボストンに長
期間滞在していた事実、しかも眼の疾病という健康上の事情が多少なりと
も詩の記録方法の変化に関わっていると思われる。

　興味深いことに、詩の記録方法と共にこの頃にやはり詩の回覧の割合も
変化している。クリスタン・ミラーは、詩を送る割合の変化について、特
に、スーザンが受け取り手の場合に注目して分析している。1858 年から
59 年には、詩作した 25 パーセントの詩がスーザンに渡された。そして
1860 年にはその割合は 37 パーセントに増えている。しかし、1861 年から
65 年の間になると 8 から 17 パーセントの間に急激に落ち込み、そのほと
んどの年が 10 パーセントのままである。1866 年からはさらに少なくなっ
ていく (*Reading* 255n.19)。この変化を見ると、生涯で最も旺盛に詩作し
ていた戦争中に、回覧の割合が極端に少なくなる。

　この事実は何を意味するのだろうか。もちろんスーザンとの関係の変化

も影響しているだろうが、先にも述べたように、送られなかった詩には、戦争に関わる詩や苦悩の詩が含まれている。戦争の時代にディキンスンが、自らをまるで急きたてるように次々と詩を書いていた。そもそもスーザンや親しい友人たちとの詩の共有は、アレクサンドラ・ソカリデスがクラムブリィの「贈り物の文化」を受けて指摘するように、19世紀アメリカの「合作の文化」["Collaboration" 21] を背景に捉えることができる。回覧の減少が、戦争の時代であったことは、決して偶然の巡り合せではないはずだ。詩人としての成熟もさることながら、戦争のような時期にこそ、社会情勢への自身の立ち位置と他者のそれとが異なることをはっきりと自覚するものかもしれない。またそれ故に、他者と自分自身との微妙な、それでいて決定的な違いが露呈するのを避けたくなる時期かもしれない。それが身近な親しい人物であるならば尚更であろう。そうした意識によって、これまでの回覧方法が変化することにもなったと考えられる。

　回覧することによって生じる気遣いよりもまず、書かなくてはならないもの、書きたいものを追求する。苦しみの諸相、そして戦いにまつわる意識の極限の領域を、誰とも共有せずに、独りで詩の言葉に向かうことを選んだのではないか。クリスタン・ミラーはまた、1860年代に書かれた内省的な詩が回覧されていないことを指摘する、「1860年代前半に書かれた、認識論的、形而上的に、感情的に強烈な詩の多くは、誰にも送られず、彼女が回覧した半数が短い詩である。1862年頃からは、ディキンスンは度々、詩の一部だけを回覧した」[*Reading* 187]。送るにしても、差し支えのない部分を選り抜いて送る。友人たちに示すことによる、「合作」という介入も求めなくなり、手元に置く詩が増えていく。「内省的な詩」は、戦争の時代において、より一層多く、生み出されていったのだろう。

詩人の挑戦

　"My Business is Circumference"「私の仕事は周縁です」[L 268] というメッセージをディキンスンがヒギンスンに送ったように、「中心」("center")よりも「周縁」("circumference") を、「直接」("direct") よりも「斜め」

(“oblique”) の立ち位置を取ろうとする。衝撃が大きすぎる場合は、まともに向き合わずにずらし (“Turn it, a little –” [F 384])、あまりにも強烈な対象とは距離をとる (“Tell all the truth but tell it slant –” [F 1263])。が、同時に、それとは逆に、曖昧模糊とした苦しみを、何とか把握しようとする試みは、1864 年に書かれた “A nearness to Tremendousness –” (F 824) に見られる。この詩は誰にも送られずにあり、ヒギンスンとメイベル・トッドが第一詩集に向けて詩を振り分けた際、意味が不明瞭で出版には適さないものとして判断した (Bingham 424)。

　　A nearness to Tremendousness –
　　An Agony procures –
　　Affliction ranges Boundlessness –
　　Vicinity to Laws

　　Contentment’s quiet Suburb –
　　Affliction cannot stay
　　In Acres – It’s Location
　　Is Illocality –　　　　　　　　　　　　[F 824]

　　途方もないものへの近さを
　　苦悶はもたらす
　　苦痛は無限をめぐる
　　法則の近辺には

　　満足の静かな郊外がある
　　苦痛は面積の単位にとどまることは
　　できない　その所在は
　　無所在なのだから

何とも意味を掴みにくい。けれどもこの詩を南北戦争時、空前の動乱によって生み出された詩の延長線上に置いてみるとどうだろうか。これまで経験したことのないほどの未曾有の「苦悶」(“Agony”) や「苦痛」(“Affliction”) によって、捉えどころのない「途方もないもの」(“Tremendousness”) や

「無限」("Boundlessness") に対峙せざるを得なくなる。20世紀の告白詩人たちなら具体的なイメージを用いて、語り手の感情を注ぎ込むところだが、ディキンスンのこの詩にあって、「苦悶」は具体的なイメージでは追い付かぬほど、理解を超える。感情自体が、それを抱える人から分離して、大きく膨張して広がっていったかの印象を与える。

　それにしても意味は不明瞭だ。その原因は使われている語にあるだろう。この短い詩には空間と関わりのある語が目立つ。第1連の1行目 "nearness", 3行目 "ranges", "Boundlessness", 4行目 "Vicinity", さらに第2連の3行目に "Acres" と "Location", そして最終行に "Illocality" と7語ある。全部で25語からなるこの詩の4分の1強を占める語が、空間に関わる言葉である。また、動詞3語のうち、2語 "range" と "stay" が状態を表す語であるために、物語が展開するよりは、むしろ漠とした気配だけがひたすら漂う。また、圧縮した名詞的表現が非常に抽象的である。クリスタン・ミラーはディキンスンの詩法を論じる際に、この詩を多音節語の項目で取り上げ、多音節語およびラテン語起源の語が抽象的になりやすく、語り手の置かれた状況が把握し難くなると解説する (*A Poet's Grammar* 41–42)。

　空間に関わる表現に加えて、この短い詩には、苦痛を表す語が繰り返し出てくる。第1連の2行目 "Agony"、3行目 "Affliction"、そして第2連の2行目に再び "Affliction" がある。何が原因の苦悶や苦痛なのかは全く触れていない。その苦悶や苦痛は心の内なる場にあるどころか、大きな空間へと広がり「途方もないもの」("Tremendousness") や「無限」("Boundlessness") となっていき、どれも大文字で表されている。死の恐れかもしれない。何か神聖な存在かもしれない。具体的なイメージや言葉では掴みきれない。せめて大きさや輪郭を掴もうとしても、人間の測量の単位で計るのは到底不可能だ。それなら何かの法則にあてはめてみたらどうか。宗教であれ、法律であれ、人々の常識や道徳であれ、文法であれ、理解可能なカテゴリーにあてはめられるなら、心も落ち着く。先に見た "It dont sound so terrible – quite – as it did –" (F 384) の詩では、"Put it in Latin –" と、ラテン語の文法法則にあてはめることを自ら提案している。

　そこで辿り着いた解決策として、詩という「法則」で表現することになる。この詩自体は、漠とした苦悩を明確に描くことはしない。掴みきれない感覚や存在そのものを敢えて言葉で鷲掴みにしようとするうえで挑戦的だ。冒頭の "A Nearness to Tremendousness –" という極度に圧縮された表現に導かれて読み進めると、痛みを承知のうえで対象に対峙しようとする語り手の決断に出会う。遠巻きに見ているだけではない。法則の範囲内で安穏とするのでもない。囲いを越え、敢えて「途方もないもの」を象ろうとする。これは、ぎりぎりの境界線まで思考を押し進めたからこそ掴んだ言葉ともいえる。とはいえ、境界線の向こうにある、認識できない領域を語るために、社会の通念や常套句に頼ることは決してない。

　スーザン・ユハースはディキンスンの詩に見られる心理状態の描写の一例としてこの詩を取上げている。だが、ディキンスンを取り囲む社会には言及していない ("To make a prairie" 21–22)。戦争の時代を意識することで、この詩の「苦痛」を想像できるのではないか。そのうえで最終行 "illocality" をどう解釈すべきだろうか。ディキンスンが愛用したウェブスターの辞書では、"locality" の第一義として "existence in a place, or in a certain portion of space" とあり、空間に場所を確保する意味である。"A nearness to Tremendousness –" (F 824) では、内なる「苦痛」を捉えようと行き着いた先に「無所在」("Illocality") があり、否定形を用いず、あえて肯定の文脈でこの語を使う。ヒギンスンが『アトランティック・マンスリー』に掲載したエッセイ "The Procession of the Flowers"（1862 年 12 月）にも "locality" の語が 10 回登場し、植物の生息地の意味で使われている。ディキンスン自身は "locality" の語を 3 篇の詩 "The Drop, that wrestles in the Sea –" (F 255), "Unfulfilled to Observation –" (F 839), "It bloomed and dropt, a Single Noon –" (F 843) でも使っており、最初の 2 篇は第一義の「存在」の意味として、最後の 1 篇ではヒギンスンと同様に花の「生息地」の意味で用いている。所在がないのではなく、「無所在」が存在するという肯定的な発想であり、把握しきれなくともなお近づこうとする、詩人の挑戦がある。

　いまだかつてない近代戦争の、目を覆うばかりの惨禍が続々と市民に伝

196 エミリ・ディキンスンの南北戦争

えられた時代の「苦悩」を描く。この感覚は、もはや、戦前に書いた "Success is counted sweetest" (F 112) に見られる、勝敗を描く段階を遥かに通り越す。明確なイメージを提示することはしない。それでいて観念的な方向へ流れてしまうことはない。時代に重くのしかかる、掴みどころのない気配を描こうとして行き着いたのが、この詩 "A nearness to Tremendousness –" (F 824) の抽象的な言葉と、極度に圧縮された表現の組み合わせである。捉え難い対象を求める詩人が辿った軌跡は、極度に凝縮した言葉の組み合わせ、それが持つ許容力へと到達したといえる。

注

(1) エライザ・リチャーズは、当時、出版された詩のほとんどが、南北どちらの側に着くかを明言していたのに対して、ディキンスンの詩の語り手は党派的な立場を語っていないことを指摘する ("How News Must Feel When Travelling" 169)。

(2) メルヴィルとホイットマンの詩集については次の版を使用。メルヴィルは *Battle-Pieces and Aspects of the War: Civil War Poems*. 1866. New York: Herper & Brothers, 1995. ホイットマンは *Leaves of Grass and Other Writings*. Ed. Michael Moon. New York: Norton, 2002.

(3) スタントン・ガーナー (Stanton Garner) 著 *The Civil War World of Herman Melville* の特にジョン・シングルトン・モズビー (John Singleton Mosby) 追跡の体験 (304–323) を参照。

(4) 佐久間みかよ氏は、詩人メルヴィルの出発点『戦争詩集』において、メルヴィルの意図は「戦争を叙情化して捉える」ものと論じる (121)。

(5) 古井義昭氏は、ディキンスンの「孤独」は、当時の通信技術の発展の恩恵で成り立っていたものと指摘する。人々と物理的な「距離」をとりつつも、「ネットワーク化された」状態で友人との交友を享受できた、その背景に交通網および通信網の発展の重要性を看破する。

(6) ボストン滞在については鵜野ひろこ著 *Emily Dickinson Visits Boston* を参照。

(7) クリスタン・ミラーはファシクルの重要性についてインタビューで次のように語る――「ファシクルはディキンスンが私たちに残した唯一最重要な作品です。彼女は詩の実際の冊子を残しました。時間をかけて新しいきれいな便箋に記入し、それを冊子の形に綴じたものです。写す、綴じる、保存するというプロジェクトは私には途方もなく思えます。ディキンスン自身が自分の作品をどのように保存して扱ったかを理解するためには、ファシクルからまず着手するべきです」["An Interview" 13]。

結　び

　トマス・ウェントワース・ヒギンスンに宛てた 7 番目の手紙で、エミ
リ・ディキンスンは初めて戦争に触れた。「戦争はわたくしには斜めの場
所に思えます」(L 280) の鍵となる言葉 "oblique" を用いた詩が "The Robin
is a Gabriel" (F 1520) である。戦後 15 年を経て、1880 年に作られている。

```
The Robin is a Gabriel
In humble circumstances –
His Dress denotes him socially,
Of Transport's Working Classes –
He has the punctuality
Of the New England Farmer –
The same oblique integrity,
A Vista vastly warmer –
A small but sturdy Residence,
A Self denying Household,
The Guests of Perspicacity
Are all that cross his Threshold –
As covert as a Fugitive,
Cajoling Consternation
By Ditties to the Enemy
And Silvan Punctuation –                    [F 1520 B]
```

　　コマツグミはつつましい境遇の
　　天使ガブリエル
　　その服が示すのは社会的には
　　運搬の労働者階級
　　ニュー・イングランド農夫と同じ
　　几帳面さと
　　斜めの誠実があり
　　はるかに温暖な眺望を持つ
　　小さいながらも堅固な住処

　　禁欲的な家庭を持ち
　　洞察に富む客人だけが
　　その敷居をまたぐ
　　逃亡者のように身を潜め
　　騙して仰天させる
　　敵に向けた素朴な短詩と
　　森の句読法で

北米でお馴染みのコマツグミを詩人の分身として描く。実直で質実剛健な
その性質を、ニュー・イングランドの農夫に喩えるうえで、"oblique" の
語を用いている。コマツグミの仕事は「運搬」とある。「素朴な短詩」を
作り、それを「運搬」して人々に送り届ける。

　この詩には 3 つの版があり、ここで引用したのはアマストの親しい友人
サラ・タッカーマンに 1880 年 3 月頃に送った形である。第 1 章で言及した
"Some we see no more, Tenements of Wonder" (F 1210) の詩では、"oblique"
の語はこの世の人間の認識の限界を表す。"That oblique Belief which we
call Conjecture"（「わたしたちが推測と呼ぶ斜めの信心」）として、来世の
ような未知の世界について思いを巡らし、捉えようとするも、人としての
認識の限界を意識する、そのような立場から発せられた言葉である。また、
上掲のヒギンスン宛ての手紙の "oblique" は、戦争の捉え方をめぐる用い
方であった。物理的な隔たりとともに、同時代の人々との認識上の隔たり
も含みつつ、戦争への対峙の仕方も含むものとして見てきた。

　"The Robin is a Gabriel" (F 1520) の詩の 7 行目 "The same oblique integ-
rity," は、コマツグミの側に立った言葉である。声を発する側、詩人の立
場から、その表現方法を表す。未知のものを言葉で捉えようとするとき、
時代の常套句で甘んじることはしない。自分に誠実であるがために、人々
と異なる観点に立つこともある。この「斜め」の姿勢が最も試されたのが
戦争の時代であったといえる。人々が同じ方向を向きがちな、またそうす
ることが求められた時代にあって、「斜め」を、つまりは「隔たり」を意
識するからこそ、広く見渡しのきく「眺望」を手にすることになる。

　未曽有の動乱の時代に生きるうえで突き付けられる未知のものや、明確

に掴みとれないものを捉えようと試みた一例が先に見た "A nearness to Tremendousness –" (F 824) であり、1864 年に 40 番目のファシクルに清書されている。詩作における至難の軌跡を、同じファシクル 40 番の最後に置かれた "Unfulfilled to Observation –" (F 839) の詩にも見出すことができる。

> Unfulfilled to Observation –
> Incomplete – to Eye –
> But to Faith – a Revolution
> In Locality –
>
> Unto Us – the Suns extinguish –
> To our Opposite –
> New Horizons – they embellish –
> Fronting Us – with Night.　　　　　　　[F 839]

> 観察に足るほど満たされておらず
> 目には　不完全に映る
> けれども信仰には　場所を得れば
> 革命となる
>
> 私たちには太陽は姿を消し
> 私たちの反対側では
> 新たな水平線を太陽は飾り
> 私たちの前面に夜をつける。

捉えがたい感情など容易に把握できないものを、詩という「所在」に据えることで「革命」に相応しい新たな視野をもたらす。ファシクルの最終頁にこの詩が清書された 1864 年に至るまで、戦いの諸相をディキンスンは詩に書いてきた。これまで見てきた一連の詩群を経てこの詩に至るとき、個別の場面や展開を超えて、時代自体を覆う漠とした雰囲気をなんとか掴もうとしてきた、詩人のひとつの到達点を見出す。その気配には気が付いてはいても、何ともわからない。観察の対象となるほどはっきりとした形

もなく、捉えどころがない。眼で確認することもできない。経験不可能な領域でありながらも、その存在を、詩という枠に収めるとき、これまでにない見方——「革命」——を示すことができる。ここで "Place" という語ではなく "Locality" にしたのは、視覚韻のためであるかもしれない。さらには、"Locality" には植物の生息地の意味があり、そこから、詩自体が植物の様に有機的に成長していくさまも想起させる。目に見えるものの先にある、目に見えないものを引き寄せようとする力である。詩の力を信じる心もまたある。この意識の延長線上に「複合の視野」("Compound Vision") とディキンスンが呼ぶ ("The Admirations – and Contempts – of time –" [F 830])、死を通して生を見つめ直す眼差しとなり、生と、未知の領域である死との「隔たりを渡る」("traversing the intervall") 詩人の意識を見出すだろう ("This Consciousness that is aware" [F 817])。この世の経験と目に見えぬものとの狭間を詩人は進む。

　コーディ・マーズは、ディキンスンが第 40 番を最後に、ファシクルを綴じる作業を止め、回覧の割合も激変した理由を次のように述べる——「南北戦争は、端的に言えば、詩を公にするという考えに関してディキンスンを幻滅させた。戦争が与える苦しみ——さらに重要なのは、どうにもならない隔たりと、底知れぬ、理解できぬ苦しみ——がディキンスンを促して、詩を回覧するよりも保存する方を選ばせた」[152]。しかし、最終ファシクルの最終ページに置かれたこの "Unfulfilled to Observation –" (F 839) の詩を見る限り、幻滅ではなく、むしろ、「底知れぬ、理解できぬ苦しみ」を詩に描こうとするさらなる探究心を見出すことができる。

　戦争の時代を通してディキンスンが辿り着いたのは、把握し難いものを突き付けられたときでさえも、それを捉えようとする覚悟である。苦しみを描くにも観念的な言葉に埋没することはない。より圧縮した言葉で、断片的な詩行となっていく。そのようにして並べられた詩句は、もはや、回覧するための言葉ではない。幻滅ではなく、なおもその挑戦が続いていった証が、戦後 15 年を経た、この "The Robin is a Gabriel" (F 1520) の詩の「斜めの誠実」("oblique integrity") であろう。未知の対象との隔たりを認める「斜めの」認識は、詩人が自分自身に対する「誠実」を守るために不

可欠な視点でもある。詩を送らずに手元に置き、自身にとって偽りのない
言葉を連ねる。そのためには、時代との繋がりを求めながらも、表現をす
るときは敢えて繋がりを断つことで自身の立ち位置を確保する。この強靭
な意志によって紡ぎだされた詩は、未曾有の出来事が押し寄せる 21 世紀
の現代にあって、より一層、強く響く。

補 遺

南北戦争とディキンスン関連先行研究

・先行研究（1984 年から 2007 年）

　1980 年代以降「修正主義的学術研究の波」[Marrs 127] に従い、これまでの「隠遁詩人」像を覆す研究が次々と登場する。1984 年に相次いで 3 つの先駆的な論考が出版され、南北戦争とディキンスンとの関わりを「南北戦争の言語、事件、そして概念」[Marrs 127] の問題意識から論じている。シーラ・ウォルスキー著 *Emily Dickinson: A Voice of War*、バートン・リーヴァイ・セント＝アーマンド著 *Emily Dickinson and Her Culture: The Soul's Society*、カレン・ダンデュランドの "New Dickinson Civil War Publications" の 3 つの論考である。ウォルスキーの主張では、戦争によってディキンスンが宗教的な懐疑を抱き、戦いのメタファーを詩に用い始めたものとする。ディキンスンの破格の詩はモダニストの詩を先取りし、分断されたアメリカという現実を映し出したものだとする。セント＝アーマンドは、19 世紀のアメリカン・ヴィクトリアン文化を背景にディキンスンを論じ、1862 年 3 月のアマスト大学学長の息子フレイザー・スターンズ の戦死がディキンスンに与えた影響について 1 章分を割いて論じている。ダンデュランドは、1864 年に発行された北軍支援の新聞にディキンスンの 4 篇の詩が掲載されていたことを発見し、出版問題の再考を促すとともに、ディキンスンが同時代に無関心ではなかったと論じる。ただし掲載は友人によるものであり、ディキンスンはそれを黙認していたとする。

　この先駆的な論に続き多くの論考が発表され、近年では、特にフェイス・バレット、エライザ・リチャーズ、クリスタン・ミラーの 3 人が、同時代の文学、社会との関わりを検証しつつ、精密な読みを展開している。フェイス・バレットは、戦争とディキンスンに関する研究について、1984 年から 2007 年の 20 年間にわたる動向をまとめ、21 世紀的な視野に

おける、イデオロギー的な観点でディキンスンを読み直す必要性を強調する。フェイス・バレットは "Public Selves and Private Spheres: Studies of Emily Dickinson and the Civil War, 1984–2007" において 2007 年までに発表された主な先行研究として次のものを挙げている――レイ＝アン・アーバノウィッチ・マーセリン "'Singing Off the Charnel Steps': Soldiers and Mourners in Emily Dickinson's Verse"（戦争を内在化していたとするこれまでの論とは異なり、「戦争詩人」ディキンスンが様々な声を用いて戦争を描いていると論じる）、ローレンス・L・バーコヴ "'A Slash of Blue!': An Unrecognized Emily Dickinson War Poem"（新たな戦争詩としての読みを提示する）、ルネ・L・バーグランド "The Eagle's Eye: Dickinson's View of Battle"（戦争の時代に科学技術が発達し、視界の拡大が詩に与えた影響を考察する）、エライザ・リチャーズ "'How News Must Feel When Traveling': Dickinson and Civil War Media"（戦争中の新聞表現を参考に、兵士の体験を表現することは不可能だという認識を詩において分析する）、タイラー・ホフマン "Emily Dickinson and the Limit of War"（"The Name – of it – is 'Autumn' –" (F 465) の詩を戦場の詩として解釈する）、デーヴィッド・コーディ "Blood in the Basin: The Civil War in Emily Dickinson's 'The name – of it – is "Autumn" –"（ホフマンと同様に、"The name – of it – is 'Autumn' –" (F 465) の詩を旅行書の記述を参照しながら戦争詩として読む）、ベンジャミン・フリードランダー "Auctions of the Mind: Emily Dickinson and Abolition"（奴隷制を背景に "Publication – is the Auction"[F 788] を読む）、コールマン・ハッチンソン "'Eastern Exiles': Dickinson, Whiggery, and War"（父エドワードの斜陽の政治家としての立場を背景に、ディキンスンの詩を解釈する）、モーリス・リー "Writing through the War: Melville and Dickinson after the Renaissance"（戦争から距離を置いているとされてきたふたりの詩人メルヴィルとディキンスンがどのように戦争と対峙したかを論じる。ディキンスンの "oblique" の語を科学的な用語として解釈する）。クリスタン・ミラー "Pondering 'Liberty': Emily Dickinson and the Civil War"（ディキンスンの戦争関連の詩で使われている "Liberty" の語を、時代の用法と比較しつつ分析する）、そしてバレット自身の "Addresses to a Divided Nation"（ディキンスンとホイットマンふたりの詩人の声を、戦争を背景に解釈する）も含まれる。加えてバレットとクリスタン・ミラーの南北戦争詩集（共編）"Words for the Hour": A New Anthology of American Civil War Poetry を紹介している。また、オンライン上の資料として、マータ・L・ワーナー、カティ・チャプル、デイヴ・ヒギンボサム、ミッチェル・ニューカム、そしてレベッカ・ハリソン等による "A Nosegay to Take to Battlee: The Civil War Wounding of Emily Dickinson"（授業において、南北戦争を背景にディキンスンを理解するために作られている。詩、書簡、関連の新聞記事など包括的に紹介）も挙げている。

　バレットによる概要で特筆すべきは、ヴィヴィアン・R・ポラック、ベッツィ・アーキラ、ベンジャミン・フリードランダー等の研究者たちが、21世紀に入り、それまでの自説を修正し、戦争との関係から新たなディキンスン像を再提示したことである。図らずも 1984 年出版の Dickinson: The Anxiety of Gender において、ポラックは戦争に関心がないディキンスン像を強調している。同じ年に出版されたウォルスキー等とは異なり、依然として内向的なディキンスン像である——「彼女が最も芸術家として追い立てられた年はアメリカ南北戦争に偶然重なるが—— 1775 篇のうち半数近い詩が 1861 年から 1865 年の間に書かれた——彼女には戦争へと急降下する大義、出来事、その結果について何ら言うべきことはない」[The Anxiety of Gender 18]）。ベッツィ・アーキラは "Emily Dickinson and Class" において、ディキンスン批評で主流であった感傷的な隠通詩人像を大きく塗り替えたのがフェミニスト批評であるものの、その批評動向が却ってディキンスンを社会から遠ざけたと述べる——「排他的にジェンダー、性心理、父権制を唯一の制圧として注目したことで、フェミニスト批評家たちは逆説的にディキンスンを歴史から遠ざけ、家庭と魂の領域に彼女を再び封じ込めた」["Emily Dickinson and Class" 12]。アーキラは特にホイッグ党の政治家であった父エドワードとの関わりから、ディキンスンの階級意識を論じ、奴隷制や社会問題にほとんど関心がないとする。アーキラは "Color – Caste – Denomination –" (F 836) の詩の引用に際しても戦争について何ら言及していない。またベンジャミン・フリードランダーは 論文 "Auctions of

the Mind: Emily Dickinson and Abolition" においてディキンスンと出版の
問題を取り上げている。政治的に過激なことを嫌うディキンスンが、白人
どうしが戦うことを厭い、反奴隷制運動を疑問視するものと考察する。南
北戦争に対するディキンスンの消極的な態度を次のように説明づける——
「彼女の最も深遠な反応は実際、明白な反応の欠如であり、『否定的な言葉
で論議すること』を要求する戦争の話題に対する沈黙である」["Auctions
of the Mind" 21])。

　また 2001 年にアルフレッド・ハベガーが新たなディキンスン評伝 *My
Wars Are Laid Away in Books: The Life of Emily Dickinson* を出版し、その中
で "The Poet and the Civil War" の章を設け、戦争とディキンスンを積極的
に結び付ける。21 世紀に入り、詩人ディキンスン像が大きく変化した証
である。20 世紀に書かれたいくつかの評伝と、21 世紀のハベガーによる
前掲の評伝との決定的な違いは、南北戦争の捉え方にある。それまではウ
ィリアム・フォークナーの "A Rose for Emily" の主人公エミリの如く、時
代の変化を超越した「隠遁詩人」としての存在が主流であった。21 世紀
におけるディキンスン像はウォルスキー等に遡り、先行研究が果たした功
績は大きい。

　一方で、南北戦争とディキンスンを結びつける研究への批判もあり、ク
リストファー・ベンフィの "Emily Dickinson and the American South" も
そのひとつである。「ディキンスンは周囲の戦争熱に影響を受けなかった」
[Benfy 47] と主張し、ディキンスンの詩に「戦争」を読み込む解釈に疑問
を呈する——「研究者たちは南北戦争への言及を探して、ディキンスンの
詩や散文を徹底的に調査してきた。この時期は溢れるように多くの詩が書
かれた時と一致する。だがこの頃の彼女の詩的霊感は修辞的表現を受け入
れるよりは抵抗してきたように見受けられる」[47]。ベンフィは、戦争自
体よりもむしろ「戦争中の退化した言葉遣い」[48] にディキンスンが批判
的だったと主張する。

・先行研究（2007 年以降）

　2008 年に出版された、マーサ・ネル・スミスとメアリー・ロッフェル
フォルツの共編 *A Companion to Emily Dickinson* には "The Civil War –
Historical and Political Contexts" の項目があり、3 つの論考が収録された
点で画期的である。戦争中の技術革新によって、上空から撮った写真が
読者に与えた影響を論じたルネ・L・バーグランドが論じた "'The Eagle's
Eye: Dickinson's View of Battle"、戦場の報道と詩の表現との関わりを
論じたエライザ・リチャーズの "'How News Must Feel When Traveling':
Dickinson and Civil War Media" そしてディキンスンの詩を政治動向と並
べて丹念に読み込んだバレットの "'Drums off the Phantom Battlements':
Dickinson's War Poems in Discursive Context" である。これらの論考は、
戦争を意識しながら詩を分析する新たな可能性を提示している。

　ここで先行研究に関するリチャーズの指摘が参考になる。それまでは、詩
に現れる戦争を、ディキンスンの内面の表象として解釈するのが主流であ
ったが、レイ＝アン・アーバノウィッチ・マーセリンの論で転換期を迎える。
マーセリン以降、"private" な詩人としての解釈から、ディキンスンを
"public" な詩人として解釈する批評動向へと変化する (164)。

　その後の研究として、同時代の作家や詩人たちと結びつけて論じる方
法と、戦争との関係で詩を読み直す方法が主となる。2010 年以降の論
考を発表順に並べると、ジョン・ショプトーが "Dickinson's Civil War
Poetics: From the Enrollment Act to the Lincoln Assassination" (2010) にお
いて男性兵士とは異なる、内なる戦いの詩に注目、ミシェル・ケーラーは
"Dickinson and the Poetics of Revolution" (2010) で、アメリカの歴史観を
象徴する語 "revolution" を、南北戦争を背景に分析、ウォルスキーは新た
な著書 *Poetry and Public Discourse in Nineteenth-Century* (2010) における
"Emily Dickinson and American Identity" の章で、女性詩人が負う "modesty"
と "private" の要素が戦争中いかに "public" な要素に結びついたかを論じ
る。またランダル・フラーは *From Battlefields Rising: How the Civil War
Transformed American Literature* (2011) で、ヒギンスン、ラルフ・ウォルド・

エマソン、ウォルト・ホイットマン、ナサニエル・ホーソン等、同時代の男性作家たちの動向と絡めてディキンスンを取り上げる。クリスタン・ミラーは *Reading in Time: Emily Dickinson in the Nineteenth Century* (2012) の "Reading and Writing the Civil War" の章において、戦争に関わりがあるとされる詩を再読し、ディキンスンが同時代のナラティヴやレトリックを用いながらも、時代を超えた未来の読者を念頭に書いたと解釈する。

　さらにバレットはこれまでの南北戦争詩に関する論考を 1 冊にまとめ、*To Fight Aloud Is Very Brave: American Poetry and the Civil War* (2012) を発表。アメリカ詩の役目を、イデオロギーを発展させ、拡散させることとして位置付け、戦中・戦後に、家族や友人など近しい間柄の人々に対して、詩人がどのようなメッセージを送ったか、同時にそれまでの「家族」「共同体」「国家」が戦争によって揺らぐとき、詩はどう反応したかという問題に迫る。「抒情詩」("lyric") の要素を主眼にバレットは戦争詩を読み、ディキンスンとホイットマンそれぞれの一人称の語り手の違いに言及する。他の章でジュリア・ウォード・ハウとフランシス・ハーパー、ヘンリー・ティムロッドとサラ・パイアットとジョージ・ホートン、そして南部兵士とハーマン・メルヴィルを組み合わせて論じている。

　また、リチャーズ編 *Emily Dickinson in the Context* (2013) に収録された "Slavery and the Civil War" でバレットは、ディキンスンが戦時中の報道に熱心に目を通していたことを強調し、ディキンスンが詩の出版を差し控え、北部・南部の党派的な立場をとることなく、様々な視点の詩を書いたと解説する。ポール・クラムブリィ及びエレノア・エルサン・ヘギンボサム編纂 *Dickinson's Fascicles: A Spectrum of Possibilities* (2014) に収録されたポーラ・ベネットの "'Looking at Death, is Dying': Fascicle 16 in a Civil War Context" では、Fascicle 16 を、戦争を背景に読み、この詩群に共通する語りを分析し、死者、非戦闘員の観察者、兵士など複数の視点を束ねたものと解釈する。ミシェル・ケーラーの "The Ode Unfamiliar: Dickinson, Keats, and the (Battle) fields Autumn" では、これまで何度も戦争との関連で論じられてきた "The name – of it – is 'Autumn'" (F 465) の詩とキーツの秋の詩 "To Autumn" の比較を、戦争を背景に再考する。ウェンディ・マー

ティン編 *All Things Dickinson: An Encyclopedia of Emily Dickinson's World* (2014) では、"The Civil War"、そして "The Civil War and Dickinson" の項目が設置され、20 頁ほどが充てられている。南北戦争との関わりはもはや事典類では必須項目となっている。こうした数々の論考の総決算として相応しいのが、コーディ・マーズによる一冊 *Nineteenth-Century American Literature and the Long Civil War* (2015) である。マーズは、アメリカ文学を、「戦争前」("ante-bellum") と「戦争後」("post-bellum") に分断してきた文学史観を批判し、代わりに "Trans bellum" 史観を提案し、戦争前から戦争時を経て戦争後に至るまで、断絶のない文学の営みを多面的に分析しながら、ホイットマン、メルヴィル、フレデリック・ダグラス、ディキンスンを再考察する。第 4 章でディキンスンの詩を連続的な時間軸と複数の周期 ("multiperiodicity") の観点から論じる。

　1984 年に発表されたウォルスキーの画期的な論考から 30 年を経て、2010 年以降、「隠通詩人」像を塗り替え、歴史的コンテクストを背景に次々と論考が発表されてきた。その際、同時代の政治や科学、経済など様々な角度から詩を再読する論が目立つ。こうした研究動向は、文学全体の批評傾向とも連動し、ニュークリティシズム的批評、伝記批評、心理分析的アプローチ、フェミニズム批評、文化的背景の考察、草稿研究などを経て、新歴史主義的手法、さらにはそれ以前の方法を新たに組み合せた方法などにおいて見られる。

初出一覧

本書掲載にあたり、大幅に修正したものもある。

第1章　「大佐」ヒギンスンへ──南北戦争中の書簡を読む
　　　（初出）「ディキンスンから「大佐」ヒギンスンへ──南北戦争中の手紙を読む」『エミリ・ディキンスンの詩の世界』(pp. 188–206) 2011年3月国文社。

第2章　定期刊行物の戦争詩
　　　（初出）「詩人と南北戦争──定期刊行物に見る戦争詩とエミリ・ディキンスン」『アメリカ研究』第34号 (pp. 123–140) 2000年3月アメリカ学会。

第3章　南北戦争時に「送られた」詩
　　　（初出）「エミリ・ディキンソンと「読者」ネットワーク──南北戦争時に「送られた」詩と「送られなかった」詩」『読者ネットワークの拡大と文学環境の変化』(pp. 240–259) 2017年5月音羽書房鶴見書店。

第4章　「送られなかった」詩
　　　第3章に同じ。

第5章　戦争前の「戦いの詩」
　　　（初出）"Emily Dickinson's Prewar Martial Poems"『人文・自然研究』第9号 (pp. 51–66) 2015年3月一橋大学・大学教育研究開発センター。

第6章　声なき者たちの声──ディキンスンと「殉教者たち」
　　　（初出）"Dickinson, Thoreau, and John Brown: The Voice of the Voiceless" *Thoreau in the 21st Century: Perspectives from Japan* (pp. 56–72) 2017年10月金星堂。

第7章　言葉の軌跡
　　　博士論文執筆時に書き下ろし。

むすび
　　　博士論文執筆時に書き下ろし。

使用テクスト

特に断りがない場合、詩と手紙の引用は全て以下の版に拠る。

The Poems of Emily Dickinson. 3 vols. Ed. R. W. Franklin. Cambridge: Belknap Press of Harvard UP, 1998.　省略記号 F に詩番号を付す。

The Letters of Emily Dickinson. 3 vols. Ed. Thomas H. Johnson and Theodora Ward. Cambridge: Belknap Press of Harvard UP, 1958.　省略記号 L に書簡番号を付す。

尚、適宜、ジョンソン版も参照した。

The Poems of Emily Dickinson. 3 vols. Ed. Thomas H. Johnson. Cambridge: Belknap Press of Harvard UP, 1955.

Dickinson, Emily. *Poems by Emily Dickinson*. Ed. Mabel Loomis Todd and Thomas Wentworth Higginson. Boston: Roberts Brothers, 1890.

——. *Poems by Emily Dickinson*. Second Series. Ed. Mabel Loomis Todd and Thomas Wentworth Higginson. Boston: Roberts Brothers, 1891.

——. *Emily Dickinson's Home: Letters of Edward Dickinson and His Family*. Ed. Millicent Todd Bingham. New York: Harper and Brothers, 1955.

——. *The Manuscript Books of Emily Dickinson*. Ed. R. W. Franklin. 2 vols. Cambridge: Belknap Press of Harvard UP, 1981.

——. *Open Me Carefully: Emily Dickinson's Intimate Letters to Susan Huntington Dickinson*. Ed. Ellen Louise Hart and Martha Nell Smith. Ashfield: Paris Press, 1998.

——. *Emily Dickinson's Pomes: As She Preserved Them*. Ed. Cristanne Miller. Cambridge: Belknap Press of Harvard UP, 2016.

——. "Flowers." *Drum Beat* 2 March 1864: 2.

——. "Flowers." *Springfield Daily Republican* 9 March 1864: 6.

——. "Flowers." *Springfield Weekly Republican* 12 March 1864: 6.

——. "Flowers." *Boston Post* 16 March 1864: 2.

——. "October." *Drum Beat* 11 March 1864: 7.

——. "Sunset." *Drum Beat* 29 Feb. 1864: 3.

——. Success is counted sweetest [F 112]. *Brooklyn Daily Union* 27 April 1864: 12.

引用・参考文献

Aaron, Daniel. *The Unwritten War: American Writers and the Civil War*. New York: Alfred A. Knopf, 1973.

Ackmann, Martha. "Norcross, Louisa." *An Emily Dickinson Encyclopedia*. Ed. Jane Donahue Eberwein. Westport. Conn.: Greenwood Press, 1998. 216–217.

——. *These Fevered Days: The Pivotal Moments in the Making of Emily Dickinson*. New York: Norton, 2020.

Albrecht, Robert C. "The Theological Response of the Transcendentalists to the Civil War." *New England Quarterly* (March 1965): 21–34.

Alcott, Louisa May. *Hospital Sketches*. 1863. Bedford: Applewood, 1993.

——. *Work*. New York: Penguin, 1994.

——. *Little Women*. New York: Penguin, 1989.

Anderson, Charles R. *Emily Dickinson's Poetry: Stairway of Surprise*. New York: Holt, Rinehart and Winston, 1960.

Asahina, Midori. "'Fascination's is absolute of Clime': Reading Dickinson's Correspondence with Higginson as Naturalist." *Emily Dickinson Journal* 14.2 (2005): 103–119.

Attie, Jeanie. *Patriotic Toil: Northern Women and the American Civil War*. Ithaca: Cornell UP, 1998.

Barrett, Faith. "Addresses to a Divided Nation: Images of War in Emily Dickinson and Walt Whitman." *Arizona Quarterly* 61 (Winter 2005): 67–99.

——, and Cristanne Miller, eds. *"Words for the Hour": A New Anthology of American Civil War Poetry*. Amherst: Massachusetts UP, 2005.

——. "Public Selves and Private Spheres: Studies of Emily Dickinson and the Civil War, 1984–2007," *Emily Dickinson Journal* 16.1 (2007): 92–104.

——. "'Drums off the Phantom Battlements': Dickinson's War Poems in Discursive Context." *A Companion to Emily Dickinson*. Ed. Martha Nell Smith and Mary Loeffelholz. Oxford: Blackwell, 2008. 107–132.

——. *To Fight Aloud Is Very Brave: American Poetry and the Civil War*. Amherst: Massachusetts UP, 2012.

——. "Slavery and the Civil War." *Emily Dickinson in Context*. Ed. Eliza Richards. New York: Cambridge UP, 2013. 206–215.

Benfey, Christopher. "Emily Dickinson and the American South." *The Cambridge Companion to Emily Dickinson*. Ed. Wendy Martin. Cambridge: Cambridge UP, 2002. 30–50.

Bennett, Fordyce R. *A Reference Guide to the Bible in Emily Dickinson's Poetry.* London: Scarecrow Press, 1997.

Bennett, Paula. "Not Just Filler and Not Just Sentimental: Women's Poetry in American Victorian Periodicals, 1869–1900." *Periodical Literature in Nineteenth Century America.* Eds. Kenneth M. Price and Susan Belasco Smith. Charlottesville: UP of Virginia, 1995. 202–279.

——, Karen L. Kilcup, and Philipp Schweighuser, eds. *Teaching Nineteenth-Century American Poetry.* New York: Modern Language Association of America, 2007.

——."Looking at Death, is Daying": Fascicle 16 in a Civil War Context." *Dickinson's Fascicles: A Spectrum of Possibilities.* Ed. Paul Crumbley and Eleanor Elson Heginbotham. Columbus: Ohio State UP, 2014. 106–129.

Bergland, Renée L. "The Eagle's Eye: Dickinson's View of Battle." *A Companion to Emily Dickinson.* Eds. Martha Nell Smith and Mary Loeffelholz. Oxford: Blackwell, 2008. 133–156.

——. *Maria Mitchell and the Sexing of Science: An Astronomer among the American Romantics.* Boston: Beacon, 2008.

Berkove, Lawrence I. "'A Slash of Blue!': Unrecognized Emily Dickinson War Poem." *Emily Dickinson Journal* 10.1 (2001): 1–8.

Bingham, Millicent Todd. *Ancestors' Brocades: The Literary Debut of Emily Dickinson.* New York: Harper & Brothers, 1945.

Blackhawk, Terry. "Flowers – Well – if anybody." *An Emily Dickinson Encyclopedia.* Ed. Jane Donahue Eberwein. Westport: Greenwood Press, 1998. 116–117.

Browning, Elizabeth. *Aurora Leigh.* Ed. Kerry McSweeney. Oxford: Oxford UP, 2008.

Bunyan, John. *The Pilgrim Progress.* Oxford: Oxford UP, 2003.

Cameron, Sharon. *Lyric Time: Dickinson and the Limits of Genre.* Baltimore: John Hopkins UP, 1979.

Capps, Jack L. *Emily Dickinson's Reading 1836–1886.* Cambridge: Harvard UP, 1966.

Cappucci, Paul. "Depicting the Oblique: Emily Dickinson's Poetic Response to the American Civil War." *War, Literature & the Arts.* Colorado Springs: United States Air Force Academy, 1998. 260–273.

Cody, David. "Blood in the Basin: The Civil War in Emily Dickinson's 'The Name – of it – is "Autumn" –.'" *Emily Dickinson Journal* 12.1 (2003): 25–52.

Cotter, Harold. "'I'm Nobody'? Not a Chance, Emily Dickinson." *New York*

Times. 19 Jan. 2017, New York ed.: C17.

Coultrap-McQuin, Susan. *Doing Literary Business: American Women Writers in the Nineteenth Century*. Chapel Hill: North Carolina UP, 1990.

Craig, Megan. "The Infinite in Person: Levinas and Dickinson." *Emily Dickinson and Philosophy*. Ed. Jed Deppman, Marianne Noble, and Gary Lee Stonum. New York: Cambridge UP, 2013. 207–226.

Crumbley, Paul. *Inflections of the Pen: Dash and Voice in Emily Dickinson*. Kentucky: UP of Kentucky, 1997.

——."Dickinson's Correspondence and the Politics of Gift-Based Circulation." *Reading Emily Dickinson's Letters: Critical Essays*. Ed. Jane Donahue Eberwein and Cindy MacKenzie. Amherst: Massachusetts UP, 2009. 28–55.

——, *Winds of Will: Emily Dickinson and the Sovereignty of Democratic Thought*. Tuscaloosa: Alabama UP, 2010.

——. "Democratic Politics." *Emily Dickinson in Context*. Ed. Eliza Richards. Cambridge: Cambridge UP, 2013. 179–187.

——, and Eleanor Elson Heginbotham, eds. *Dickinson's Fascicles: A Spectrum of Possibilities*. Columbus: Ohio State UP, 2014.

Dandurand, Karen. "Another Dickinson Poem Published in Her Lifetime." *American Literature* 54. 3 (1982): 434–437.

——. "New Dickinson Civil War Publications." *American Literature* 56.1 (1984): 17–27.

——. "Dickinson and the Public." *Dickinson and Audience*. Ed. Martin Orzeck and Robert Weisbuch. Ann Arbor: Michigan UP, 1996, 255–77.

——. "Drum Beat." *An Emily Dickinson Encyclopedia*. Ed. Jane Donahue Eberwein. Westport, CT: Greenwood Press, 1998. 89.

De Forest, J. W. *Miss Ravenel's Conversion from Secession to Loyalty*. 1867. New York: Penguin, 2000.

Deppman, Jed. "'Say Some Philosoper!'." *Emily Dickinson in Context*. Ed. Eriza Richards. Cambridge: Cambridge UP, 2013, 257–267.

Diehl, Joanne Feit. *Dickinson and the Romantic Imagination*. Princeton: Princeton UP, 1981.

Eberwein, Jane Donahue, ed. *Early American Poetry: Selections from Bradstreet, Taylor, Dwight, Freneau & Bryant*. Madison: Wisconsin UP, 1978.

——, ed. *An Emily Dickinson Encyclopedia*. Westport, CT: Greenwood Press, 1998.

——. "'Is Immortality True?': Salvaging Faith in an Age of Upheavals." *A*

Historical Guide to Emily Dickinson. Ed. Vivian Pollak. Oxford: Oxford UP, 2004. 67–102.

——. "'Where – Omnipresence – fly?' Calvinism as Impetus to Spiritual Amplitude." *Emily Dickinson Journal* 14.2 (2005): 12–23.

——, and Cindy MacKenzie, eds. *Reading Emily Dickinson's Letters.* Amherst: Massachusetts UP, 2009.

——. "New England Puritan Heritage." *Emily Dickinson in Context.* Ed. Eliza Richards. New York: Cambridge UP, 2013. 46–55.

——. Ed. *Dickinson in Her Own Time: A Biographical Chronicle of Her Life, Drawn from Recollections, Interviews, and Memoirs by Family, Friends, and Associates.* Iowa City: Iowa UP, 2015.

Edelstein, Tilden G. *Strange Enthusiasm: A Life of T. W. Higginson.* New Haven: Yale UP, 1968.

Emerson, Ralph Waldo. *Ralph Waldo Emerson: Essays and Lectures.* New York: Library of America, 1983.

England, Martha Winburn. "Emily Dickinson and Isaac Watts: Puritan Hymnodists." *Hymns Unbidden: Donne, Herbert, Blake, Emily Dickinson and Hymnographers.* Ed. Martha Winburn England and John Sparrow. New York: New York Public Library, 1966. 113–147.

Erkkila, Betsy. *Whitman: The Political Poet.* Oxford: Oxford UP, 1989.

——. "Emily Dickinson and Class." *American Literary History* 4.1 (Spring 1992): 1–27.

——. *The Wicked Sisters: Women Poets, Literary History & Discord.* Oxford: Oxford UP, 1992.

——. "Dickinson and the Art of Politics." *A Historical Guide to Emily Dickinson.* Ed. Vivian R. Pollak. Oxford: Oxford UP, 2004. 133–174.

Fahs, Alice. *The Imagined Civil War: Popular Literature of the North & South 1861–1865.* Chapel Hill: North Carolina UP, 2001.

Farr, Judith. "Emily Dickinson and Marriage: 'The Etruscan Experiment'." *Reading Emily Dickinson's Letters: Critical Essays.* Ed. Jane Donahue Eberwein and Cindy MacKenzie. Amherst: Massachusetts UP, 2009. 161–188.

Fetterley, Judith. *Provisions: A Reader from 19th-Century American Women.* Bloomington: Indiana UP, 1985.

Finch, A. R. C. "Dickinson and Patriarchal Meter: A Theory of Metrical Codes." *PMLA* 102. 2 (March, 1987): 166–76.

Finnerty, Páraic. "Transatlantic Women Writers." *Emily Dickinson in Context.*

Ed. Eliza Richards. New York: Cambridge UP, 2013. 109–118.

Ford, Thomas W. "Emily Dickinson and the Civil War." *The University Review* 31, 1965: 199–203.

——. *Heaven Beguiles the Tired: Death in the Poetry of Emily Dickinson.* Tuscaloosa: Alabama UP, 1966.

Frederickson, George M. *The Inner Civil War: Northern Intellectuals and the Crisis of the Union. With a New Preface.* Urbana: Illinois UP, 1993.

Fretwell, Erica. "Emily Dickinson in Domingo." *The Society of Nineteenth-Century Americanists* (Spring 2013): 71–96.

Friedlander, Benjamin. "Auctions of the Mind: Emily Dickinson and Abolition." *Arizona Quarterly* 54.1 (1998): 1–26.

——. "Emily Dickinson and the Battle of Ball's Bluff." *PMLA* 124.5 (Oct. 2009): 1582–1599. JASTOR. 28 August 2016.

Frothingham, O. B. "Our Martyrs and Ressurection." *Springfield Daily Republican* 29 March 1862:2. Microform. *American's Historical Newspaper.*

Fuller, Randall. *From Battlefields Rising: How the Civil War Transformed American Literature.* Oxford: Oxford UP, 2011.

Furui, Yoshiaki. *Moderninzing Solitude: The Networked Individual in Nineteenth-Century American Literature.* Tuscaloosa: U of Alabama P, 2019.

Garner, Stanton. *The Civil War World of Herman Melville.* Lawrence, Kansas: UP of Kanzas, 1993.

Genoways, Ted. "Civil War Poems in "Drum-Taps" and "Memories of President Lincoln." *A Companion to Walt Whitman.* Ed. Donald D. Kummings. Oxford: Blackwell, 2006. 522–538.

Gilmore, Michael T. *The War on Words: Slavery, Race, and Free Speech in American Literature.* Chicago: Chicago UP, 2010.

Goldensohn, Lorrie, ed. *American War Poetry. An Anthology.* New York: Columbia UP, 2006.

Gordon, Lyndall. *Lives Like Loaded Guns: Emily Dickinson and Her Family's Fueds.* New York: Viking, 2010.

Grant, Mary H. *Private Woman, Public Person: An Account of the Life of Julia Ward Howe from 1819 to 1868.* New York: Carlson, 1994.

Gross, Robert A. "Lonesome in Eden: Dickinson, Thoreau and the Problem of Community in Nineteenth-Century New England." *Canadian Review of American Studies* 14 (1983): 1–17.

Habegger, Alfred. *My Wars Are Laid Away In Books: The Life of Emily Dickinson.* New York: Random House, 2001.

Hawthorne, Nathaniel. "Chiefly about War Matters. By a Peaceable Man" *Atlantic Monthly* 10 (July 1862): 43–61. Making of America. Web. 11. Nov. 2015.

Hallen, Cynthia L., et al. *The Emily Dickinson Lexicon.* Online at ed.byu.edu.

Harding, Walter. *The Days of Henry Thoreau: A Biography.* New York: Dover, 1962.

Hart, Ellen-Louise, and Martha Nell Smith, eds. *Open Me Carefully: Emily Dickinson's Intimate Letters to Susan Huntington Dickinson.* Ashfield, Mass.: Paris Press, 1998.

Heginbotham, Eleanor. "'What are you reading now?': Emily Dickinson's Epistolary Book Club." *Reading Emily Dickinson's Letters: Critical Essays.* Ed. Jane Donahue Eberwein and Cindy MacKenzie. Amherst: Masachusetts UP, 2009. 126–160.

——. "Reading in the Dickinson Libraries." Ed. Eliza Richards. *Emily Dickinson in Context.* Cambridge: Cambridge UP, 2013. 25–35.

Henderson, Desiēe. "Dickinson and the Diary." *The New Emily Dickinson Studies.* Ed. Michelle Kohler. Cambridge: Cambridge UP, 2019, 220–236.

Hewitt, Elizabeth. *Correspondence and American Literature 1770–1865.* Cambridge: Cambridge UP, 2004.

Higginson, Thomas Wentworth. "Emily Dickinson's Letters." *Atlantic Monthly* 68.408 (October 1891): 444–456.

——. *The Complete Civil War Journal and Selected Letters of Thomas Wentworth Higginson.* Ed. Christopher Looby. Chicago: U of Chicago P, 2000.

——. *The Magnificent Activist: The Writing of Thomas Wentworth Higginson.* Ed. Howard N. Meyer. New York: DaCapo, 2000.

History of the Town of Amherst, Massachusetts 1731–1896. Amherst: Carpenter and Morehouse, 1896.

Hoffman, Tyler B. "Emily Dickinson and the Limit of War." *Emily Dickinson Journal.* 3. 2 (1994): 1–18.

Homans, Margaret. *Women Writers and Poetic Indentity: Dorothy Wordsworth, Emily Brontë, and Emily Dickinson.* Princeton: Princeton UP, 1980.

Hooker, Richard. *The Story of an Independent Newspaper.* New York: Macmillan, 1924.

Howe, Susan. *My Emily Dickinson.* Berkeley: North Atlantic, 1985.

Howe, Julia Ward. *Later Lyrics.* Boston: J. E. Tilton, 1866.

——. "Battle Hymn of the Republic." *Atlantic Monthly* 9.52 (Feb. 1862): 145.

——. *Reminiscences 1819–1899.* Boston: Houghton Mifflin, 1899. 273–277.

Howells, William Dean. "Review of Battle-Pieces." *Atlantic Monthly* 19.112 (February 1867): 253.

Hughes, James M. "Dickinson As 'Times Sublimest Target'." *Dickinson Studies* 34 (2nd Half 1978): 23–37.

Hutchinson, Coleman. "'Eastern Exiles': Dickinson, Whiggery and War." *Emily Dickinson Journal* 13.2 (2004): 1–26.

"Items by Telegraphs." *Springfield Daily Republican*. 16 November 1859: 3. Microform. American's Historical Newspaper.

Jackson, Virginia. *Dickinson's Misery: A Theory of Lyric Reading*. Princeton: Princeton UP, 2005.

Jackson, Helen Hunt. *Poems by Helen Jackson*. Boston: Robert Brothers, 1892.

Johnson, Thomas H. *Emily Dickinson: An Interpretive Biography*. Cambridge: Belknap Press of Harvard UP, 1955.

Jones, Rowena Revis. "Dwight, Edward Strong." *An Emily Dickinson Encyclopedia*. Ed. Jane Donahue Eberwein. Westport, CT: Greenwood Press, 1998. 90–91.

Juhasz, Suzanne. "'To make a prairie': Language and Form in Emily Dickinson's Poems about Mental Experiencce." *Ball State Univeristy Forum* 21.2 (Spring 1980): 12–25.

Keller, Karl. *The Only Kangaroo among the Beauty: Emily Dickinson and America*. Baltimore: John Hopkins UP, 1979.

Kelly, Morgan, Carolyn Vega, Marta L. Werner, Susan Howe, and Richard Wilbur. *The Networked Recluse: The Connected World of Emily Dickinson*. Amherst: Amherst College Press, 2017.

Kete, Mary Louise. *Sentimental Collaborations: Mourning and Middle-Class Identity in Nineteenth-Century America*. Durham: Duke UP, 2000.

Kirkby, Joan. "Periodical Reading." *Emily Dickinson in Context*. Ed. Eliza Richards. Cambridge: Cambridge UP, 2013. 139–147.

Kohler, Michelle. "Dickinson and the Poetics of Revolution." *Emily Dickinson Journal* 19.2 (2010): 20–46.

——. "The Ode Unfamiliar: Dickinson, Keats, and the (Battle) fields of Autumn." *Emily Dickinson Journal* 22.1 (2013): 30–54.

——. *Miles of Stare: Transcendentalism and the Problem of Literary Vision in Nineteenth-Century America*. Tuscaloosa: Alabama UP, 2014.

Kummings, Donald D., ed. *The Routledge Encyclopedia of Walt Whitman*. London: Routledge, 2011.

Lease, Benjamin. *Emily Dickinson's Readings of Men and Books: Sacred*

Soundings. New York: St. Martin's, 1990.

——. "Higginson, Thomas Wentworth." *An Emily Dickinson Encyclopedia*. Ed. Jane Eberwein. Westport, CT: Greenwood Press, 1998. 139–141.

Le Duc, Thomas. *Piety and Intellect at Amherst College, 1865–1912*. New York: Arno Press and New York Times, 1969.

Lee, Maurice S. "Writing through the War: Melville and Dickinson after the Renaissance." *PMLA* 115 (2000): 1124–28.

Lehuu, Isabelle. *Carnival on the Page: Popular Print Media in Antebellum America*. Chapel Hill: U of North Carolina P, 2000.

Leyda, Jay. *The Years and Hours of Emily Dicknson*. 2 vols. New Haven: Yale UP, 1960.

Ljungquist, Kent. "Meteor of the War": Melville, Thoreau, and Whitman Respond to John Brown. *American Literature* 61.4 (Dec 1989): 674–680. Project Muse. Web. Oct. 2. 2015.

Loeffelholz, Mary. "U. S. Literary Contemporaries: Dickinson's Moderns." *Emily Dickinson in Context*. Ed. Eliza Richards Cambridge: Cambridge UP. 129–138.

Longsworth, Polly. "Dickinson, Edward." *An Emily Dickinson Encyclopedia*. Ed. Jane Donahue Eberwein. Westport, CT: Greenwood Press, 1998. 67–70.

——. "Brave among the Bravest: Amherst in the Civil War." *Amherst College Quarterly* (Summer 1999): 24–31.

Lorang, Elizsabeth. "American Poetry and the Daily Newspaper from the Rise of the Penny Press to the New Journalism." Diss. U of Nebraska, 2010.

Lowenberg, Carlton. *Emily Dickinson's Textbooks*. Lafayette, Ca.: West Coast Print Center, 1986.

Mackenzie, Cindy. "'This is my letter to the world': Emily Dickinson's Epistolary Poetics." *Reading Emily Dickinson's Letters*. Ed. Jane Donahue Eberwein and Cindy Mackenzie. Amherst: Massachusetts UP, 2009.

Marcelin, Leigh-Anne Urbanowicz. "'Singing off the Charnel Steps': Soldiers and Mourners in Emily Dickinson's War Poetry." *Emily Dickinson Journal*. 9.2 (2000): 64–74.

Marrs, Cody. *Nineteenth-Century American Literature and the Long Civil War*. New York: Cambridge UP, 2015.

——. "Dickinson's Physics." *The New Emily Dickinson Studies*. Ed. Michelle Kohler. Cambridge: Cambrige UP, 2019.

Martin, Wendy. *American Triptych: Anne Bradstreet, Emily Dickinson, Adrienne*

Rich. Chapel Hill: North Carolina UP, 1984.

——. *The Cambridge Introduction to Emily Dickinson*. Cambridge: Cambridge UP, 2007.

——, ed. *All Things Dickinson: An Encyclopedia of Emily Dickinson's World*. 2 vols. Santa Barbara: Greenwood, 2014.

McCormack, Jerusha Hull. "Domesticating Delphi: Emily Dickinson and the Electro-Magnetic Telegraph." *American Quarterly*. 55.4 (December 2003): 569–601.

McClatchy, J. D., ed. *Poets of the Civil War*. New York: Library of America, 2005.

McIntosh, James. "Religion." *Emily Dickinson in Context*. Ed. Eliza Richards. Cambridge: Cambridge UP, 2013, 151–159.

McPherson, James M. *For Causes and Comrades: Why Men Fought in the Civil War*. Oxford: Oxford UP, 1997.

Melville, Herman. *Battle-Pieces and Aspects of the War: Civil War Poems*. 1866. New York: Da Capo, 1995.

——. *Selected Poems of Herman Melville*. Ed. Robert Penn Warren. New York: Barns & Noble, 1970.

Menand, Louis. *The Metaphysical Club*. London: Flamingo, 2002.

Messmer, Marietta. *A Vice for Voices: Reading Emily Dickinson's Correspondence*. Amherst: Massachusetts UP, 2001.

Meyer, Michael. "Thoreau's Rescue of John Brown." *Studies in the American Renaissance*. Ed. Joel Myerson. Boston: Twayne, 1980: 301–316.

Miller, Cristanne. *Emily Dickinson: A Poet's Grammar*. Cambridge: Harvard UP, 1987.

——. "Pondering 'Liberty': Emily Dickinson and the Civil War." *American Vistas and Beyond: A Festschrift for Roland Hagenbuchle*. Ed. Marietta Messmer and Josef Raab. Trier, Germany: Wissenschaftlicher Verlag, 2002. 45–64.

——. *Reading in Time: Emily Dickinson the Nineteenth Century*. Amherst: Massachusetts UP, 2012.

——. "An Interview with Dr. Cristanne Miller on *Emily Dickinson's Poems: As She Preserved Them*." *Emily Dickinson International Society Buletin*. 28. 1 (May/June 2017): 13–15.

Mitchell, Betty L. "Massachusetts Reacts to John Brown's Raid." *Civil War History*. 54.1. March 1973: 65–79.

Mitchell, Domhnall. "Emily Dickinson and class." *The Cambridge Companion to Emily Dicknson*. Ed. Wendy Martin. Cambridge: Cambridge UP, 2002. 191–214.

———. *Measures of Possibility: Emily Dickinson's Manuscripts*. Amherst: Massachusetts UP, 2005.

Moorhead, James H. *American Apocalypse: Yankee Protestants and the Civil War 1860–1869*. New Haven: Yale UP, 1978.

Mott, Frank Luther. *A History of American Magazines*. 5 vols. Cambridge: Beknap Press of Harvard UP, 1966.

Murray, Aífe. "Miss Margaret's Emily Dickinson." *Signs* 24.3 (Spring 1999): 697–732.

———. *Maid as Muse: How Servants Changed Emily Dickinson's Life and Language*. Durham, NH: New Hampshire UP, 2009.

Noble, Marianne. "Master." *An Emily Dickinson Encyclopedia*. Ed. Jane Donahue Eberwein.Westport CT: Greenwood Press, 1998. 194–195.

Orzeck, Martin, and Robert Weisbuch. *Dickinson and Audience*. Ann Arbor: Michigan UP, 1996.

Peel, Robin. *Emily Dickinson and the Hill of Science*. Madison: Fairleigh Dickinson UP, 2010.

Pollack, Vivian. *Dickinson: The Anxiety of Gender*. Ithaca: Cornell UP, 1984.

———. "Dickinson and the Poetics of Whiteness." *Emily Dickinson Journal* 9.2 (2000): 84–95.

Porter, David. *Dickinson, the Modern Idiom*. Cambridge: Harvard UP, 1981.

Preminger, Alex, T. V. F. Brogan, Frank J. Warnke, O. B. Hardison, and Earl Miner eds. *Princeton Encyclopedia of Poetry and Poetics*. Princeton: Princeton UP, 1993.

"Remarkable Phenomenon New Yorkville." *Evening Post* 15 Nov. 1859: 1. Microform. American's Historical Newspaper.

Reynolds, David S. *John Brown, Abolitionist: The Man Who Killed Slavery, Sparked the Civil War, and Seeded Civil Rights*. New York: Vintage, 2005.

Richards, Eliza. "'How News Must Feel When Travelling': Dickinson and Civil War Media." *A Companion to Emily Dickinson*. Ed. Martha Nell Smith and Mary Loeffelholz. Oxford: Blackwell, 2008. 157–179.

———. "Weathering the news in US Civil War poetry." *The Cambridge Companion to Nineteenth-Century American Poetry*. Ed. Kerry Larson. Cambridge: Cambridge UP, 2011. 113–134.

Rogoff, Jay. "Certain Slants: Learning from Dickinson's Oblique Precision." *Emily Dickinson Journal* 17. 2 (2008): 39–54.

Rose, Anne C. *Victorian America and the Civil War*. Cambridge: Cambridge UP, 1992.

Rosenbaum, S. P. *A Concordance to the Poems of Emily Dickinson*. Ithaca. Cornell UP, 1964.

Salinger, J. D. *The Catcher in the Rye*. 1951. New York: Little, Brown, 2014.

Salska, Agnieszka. "Elegy." *An Emily Dickinson Encyclopedia*. Ed. Jane Donahue Eberwein. Westport CT: Greenwood Press, 1998. 97–98.

Sanborn, Geoffrey. "Keeping Distance: Cisneros, Dickinson, and the Politics of Private Enjoyment." *PMLA* 116. 5 (Oct. 2001): 1334–1348. Web. 17 Nov. 2015.

Saxton, Martha. *Louisa May Alcott: A Modern Biography*. New York: Noonday Press, 1995.

Seelye, J. H. "The Soul's Remedy." Collections at the Hitchcock Memorial Room, Amherst College.

Sedgwick, Ellery. *A History of the Atlantic Monthly 1857–1989: Yankee Humanism at High Tide and Ebb*. Amherst: U of Massachusetts P, 1994.

"Serious Troubles at Harper's Ferry, Va. The U.S. Arsenal seized by the mob." *Springfield Daily Republican* 18 Oct.1859: 1. Microform. American's Historical Newspaper.

Sewall, Richard B. *The Life of Emily Dickinson*. 2 vols. New York: Farrar, Straus and Giroux, 1974.

Shoptaw, John. "Dickinson's Civil War Poetics: From the Enrollment Act to the Lincoln Assassination." *Emily Dickinson Journal* 19.2 (2010): 1–19.

Sielke, Sabine. "Natural Science." *Emily Dickinson in Context*. Ed. Eliza Richards. Cambridge: Cambridge UP, 2013, 236–245.

Smith, Martha Nell, and Mary Loeffelholz, eds. *A Companion to Emily Dickinson*. London: Blackwell, 2007.

——. "A Hazzard of a Letter's Fortunes: Epistolary and the Technology of Audience in Emily Dickinson's Correspondence." *Reading Emily Dickinson's Letters: Critical Essays*. Ed. Jane Donahue Eberwein and Cindy MacKenzie. Amherst: Massachusetts UP, 2009. 239–256.

——. "Editorial History I: Beginnings to 1955." *Emily Dickinson in Context*. Ed. Eliza Richards. New York: Cambridge UP, 2013. 271–281.

Socarides, Aleandra. *Dickinson Unbound: Paper, Process, Poetics*. Oxford: Oxford UP, 2012.

——. "Collaboration Dickinson." *The New Emily Dickinson Studies*. Ed. Michelle Kohler.Cambridge: Cambridge UP, 2019, 17–32.

Stearns, William Augustus. "A Sermon: Preached in the Village Church before the College and the united Congregations of the town of Amherst, Mass." Amherst: Henry A. Marsh, 1861.

——. *Adjutant Stearns*. Boston: Massachusetts Sabbath School Society, 1862.

St. Armand, Barton Levi. *Emily Dickinson and Her Culture: The Soul's Society*. Cambridge: Cambridge UP, 1984.

Sweet, Timothy. *Traces of War: Poetry, Photography, and the Crisis of the Union*. Baltimore: John Hopkins UP, 1990.

Taylor, Edward. *The Poetical Works of Edward Taylor*. 1939. Ed. Thomas H. Johnson. Princeton: Princeton UP, 1966.

——. *The Poems of Edward Taylor*. Ed. Donald E. Stanford. 1960. Chapel Hill: North Carolina UP, 1989.

"Thanksgiving in Amherst." *Hampshire and Franklin Press*. 2 Dec. 1859: 1.

Thomas, Shannon L. "'What News must think when pondering': Emily Dickinson, the *Springfield Daily Republican* and the Poetics of Mass Communication." *Emily Dickinson Journal* 19.1 (2010): 60–80.

Thoreau, Henry David. *The Journal of Henry D. Thoreau*. Ed. Brandford Torry and F. H. Allen. 14 vols. Boston: Houghton Mifflin, 1906.

——. *Reform Papers*. Ed. Wendell Glick. Princeton: Princeton UP, 1973.

Uno, Hiroko. *Emily Dickinson visits Boston*. Kyoto: Yamaguchi Publishing House, 1990.

——. *Emily Dickinson's Marble Disk: A Poetics of Renunciation and Science*. Tokyo: Eihōsha, 2002.

Vendler, Helen. *Dickinson: Selected Poems and Commentaries*. Cambridge: Belknap Press of Harvard UP, 2010.

Wadsworth, Charles. *The Christian Soldier*. Philadelphia: Lindsay & Plakiston. 1861.

Walker, Cheryl. *The Nightingale's Burden: Women Poets and American Culture Before 1900*. Bloomington: Indiana UP, 1982.

Ward, Theodora. *The Capsule of the Mind: Chapters in the Life of Emily Dickinson*. Cambridge: Blknap Press of Harvard UP, 1961.

Wardrop, Daneen. *Emily Dickinson's Gothic: Goblin with a Gauge*. Iowa City: Iowa U P, 1996.

Warren, Robert Penn. *Introduction. Selected Poems of Herman Melville*. New York: Barns & Noble, 1967. 3–71.

Watts, Isaac. *The Psalms, Hymns and Spiritual Songs of the Rev. Isaac Watts. D.D.* Ed. Samuel N. Worcester. Boston: Crocker and Brewster, 1834.

Webster, Noah. *An American Dictionary of English Language*. 2 vols. New York: S. Converse, 1828.

Weimer, Adrian Chastain. *Martyr's Mirror: Persecution and Holiness in Early New England*. Oxford: Oxford UP, 2012.

Wells, Anna Mary. *Dear Preceptor, The Life and Times of Thomas Wentworth Higginson*. Cambridge: Houghton Mifflin, 1963.

Werner, Marta, and Katie Chaple, Dave Higginbotham, Michelle Newcome, and Rebecca Harrison. "A Nosegay to Take to Battle: The Civil War Wounding of Emily Dickinson." http://www.classroomelectric.org/volume2/werner/. Web. 25 Nov. 2017.

Whicher, George Frisbie. *This Was a Poet: A Critical Biography of Emily Dickinson*. New York: Charles Scribner's Sons, 1938.

White, Fred D. *Approaching Emily Dickinson: Critical Currents and Crosscurents Since 1960*. New York: Camden House, 2008.

Whitman, Walt. *Leaves of Grass and Other Writings*. Ed. Michael Moon. New York: Norton, 2002.

Wilson, Edmund. *Patriotic Gore: Studies in the Literature of the American Civil War*. 1962. New York: Farrar, Straus and Giroux: New York: Norton, 1994.

Wineapple, Brenda. *White Heat: The Friendship of Emily Dickinson and Thomas Wentworth Higginson*. New York: Alfred A. Knopf, 2008.

Wolosky, Shira. *Emily Dickinson: A Voice of War*. New Haven: Yale UP, 1984.

——. "Rhetoric or Not: Hymnal Tropes in Emily Dickinson and Isaac Watts." *New England Quarterly* 61.2 (June 1988): 214–232.

——. "Public and Private in Dickinson's War Poetry." *A Historical Guide to Emily Dickinson*. Ed. Vivian R. Pollak. Oxford: Oxford UP, 2004. 103–132.

——. *Poetry and Public Discourse in Nineteenth-Century America*. New York: Palgrave, 2010. 15–30.

Worcester, Samuel N. *The Psalms, Hymn and Spiritual Songs of the Rev. Isaac Watts, D. D.* Boston: Crocker and Brewster, 1834.

Young, Elizabeth. *Women's Writing and Disarming the Nation: the American Civil War*. Chicago: Chicago UP, 1999.

Zapedowska, Magdalena. "Wresting with Silence: Emily Dickinson's Calvinist God." *American Transcendental Quarterly* 20.1 (2006): 379–98.

邦文引用・文献
（五十音順）

朝比奈緑「エミリー・ディキンスンと『アウトドア・ペーパーズ』──ナチュラリスト・ヒギンスンへの手紙」スコット・スロヴィック・野田研一著『アメリカ文学の〈自然〉を読む：ネイチャーライティングの世界へ』ミネルヴァ書房、1996 年、217–236。

──「傷ついた心のもとへと」新倉俊一編『私の好きなエミリ・ディキンスンの詩』金星堂、2016 年、214–224。

東雄一郎・小泉由美子・江田孝臣・朝比奈緑訳『完訳エミリ・ディキンスン詩集（フランクリン版）』金星堂、2019 年。

池澤夏樹「詩のなぐさめ 65　映画の中のエミリ・ディキンスン」『図書』岩波書店、2017 年 8 月号、60–63。

江田孝臣『エミリ・ディキンスンを理詰めで読む──新たな詩人像を求めて』春風社、2018 年。

大井浩二『アメリカのジャンヌ・ダルクたち──南北戦争とジェンダー』英宝社、2005 年。

岡隆夫訳『エミリィ・ディキンスン詩集』桐原書店、1980 年。

加藤菊雄訳『完訳 エミリィ・ディキンスン詩集』研友社、1976 年。

亀井俊介『対訳 ディキンスン詩集 アメリカ詩人選 (3)』岩波文庫、1988 年。

貴堂嘉之『南北戦争の時代 19 世紀 シリーズ アメリカ合衆国②』岩波新書、2019 年。

紀平栄作・亀井俊介『世界の歴史 23：アメリカ合衆国の膨張』中央公論社、1998 年。

『舊新約聖書』日本聖書協会、1981 年。

酒本雅之『ことばと永遠──エミリー・ディキンソンの世界創造』研究社出版、1992 年。

佐久間みかよ『個から群衆へ──アメリカ国民文学の鼓動』春風社、2020 年。

サリンジャー、J・D 著 村上春樹訳『キャッチャー・イン・ザ・ライ』白水社、2003 年。

嶋﨑陽子『ディキンスンとスティーヴンズ──アメリカの詩神』沖積舎、1998 年。

武田雅子編訳『エミリの窓から Love Poetry of Emily Dickinson』蜂書房、1988 年。

新倉俊一『エミリー・ディキンスン不在の肖像』大修館書店、1989 年。

新倉俊一編訳『ディキンスン詩集』思潮社、1993 年。

ファウスト、ドルー・ギルピン著　黒沢眞理子訳『戦死とアメリカ──南北戦争 62 万人の死の意味』彩流社、2010 年。

松本昇・高橋勤・君塚淳一編『ジョン・ブラウンの屍を越えて　南北戦争とその時代』金星堂、2016 年。

山川瑞明・武田雅子編訳『エミリ・ディキンスンの手紙』弓書房、1988 年。

吉田要「19 世紀の交通革命と通信革命──エミリィ・ディキンスン、鉄道、電　信」井川眞砂・福士久夫・三石庸子・村山淳彦編著『アメリカ文学と革命』英宝社、2016 年、163–196。

謝　辞

　本書は早稲田大学文学学術院に提出した博士論文「『斜めの誠実』──南北戦争とエミリ・ディキンスン」に、大幅に加筆修正を施したものである。

　これまで本当に多くの方々にお世話になった。御礼を申し上げたい。おひとりずつ余すことなくお名前を挙げるのは到底不可能なため差し控えさせて頂く。それでもなお、ディキンスンの詩を読む手ほどきをしてくださった、今は亡き島﨑陽子先生のお名前をまず挙げなくてはならない。修士・博士課程の6年近く、聖心女子大学にて、または西麻布のご自宅に通い、1対1でディキンスンの詩を一緒に読んでくださった。そのときのかけがえのない尊い教えと時間があってこそここまで至ることができた。また、アメリカ文学を学ぶ上で、亀井俊介先生の読書会に参加させて頂いてきた20年は果てしなく大きい。今もなお読書会の度に、作品に向き合う姿勢を正す必要を感じる。江田孝臣先生には博士論文の主査をお引き受けくださり、厳しくも明晰なご教示を頂いたお蔭で論文を提出することができた。

　音羽書房鶴見書店の山口隆史さんには長きにわたり辛抱強く見守ってくださいましたこと、感謝の気持ちを伝えるべき相応しい言葉が見つからないほどです。

　最後に、つねに温かく見守り、支えてくれた両親に、家族に感謝します。

　2021年1月

　　　　　　　　　　　　　　　　　　　　　　　　　　　金澤淳子

＊本書の出版にあたっては科学研究費（研究成果公開促進費：「学術図書」課題番号：20HP5051）の助成を受けた。
　また、生涯学習開発財団博士号取得支援事業（2017年度）の助成を受けた。

ディキンスン詩引用作品索引

索　引

著者略歴

金澤 淳子 （かなざわ じゅんこ）

東京都に生まれる。早稲田大学大学院文学研究科英文学専攻博士課程満期単位取得退学。文学博士。現、早稲田大学文学学術院非常勤講師。専門はアメリカ文学（詩・小説）・文化。主な著書に、『私の好きなエミリ・ディキンスンの詩 2』（共著、金星堂、2020 年）、『アメリカの旅の文学——ワンダーの世界を歩く』（共著、昭和堂、2009 年）、訳書にヘレン・ハント・ジャクソン『ラモーナ』（共訳、松柏社、2007 年）、主な論文に「蠢く草、弾ける鞘——ホイットマンとディキンスンの内なる革命」（*The Emily Dickinson Review*, 第 7 号、2020 年）、"Dickinson, Thoreau, and John Brown: The Voice of the Voiceless"（*Thoreau in the 21st Century: Perspectives from Japan* 金星堂、2017 年）などがある。

Emily Dickinson's Civil War

エミリ・ディキンスンの南北戦争

2021 年 2 月 25 日　初版発行

著　　者　　金澤淳子

発行者　　山口隆史

印　　刷　　シナノ印刷株式会社

発行所　　株式会社 **音羽書房鶴見書店**

〒 113–0033 東京都文京区本郷 4–1–14
TEL　03–3814–0491
FAX　03–3814–9250
URL: http://www.otowatsurumi.com
email: info@otowatsurumi.com

Printed in Japan
ISBN978–4–7553–0424–8 C3098

組版 ほんのしろ／装幀 吉成美佐（オセロ）／装画 藤川孝之
製本 シナノ印刷株式会社